名 家 散 文 典 藏

彩插版

梭 罗 散 文 精 选

（美）梭罗　著

戴欢　代诗圆　译

长江出版传媒　长江文艺出版社

图书在版编目（ＣＩＰ）数据

梭罗散文精选 / （美）梭罗著；戴欢，代诗圆译
. -- 武汉：长江文艺出版社，2017.12
（名家散文典藏：彩插版）
ISBN 978-7-5354-9878-6

Ⅰ.①梭… Ⅱ.①梭… ②戴… ②代… Ⅲ.①散文集
－美国－近代 Ⅳ.①I712.64

中国版本图书馆 CIP 数据核字(2017)第 191588 号

责任编辑：陈俊帆　徐晓星　　　　　　　责任校对：陈　琪
封面设计：龙　梅　　　　　　　　　　　　责任印制：邱　莉　胡丽平

_____

出版：长江出版传媒　长江文艺出版社

地址：武汉市雄楚大街 268 号　　　　邮编：430070
发行：长江文艺出版社
电话：027—87679360
http://www.cjlap.com
印刷：湖北鄂东印务有限公司

_____

开本：640 毫米×970 毫米　　　1/16　印张：16.75　插页：10 页
版次：2017 年 12 月第 1 版　　　　2017 年 12 月第 1 次印刷
字数：214 千字

_____

定价：32.00 元

_____

导读

当亨利·戴维·梭罗在 1845 年 7 月 4 日搬到瓦尔登湖畔独自生活时，即将年届二十八岁的他也许并没有料到，这次貌似寻常的举动将会成为世界文学史上极为著名的事件。他平静的心态可以从翌日所写的笔记中略见一斑：

> 7 月 5 日，星期六。瓦尔登湖。昨天我搬到这里来生活。这座木屋让我想起几座以前见过的山间住宅，它们似乎散发着飘渺的氤氲，令人联想到奥林匹斯山的神殿。去年夏天，我曾在某位开办锯木厂的人家里住过，就在卡特斯基尔山，松树果园再往上那片生长着蓝莓和树莓的地方，那里非常清净和凉爽，别有一番仙境的意味。……墙壁是木条拼接而成的，并没有涂抹灰泥，里面的房间也没有安门板。那座房子显得高尚脱俗，兼且气味芬芳，很适合招待嬉游人间的神仙……

撰写笔记是他在八年前，亦即 1837 年养成的习惯。那年秋天他结束了在哈佛学院四年的学习生涯，遇到比他早十六年毕业的校友拉尔夫·沃尔多·爱默生。因为在前一年出版散文集《自然》而声名大噪的爱默生已经组织起超验主义俱乐部，并且刚刚在 8 月 31 日发表了题为"美国学者"的演讲，呼吁该国作家摆脱欧洲的影响，开创能够在风格上独树一帜的美国文学，隐隐有成为文坛领袖之势。爱默生对这个和他一样居住在马萨诸塞州康科德镇的学弟青眼有加，交谈间问起梭罗是否有写笔记的习惯。梭罗受到很大启发，随即开始实践这种将会给他今后的创作带来极大帮助的做法：

> 10 月 22 日。"你在忙什么呢?"他问，"你做笔记吗?"所以我在今天做了第一次笔记。

他坚持了整整二十四年。1906 年，波士顿的哈夫顿·米弗林公司（HoughtonMifflinCo.）出版了《梭罗笔记》，收录的条目从 1837 年 10 月 22 日到 1861 年 11 月 3 日，总共有十四卷之多。然而，他在瓦尔登湖独居了两年两个月又两天，所做的笔记却非常少，只占据了第 1 卷的后三章。但这并不意味着梭罗其间很少读书或者写作；恰恰相反，他生前出版仅有两部作品，《在康科德河与梅里麦克河上的一周》与《瓦尔登湖》，都是那段离群索居的岁月孕育出来的。其实梭罗之所以搬到瓦尔登湖畔居住，最直接的原因正是他需要安静的环境，以便完成一部构思已久的、悼念其亡兄约翰的作品。

．．．．．．．．．．．

名家散文典藏 梭罗 散文精选 目录

简朴生活

致本书的读者

当我写下本文之后的那些章节，或换句话说，堆砌起为数众多的单词时，我独居一处的小木屋中，就在这片森林中，距任何邻居都有一英里之遥，它是我亲手所建的，位于马萨诸塞州的康科德镇，瓦尔登湖的湖畔，我全凭着自己的双手劳作，来自谋生路。我在此处居住了两年零两个月。现如今，我再次成了文明生活的旅人了。

假如不是同镇人对我的生活方式颇有兴趣打探，我才不该这般冒失，以我的诸多私事来招揽我的读者，吸引他们的关注。我的生活方式某些人称之为怪僻，尽管他们并未目睹我是何等怪僻，但是，就我目前的境遇来说，我是自觉十分自然和妥帖的。另一些人则询问我吃些什么，我是否倍感落寞孤寂，我是否会心怀恐惧，等等话题。还有些人过于好奇，很想弄清楚我收入的哪一部分做了慈善捐款。再有些人，家大口阔，迫切想知道我收养了多少个贫困儿童。因此在本书中我回复诸如此类问题的同时，恳请对我并无特别兴趣的读者见谅。

大多数书中，对"我"这个第一人称，都是略去不用的，而在这本书中，"我"字当头，有点自吹自擂之嫌，这是与众不同的主要特色。我们通常忘却了这点，无论哪一本书，都是第一人称在言谈的。如果我对他人知之甚多，我是不会对自己大谈特谈的。很不幸的是，我的阅历浅薄，我只能局限于这一个主题之内了，而且就我看来，或迟或早，每一个作家都需要能以简洁而又严谨的笔触，描绘他自己的生活，写得应该如同从遥远的他乡寄给亲朋好友一样，而不仅仅是转叙道听途说的他人生活。我感觉一个人若能生活态度严谨，他必定是生活在遥远的异乡了。或许随后的这些字页，对于贫寒的莘莘学子，当是特别适合了。至于其他的读者，我想他们自会从中各取所需的。我深信，没有谁会强行去穿尺寸不适的衣衫，只有尺寸恰如其分才应是最好的需求。

无尽的苦役

我所乐意倾诉的事物，并非大都与中国人和夏威夷群岛人相关，而是关于你们，这些文字的阅读者，居住在新英格兰的人们，关于诸位的人生境遇，特别是关于活在今生今世的同镇人的外在境遇或身外之物的，诸位的生活状况如何，你们生活得糟糕透顶是否有此必要，这种生活能否改善一下呢？

我曾游历了康科德的许多地方，所到之处，涉足店堂，办公处所，田园，均可见到居民们好像以成百上千种引人注目的方式，在干着悔过的苦差事。我就曾耳闻婆罗门教的信徒，打坐在四堆熊熊烈焰之中，仰面望着太阳；或在烈焰之上脑袋朝下身体倒悬；或是扭头凝视天堂，"直到他们身体僵直无法恢复自然的情形，此时脖子是侧扭着的，于是除了液体之外其他食物均不能包容在胃囊之中"；或者在一棵树下，被锁链拴住，一生不可解脱；或者如毛毛虫一样，用它们的尺寸之躯来丈量庞大帝国的宽广疆域；或者独腿站立在许多立柱的顶端之上。即便是这些有意为之的悔过苦差事，比我们平素司空见惯的景象几乎更难以令人置信。希腊神话中的头号大英雄赫拉克勒斯受命从事的12件苦役，与我乡邻所承受的苦役相比，简直是小菜一碟，因为12件苦役，完成之后就不会再有了；可是我从未见过我的那些乡邻斩杀或猎获过任何妖魔鬼怪，他们的苦役可是永难完成的。他们也没有像伊俄拉斯这样的赫拉克勒斯的密友相伴，用一块红通通的铁，来灼烧九头蛇怪许德拉被砍头的颈根，以防它被砍掉一个头，在原处再生出两个头来。

我亲眼看见年轻人，我的同镇人，他们的不幸根结在于，他们生来就是为了去继承田地、房舍、粮仓、畜群，还有农具。因为获得这些东西轻而易举，而要舍弃它们可就难上加难了。倘若他们降生在旷野的荒坡上由野狼来哺乳会更好些，这样他们或许能更清楚地意识到，自己是在何等的田地里辛勤劳作。是谁让他们变成了土地的奴隶？为什么一部分人闲适地依靠六十英亩田地享受人生，而更多的人却命中注定了，只能啄食他自己的一抔尘土呢？为什么他们刚刚出世，就该自掘坟墓？他们不得不过着人类的生活，不得不推动这样的生活进程，尽其所能地想过上更好的日子。我曾经遭遇过多少可怜的、不朽的灵魂啊，近乎要被窒息在人生的重负之下，他们在人生之路上匍匐前行，推动着前面的一座 75 英尺长，40 英尺宽的大粮仓，一个从未清扫过的奥革阿斯国王的大牛棚，还推动着一百英亩的田地，耕地，割草，还要放牧牛羊，看护林子！另一些没有产业可以继承的人，他们即便少了祖上传下的不必要的累赘之物，却还要拼死拼活地劳作，为了他们的几立方英尺的血肉之躯，受尽委屈。

但人们的劳作可谓是一个大错误了。人身上的精华部分顷刻之间就被铁犁翻耕进泥土中，化为了混合肥料，受着一种若有若无的，人们通常称之为"必然"的命运的驱使。诚如一本经书中所说的，人们经过劳作，积攒起众多财宝，又遭虫蛀锈蚀，最终又招引来盗贼将它们毁损和偷窃一空。这是一幕愚不可及的人生，倘若生前迷糊，人之将死时终会清醒明了。据说，丢卡利翁和皮拉奉神谕将石头从头顶抛在他们的身后，又创造出了人类，有诗为证：

> 从此人类成为坚韧之物，历尽千辛万苦。
> 我们源自何处得以求证。

另外，罗利也铿锵有力地咏叹了他的如下诗句：

　　　　从此人类的心地坚硬如斯，强忍着苦痛和烦忧，
　　　　显示我们的躯体源于岩石。

　　将许多石块由头顶扔到身后，也不转身去看看它们落到了哪里，
对这么一个相当失策的神谕，我们的祖先竟是如此盲从。

人生的泥潭

　　大多数人，即便生活在较为宽松自由的国度，也只是因无知和错误纠缠人生的始终，让虚无的忧怨和无休无止的粗俗活计占据着一生，甘美的生命果实却不能触手可及。他们的手指，由于过于辛劳，变得粗笨难看，颤动得十分厉害，已不能用作采摘了。实际上，劳作之人，一天又一天，却难以寻得片刻的休闲来让自己真的毫发无损；他不能保持个人与大众之间最为坚毅的关系；他的劳动价值，到了市场上就会被人贬低。他除了去做一部劳动机器，没有时间去担当别的角色。他如何能记得清他的无知呢——他不是频繁地在转动脑子吗？在他受到评判之前，我们可要给他饭吃，给他衣穿，用我们的兴奋剂来恢复他的精力。我们天性中最完美的素养，犹如果实上的粉霜一样，若要无损保存下来，就只能极其精心地料理才行。可至今，我们人与人相互之间并没能如此温柔相待。

　　诸位读者中的某些人，如我们所知，家境贫穷，觉得生活艰难，有时，甚至到了上气不接下气的地步。我一点也不怀疑，本书的诸位读者之中，某些人难以为已吞咽下肚的饭菜和磨损很快或已经破旧的服饰付清钱款，读这几页文字，还是忙中偷闲，偷来的或借来属于债主的片刻时间。很显然，你们许多人生活得如此卑微，颜面尽失，因为我已被生活阅历磨砺得能明察秋毫；你们总是到了难以忍受的极限，尝试着去做做生意来还清欠债，这是一种自古就有的泥潭，拉丁文称为 aes alienum，意即"别人的铜钱"，有些硬币不就是铜铸的吗？就在他人的铜钱中，你们仍然求生，然后死去，最终被"他人的铜钱"埋葬了事。总是许诺马上还清债务，明天就会还清，直到明日复明日，死在今朝，阎王债仍不能了断。你们求取恩典，摇尾乞怜，费尽种种

心机，只是为了免于牢狱之灾；你们口吐谎言，溜须拍马，投票参选，将自己龟缩进一个安分守己的坚硬外壳中，或者炮制出一个虚假的氛围，摆出一副慷慨大度的模样，为的是让你的邻人对你满心信服，准许你为他制鞋，缝帽，或做衣衫，或造马车，或者让他的杂货店从你手中进货；你们为了熬过患病的日子，节省下一些钱来以求自保，结果把自己真的弄成一副病恹恹的样子，你们将钱藏在一只旧箱子里，或是灰泥之后的一只袜子里，或者想更安全点，就存入砖墙之内的银行里；也不管将钱藏在哪里，藏了多少，数目是如何之少。

我有时很是疑惑不解，我们怎么会如此轻率，我几乎可以这样说，是因为实行了从国外引进的丑陋的黑奴制度。有如此之多的精明苛刻的奴隶主，奴役了南方和北方的国人。一个南方的监工令你日子难熬，但一个北方的监工比他更坏，可是你们自己当上了奴隶的监工却是最坏的。谁配谈论什么人的神圣啊！看看在公路中赶着牲畜的牧人，他们日夜兼程赶向交易市场，他们的心中会有一丝一毫的神圣感在激荡吗？他们的最高职责是给马匹饮水喂草，仅此而已！与运输的赢利比较起来，他们的命运能算什么？他们不就是在为一位富绅赶马吗？他们有什么神圣可言，有什么不朽可言呢？我们睁眼看看，他们是如何匍匐行走，避人耳目，整天里惶恐不安，既不神圣，也不是什么不朽，只不过他们把自己归为奴隶和囚犯之列，他们的所作所为决定了自己的社会角色。与我们的自我意识相比较而言，公众舆论只是一个软弱无能的暴君而已。一个人对自身的看法，决定着，或者更预示着他的宿命。即便在西印度的各州县中畅谈梦幻与想象的自我解放，可上哪去找奴隶解放者威勃尔福司来推动此事呢？还可再想想，这块大陆上的妇人们，编织着梳洗用的软垫，以备临终之日所需，让她们自身的命运随波逐流！好像虚掷光阴并未有损于永恒呢。

芸芸众生在无声无息的绝望中度日。所谓的听天由命，更是确定无疑的绝望。你从绝望的城市去到绝望的乡村，不得不以水貂和麝香鼠的勇猛来自我安慰，一种凝结成型的却又是下意识的绝望，竟然潜藏在人类的所谓游戏与自娱自乐之中。这两者其实并无娱乐可言，因为工作之余才可娱乐，但智慧的特征却是不去做绝望之事。

经验不可恃

当我们以问答测验的形式，来思索着人生的宗旨究竟是什么，什么才是生活真正的必需品和意图时，我们的这种举动显示出，好像人们选择这种生活方式时经过了一番深思熟虑，因为他们更喜欢这种方式，而将其他任何方式排除在外。他们也清楚地知道，除此之外，他们别无选择。但生性敏感而又健康的人都知晓，太阳恒久晨升夕落。放弃我们的偏见，永远不会太迟。无论哪种思维和举止源于祖传，在没经明证前，都不可轻信。今天得到众人的一片喝彩声或者默认无妨的真理，或许明天反倒成了谬论，只不过这种谬论的烟雾，某些人还会当作是滋润大地的及时雨呢。前人认定不能办到的事，你尝试过后，发现还是能够办好的。前人有前人的行事准则，而后人则有自己的一套。古人那时不知添加燃料可使火焰经久不灭；后人却知将一点干柴架在锅底，还可以如鸟一般，绕着地球飞旋，还是古谚说的那样：气死老家伙。

老年人虽然阅历丰富，但未必更有资格去做年轻人的好导师，因为他们虽有收益，但所失也会颇多。我们几乎可以置疑，即便是最为聪慧的人，活了一生一世，又领悟了多少生活的绝对价值呢。说老实话，老年人并不能带给年轻人什么非常重要的忠告，他们自身的经验是如此零零散散，他们的生活是如此的惨痛失败，他们必须不加掩饰地承认，这种失败应归结于自身的缘故；或许，他们还残存着些许信心，这与他们的经验有点相左，只是他们的青春年华已一去不回了。我在这行星上生活了30余年，我尚未从长辈那里洗耳恭听到有价值的一个字，或者是热忱的忠告。他们对我是无可奉告，也可能是有意不愿告诉我什么吧。这就是人生，一个我大部分尚未亲历的试验；老年人已经亲历过了，但对我却没有助益。如果我获取了自认为有价值的经验，我肯定会想到，这个经验我的良师益友们可是从未提起过的呢。

一个农夫对我说道："人单吃蔬菜是不能活命的，因为蔬菜不能提供骨骼所需的养分。"因而他每天特地抽出一部分时间，来为自己备好骨骼所需的养分。他一边说着，一边跟在耕牛后面走着，而正是这条以草食供养骨骼养分的耕牛，拖着他和他笨拙的木犁，克服着一切阻碍向前。某些物品，在某些场合，比如说在最无助的病人之中，确是不可或缺的生活必需品，而在另一些场合，仅仅被当作了奢侈品，再换了某些场合，就成了人们从未耳闻目睹的东西。

对某些人而言，人生的所有历程，似乎已被先祖们逐一涉足遍了，无论是高山之巅，或是幽深谷地，无所不在先祖们的注视中。按艾芙琳所说："精明的所罗门曾下旨规定树与树相隔的间距，罗马地方官曾下令规定了你到邻人的地里捡拾掉落在地的橡实有多少次不算违法私闯，还规定了邻人可以分享多少份。"古希腊名医希波克拉底甚至传下了削剪指甲的方法，即是指甲剪得要不长不短，以与指尖齐平为准。毋庸置疑，那些使生命的多姿多彩和欣喜欢乐都消耗殆尽的种种厌倦无聊，是与亚当一样久远的。但人的能力从未被测试清楚，我们也没有依据前人的先例来断定他的能力究竟如何，已有的先例寥寥无几。不管到目前为止你是多么失败，"别沉溺苦恼之中，我的孩子，谁会指派你去干由你来完成的事呢？"

我们可以用上千种测试来尝试生活。举个实例吧，同一个太阳，它令我种的大豆成熟，同时也照耀着包括我们地球在内的太阳系所有星球。假若我已牢记了这点，就可以避免犯下某些过错。我在锄草时可没有这种灵光乍现。星星是多么奇妙的三角形的顶端！在无垠宇宙的各处，有多少相距遥远而又形态各异的物种在同一时刻有着同样的欲求啊！大自然和人生是千姿百态的，我们现有的几种体制也莫过如此。谁能妄言他人的生活前景如何？对我们而言，难道还有比两双眼睛一瞬间的对视更为伟大的奇迹吗？我们本应在一小时之内就阅历了这尘世间的所有世代。啊！甚至是所有世代中的所有尘世。历史，诗歌，神话！我不知道去阅读别人的经历，还有什么比阅读上述之类更令人惊异而又翔实的。

我的邻居称之为好的东西，大多在我心灵中相信是坏的，就我而言，假如我为某事懊悔不已，我懊悔的只能是我的善良举止。是何种妖魔慑住了我，使我举止这般善良呢？老年人啊，你能说出那些最睿智的言辞，你已经生活了70个年头，并非毫无荣耀，我却听到了一个不可抗拒的声音，要我对你的言辞退避三舍。后代人抛弃了前代人的事业，如同抛弃了几条搁浅的船。

我在想，我们可以泰然自若地相信的事情，应比我们实际上相信的事情要多得多。我们应放弃对自己的过多关怀，将这过多的关怀真心诚意地去奉献他人。大自然既能容纳我们的强力，也能容纳我们的软弱。某些人克制不住的焦虑紧张，几近成了不可救药的疾病。我们被造就成这样的人，总爱对自己工作的重要性夸大其词，然而还有多少工作我们没做！或者，一旦我们疾病缠身，又该如何呢？我们会多么惶恐不安！为了避免生病，即便丢弃信仰地生活也在所不惜，每天从早到晚戒心十足，夜深人静时假意祈祷一番，将自身托付于未知的定数。我们被逼迫生活得如此周全和井然，对自己的人生满怀敬畏之心，因而拒绝变换的可能。

人生之路就是这样啊，我们自语道；可是人生之路该是多种多样的，如同从一个圆心出发，可以画出无数条半径那么多啊。所有的变换，都是可值得预期的奇迹，而奇迹在不经意的每一刹那就发生了。孔夫子教诲我们，"知之为知之，不知为不知，是知也。"当一个人将他臆想的事实升华为他理解之后的事实时，我乐于相信所有的人终将在此基础上构筑自己的人生。

所谓生活必需品

让我们沉思片刻，我在前面提到的大多数烦恼和焦虑会是什么，有多少烦恼是必不可免的，或至少是要好好关注的。即使是处在一个表面文明的社会之中，去过一种原始的、垦荒的生活，对我们还是大有裨益的，至少我们可以懂得生活必需品大概有哪些，以及采用何种方法去获取它们；甚至可以去翻翻商人们的陈年旧账，看看人们通常最爱在店子里买哪些东西，店子里存积了什么货物，到头来就会对最杂的杂货店有个大致的了解。

时代虽在变迁，但对人类生存的基本法则却并无多大影响，比如说我们的骨架，与我们祖先的骨架或许是难以区分开的。

说到所谓的"生活必需品"，照我看来，是指所有人花费了精力才获取的物品，它或者从最初就是必不可少的，或者经过长久的使用，成了人们生活中极其重要的物品，即便是有人想对它舍之不用，这种人也寥寥无几，他们或出于野蛮，或因为贫穷，或是缘于哲学的意谓，才会将它拒之门外。

对林林总总的上帝的造物来说，具有同样意义的生活必需品，即是食物，荒野中的野牛，它的食物就是几英寸长美味可口的青草，还有一些可饮的生水，除非它还需要寻求森林的庇护或者山野的绿荫。野兽的生存莫过于对食物和荫蔽的需求了。但对人类而言，在目前的天时之中，生活必需品可以确切地分为食品、房舍、服装和燃料，缺少了这些，我们将无法自如地应对人生难题，更别提将来事业有成了。

人类发明的东西，不仅是房舍，还有衣服和烹饪的美食。或许是偶然发现了火焰的灼热，就加以利用，最初火还是奢侈品，而到了现在，围火取暖也成了生活必需品了。我们观察到猫和狗同样也获得了这个第二天性。住得适当，穿得适当，就能恰好保持体内的热量，假如住处和穿着过热了，或取暖的火也过于炽热，环境的温度高于体内的温度，那岂不成了烤炙人肉吗？达尔文这位博物学家，谈到火地岛的土著人时说过这样一则趣闻，他们一帮人穿着衣服烤着火，却并未觉得太热，那些赤身露体的野蛮人离火很远，却让人看了大吃一惊，"他们汗流浃背，像正在烤火一样"。我们同样听说，新荷兰人一丝不挂来来去去却若无其事一样，欧洲人衣着齐整还冷得浑身打战。这些野蛮人的耐性和文明人的聪慧难道不能合二为一吗？依照德国化学家李比希所说的那样，人的躯体是一只暖炉，食物如同燃料维持着肺部的内部燃烧。因此，寒冷的天气我们多吃，反之热天则少吃。动物体内的热量是一种缓缓燃烧的结果，当这种燃烧过快时，疾病和死亡就会由此引发；或者因为燃烧缺乏，或者因为通风设备出了故障，生命之火便会熄灭。当然，生命的热能与自然之火是不能混为一谈的，这种类比我们就适可而止吧。

自此，由上述内容可以推出，动物的生命与动物的热能几乎就是同义词了。食物，既然被当作维持生命之火的燃料，而燃料只是用来生火做饭的，煮热的饭食吃进体内后就给体内添加了热能，住所和衣装，也是为了保持体内的热能，体内的热能就是照上述的程度来产生和吸收的。

我的生活必需品

那么，对人体而言，最主要的必需品就是保暖，保持我们体内的热能。我们因此付出了何等的辛苦，不仅为了我们的饭食，衣物和住所，而且还为了我们的睡床——我们夜晚的衣物，从鸟儿的巢中和鸟儿的胸脯上，我们劫掠它们的羽毛，去精心营造住所中的住所，如同鼹鼠用青草树叶在地穴的末端为自己营造床儿一样！

可怜的人啊总是喋喋不休地抱怨，这是一个冷冰的世界；不仅身体冷冰冰的，社会也是冷冰冰的，并将大多数烦恼归罪于这种冷冰冰。到了夏季，某些地域，人们好像过上了天堂一般的生活。燃料，在那里除了用作煮饭之外，并非是必不可少的。太阳也是他们的火焰，许多果实在阳光的烹煮下，充分成熟了。一般来说，这里的食物品种比较繁多，获取也就相对容易些，衣物和房舍是完全用不着的，或者半数以上是可有可无的。

在当今时代，在这个乡村，我凭借自己的体验，发觉只需要几样工具就可以生存下去，一把刀，一把斧头，一把铁锹，一辆手推车，已经足够了，对于勤奋好学的人，灯光、文具，加上几本书，这已是第二位的必需品了。花费不多就可获得。但是某些人，他们并不明智，去到地球的另一边，来到那些肮脏的荒蛮之地，耗费上十年二十年时间去做生意，为的是让自己活着，也就是说，为了能过得舒坦一些，最后还是死在了新英格兰。奢侈的富人不单是追求惬意的温暖，而且还追求自然的温暖，我在前文已提过了，他们是烹煮的，当然是一种很时尚的烹煮。

安贫乐道

大多数的奢侈品，大多数的所谓生活的悠闲自在，不仅没多大必要，而且对人类的发展实在是个阻碍。

谈到奢侈与舒适这两方面，最明智者往往过得比贫困者更为单纯和朴实。古代的哲学家们，有中国的、印度的、波斯的和希腊的，都是同一种格调的人物，他们的外在生活穷得无人可比，而内心生活的富有却谁也难敌，我们对他们理解得并不透彻，但有一点很明显，我们对他们却知之甚多。

离我们年代更近的改革家和民族的救星们，事实上也同样如此。谁若要成为人类生活的公正无私而又充满智慧的旁观者，他必定要身处安贫乐道这样一种有利的地位上。奢侈的生活，必然结出奢侈的果实，无论是从事农业、商业或者文学、艺术，都莫过如此。

在当今，哲学教授一抓一大把，可是哲学家却一个没见。然而，哲学教授可是令人称羡的职业，因为哲学教授的生活曾经是令人称羡的。要做一个哲学家，不仅要有敏锐的思想，不仅要自成一个学派，而且要这般地热爱智慧，以便遵照智慧的指引，去过一种简朴、独立、洒脱和虔诚的生活。要解决某些人生的难题，不仅要从理论上，更要于实际中加以解决。卓越的学者和思想家，他们的功成名就，通常不是帝王式的，也不是英雄豪杰式的，反倒是一种朝臣趋炎附势之类的成功。他们对生活善于应变自如，为的是遵从父辈传下的习俗，所以无法成为更高尚的人类导师。

但是为何人类总是在退化呢？为何弄得家道衰败？致使国家衰亡的奢靡本质究竟是些什么？我们能否确信自己的生活中绝没有这种因素呢？即便是在生活的外在表现形式上，哲学家也是处于时代领先地位的。他在吃喝、住宿、穿着、取暖等生活方面，与他的同时代人定是迥然有别的。他既然受之无愧地被称为哲学家，怎能没有比其他凡夫俗子更为高明的维持体温的方法呢？

率性而为

若有人照我描述的这几种方法使得全身温暖了，那接下来他要干什么？肯定不会是想要同样类型的更多温暖吧，比如不会想要更多更丰富的食物，更宽敞更富丽堂皇的房舍，更精美更多款式的服饰，更加持久更加炽热的炉火，等等之类了。他一旦获取了这些生活必需品，就会转而求取另外一些东西，对多余的必需品定会弃之不用了。就是说，他要进行人生的探险了，这卑微辛劳的假日开始了。泥土此时好像正适宜播种，因为种子的胚根正向下挺伸，它可以极其自信地向上萌发茎叶了。为何人在泥土中牢固地扎下根来，却不能照样向空中蓬勃生长呢？因为这些更高贵的植物的价值，在于它们在空气和阳光中最终结出了硕果，而不会被当作更低贱的蔬菜对待。蔬菜尽管可能是两年生植物，但只是在长好根后，就会被割去顶端的枝叶，所以在它们开花的季节，大多数人却认不出它们了。

我并不打算去给生性强壮勇猛的人订立什么条条框框，他们无论是身处天堂还是下到地狱，都会独善其身，甚至可能构筑起比最富贵者更富丽堂皇的住所，更加肆意挥霍，却不会弄得自己穷困潦倒，他们对自己的生活方式顺其自然。如果，确实存在有这种人，像人们梦寐以求的那样。

我也不会去为另一些人订立条条框框，他们从现实事物中得到激励，触发灵感，带着情人般的火热和情意去珍爱现实事物——我自认属于此列之人。还有一些人，我不会对他们说三道四。他们无论在什么环境之下，都能安居乐业，他们知道自己是否在安居乐业。

我主要是想对那些不知足的人劝言几句，他们在有机会去改善境况时，却一味懒惰地抱怨自己生活艰难，时运不济。有些人遇事就只知起劲地叫苦不迭，简直到了不可救药的地步，因为他们自诉，自己已经尽力而为了。

我也在心中记着这样一种人，他们似乎外表阔绰，但其实是所有社会阶层中穷得最叮当响的，他们积攒了一些闲钱，却不知如何去用它，也不知如何去淡漠它，因此反倒给自己打造出了一副金银做的脚镣。

前尘旧事

如果我试图广而告之，我曾经打算如何度过已逝的岁月，或许会使对我稍有熟知的读者感到惊奇，当然也会使对我一无所知的人大吃一惊。我只需将我热衷的事情披露一二。

在任何天气下，在昼夜的任何时刻。我都立于改善现状，并在手杖上刻下印记，过去和未来，这两个永恒的交汇之点。无疑就是现在，我就立在这个点上，用脚趾去触摸着它。请诸位原谅我说得有些晦涩难懂，因为我的这种职业比大部分人的职业有着更多的秘密，而并非我刻意保密，而是我的职业特性需要如此。我非常不愿意把我所知晓的一切来个大揭秘，在我的大门上从未涂鸦过"不准入内"这几个字。

很久以前，我曾丢失了一条猎犬、一匹栗色马和一只斑鸠，至今我仍在追寻它们的踪迹，我向许多路人提到它们，描述过它们的踪迹，以及它们怎样回应人们的叫唤，我遇见过其中的一二位，他们曾听到过猎犬的叫声，栗色马的蹄音，甚至有人亲眼看见过斑鸠悠然隐没云中，他们似乎也很急切地想找回它们，好像是他们自己丢失的一样。

值得期待享受的，不仅仅是朝阳东升和夕阳西落，如果可能，还要涵盖整个大自然！何其多个清晨，夏日秋冬时，在任何邻人还没起身操持生计之前，我就已经为自己的事忙碌了好半天了！毋庸置疑，许多同镇人都曾遇见我干完活后归来，天刚蒙蒙亮就赶去波士顿的农夫，或是上山干活的樵夫都遇见过我。千真万确，我从未在太阳从天边升起的刹那，去助它一臂之力，可是无疑在那最为重要的一刻，我是在场的见证者。

如此之多的秋日，哦，还有冬日，我在镇外度过，尽力去倾听风声，听到了又将它向四面传达开去！我近乎为此投注了我所有的资本，为这笔交易而迎风奔跑，已经气喘吁吁了。假如风声传来任何一个政党的消息，那必定是在党的机关报上抢先发表的。另一些时候，我在建于山崖或树梢的眺望台上守望，向任一位新来的客人发出信号，或者静候在峰顶的黄昏中，等待夕阳西沉，夜幕降临，或许我还会抓住某种东西，尽管我抓住的东西一直不很多，这不多的东西却犹如以色列人出埃及时，在旷野中得到上帝所赐的"天粮"一样，仍会在阳光下消融而去的。

有很长一段时间，我曾是一份销路不畅的报纸的记者，编辑从来不认为我写的一大堆稿件适宜刊发。作家们的同感，这下我可体会到了。我写得苦不堪言，收获的却是滞销的劳动成果，然而对这事本身来说，苦不堪言就是应得的稿酬。

多年以来，我自封为暴风雪和暴风雨的监守员，忠于职守；我还自兼勘查员，不是去勘查公路，而是去勘查森林幽径和所有必经之路，以保它们畅通无阻，我还勘查了一年四季都能无碍通行的桥梁，它们架于沟壑之上，众人的足迹踏过桥面，自然证实了它们的便捷功能。我也曾看护过镇上的野生动物，因为它们总是跃过篱笆墙，给忠于职责的牧人惹出了不少麻烦；我还对人迹罕至的田园角落也特别关照，尽管我并不一定知道约纳斯或所罗门今天会在哪块地里干活，因为这已超出了我的职责范围。我为鲜红的越橘树，沙壤上的樱桃树和荨麻、红松和黑枞树，还有白葡萄藤和黄色的紫罗兰花都洒水浇灌过，不然在气候干燥的季节里，它们也会枯萎的。

　　总而言之，我这样一直干了很长时间，这么说一点都不自我夸耀，我一丝不苟地照料着我的这些业务，后来我越来越看得一清二楚，我的同镇人决不情愿将我算作公务员中的一分子，也不会奉送我一点不足挂齿的薪水，让我安享这份闲差。我记的账目，可以对天发誓，都一直准确无误，但确实从未被人查对账目，不用说有人会认账，更别说有人会付款结账了。话说回来，我的心思也一直没放在那上面。

　　不久之后，一个四处叫卖的印第安人到与我相邻的一位著名律师院子中推销篮子。"您想买篮子吗？"他问道。"不，我们一个也不要。"他得到了这个答复。"什么！"印第安人走出院门时情绪激动地叫道，"你们打算饿死我们吗？"因为亲眼看到过他的勤勉的白人邻居家境是如此富裕——这个律师只需将辩词串起来，再施出点什么魔法，财富和地位就随之而来。这位印第安人曾自说自话道：我也要去做，我就编织篮子去卖，这件事我还能干得来。他以为篮子编好了就万事大吉了，接下来白种人自会将它们买去。他却没发觉，他必须让人觉得买他的篮子是物有所值，起码得让人觉得，买下这一只篮子是物有所值，不然他应该做出另外一些值得大家去买的东西。我也曾编织过一种造型精致的篮子，但我并未将它编织得能激起人们的购买欲望。照我看，我编织篮子是件天经地义的事情，因而我并未用心去研究如何将它编织得能激起人们的购买欲。我研究过怎样才能避免这种买卖勾当。众人赞扬并认作成功的生活，只不过是生活方式的一种罢了。我们为什么要夸大这种生活而肆意贬低其他的生活呢？

　　发觉我的同镇同胞不大愿意在法院、教会或任何其他地方给我一个职位，我只得自己转向，比以往更加义无反顾的面向森林，那儿的山水草木对我更青睐些。我决定立即就投身于这种营生，而不必等着通常必需的资金到位。我去瓦尔登湖的目的，既不是为了图个廉价的生活，也不是奢侈的生活，而是想去做些私人营生，在那里各种麻烦会减少到最低限度，免得我因缺乏一点点公共常识和商业才能，加之生产做得又小，闹出一些伤心好笑的蠢事来，到头来一事无成。

起航瓦尔登湖

我常常在尽力去养成严谨的商业习惯，这对每个人来说都是不可或缺的。假如你与天朝帝国有贸易往来，你便得在岸边有个小财会室，它可位于某个撒勒姆港，也就足以开展业务了。你可以出口这个国家所能提供的这些物品，比如纯粹的土特产品，许多的冰块、松木和少批量的花岗岩，都是十分地道的本国出口产品。出口这些货物生意一定不错。

凡事全都亲自料理。领航员和船长二职一肩分担，既当业主又做保险商；负责买进卖出，还要兼做会计；亲阅每封收到的信件，发出的每封信也亲笔写就或审阅；日夜不停地监督进口货物的装卸；你好像分身有术，几乎同时出现在海岸的多处地方；载货量最大的船通常都在泽西港停靠装卸，还要亲自拍发电报，孜孜不倦地与所有驶向海港的船只联系沟通；与远方一个需求量旺盛的市场，保持一个牢固平稳的供货关系；不单是对行情了如指掌，还要对各地的战争与和平前景做到心中有数，预测贸易和文明的发展趋向；利用一切探险成果，开辟新的航道，利用所有航海技术改善的便利条件；还要研究航海图，给珊瑚礁新灯塔和浮标精确定位，航海图表则是不厌烦地再三修正，假如在计算上有点滴疏漏，都会造成本该顺利抵达一个友好港口的货船，撞在礁石上变得四分五裂的。航海家拉·潘洛斯的命运真是凶险难料啊！还要紧跟宇宙科学的最新发展，研究一切伟大的发现者、航海家、探险家和商人的人生历程，从迦太基探险家汉诺和腓尼基人开始，一直追溯至今；最后，还要随时掌握货栈的库存数额，以便明确自己的经营现状。这确是一个折磨人的苦差事，需要耗费一个人的全部精力才能。如此这般的利润和亏损问题，利息的问题，扣除花费和预估损耗而后计算添补的问题，全都需要数字精确无误，不具备全宇宙的知识不足以应对。

我认定瓦尔登湖是个做生意的好地方，不单是盘算过它铁路运输和贮冰的行业，它还能提供多种便利条件，将它公之于众，并非是个好主意。瓦尔登湖可是一个优良港口和基地。你无须去填平如同涅瓦河畔那样的沼泽，尽管你每到一处都要奋力开拓。据说，涅瓦河一旦洪水泛滥，西风呼啸而来，河中的冰块会将圣彼得堡从大地一扫而光。

穿着的难题

鉴于我的营生不用通常所需的资金就可开张，那么要推断我从何处弄到这样的行业都必不可少的行头，可就不是轻而易举的事情了吧。

让我们立即谈谈实际问题好了，先说说服装，我们买服装多半是因为喜好新奇的心理作祟，或是顾忌他人的意见，而不是出于对这些服装实用性的考虑。让那些要去做事的人再次牢记穿衣服的宗旨，首先，是维护生存必需的体内热量，第二，就是在社会环境中遮蔽裸露的躯体，而且他还应判断一下，有多少必需而又重要的工作，不必在衣橱中添置新衣就可完成。

国王和王后的衣装常常只穿一次，尽管有御用裁缝专为他们精工缝制，国王和王后陛下却不知领略身着合体衣装的舒心快意，他们跟那些挂洁净衣装的木架子真有一比，我们的衣装，却一天天被我们同化掉了，打上了衣者个性的印记，弄得我们要扔掉它们时犹豫不决，就好像扔掉的是我们的身躯，难免有些难舍难分。就医治病，心情是如此郁郁寡欢。从没因有人身着打补丁的衣服而对他另眼相看的；然而，我也确信，人们通常为了衣着也会更加操心，衣着要穿得时尚，起码要干净整洁，还没有补丁，穿衣者是否有健全的良心倒不在考虑之列。但即便衣服破了再加缝缝补补，所暴露出的最大恶癖只不过是缺乏远见，没有想到小洞不补，会破成大洞。我有时用这样的方法来测试我熟识的人，谁愿身穿膝盖以上打有补丁的，或者多出了两条缝的衣服？大多数人的言行好像表明，他们倘若如此穿着，定会被毁了前程。他们宁可跛腿蹒跚些也不愿穿着一条破裤子去。假若一位绅士意外伤了腿，这是司空见惯的事情，他自会去救治；但假若他的裤子破了，就不会对它进行救治了。因为他关注的，并不是真正值得尊重的东西，而是关注那些受人尊重的东西。我们不去认人，却只认许许多多的衣服和裤子。你脱下最后一件衣服给稻草人穿上，你一丝不挂地站立一旁，路过之人谁不会先向稻草人敬礼呢？某一天，我正经过玉米地时，就在一个顶着帽子，挂着上衣的木桩旁，我认出了这个农场主。比起我上次看见他时，他只是显得经过更多的雨雪风霜，有些哀思。我曾听人说，一条狗会对穿了衣服向它主人的房屋走近的人狂吠，却能轻易地被一个赤身露体的窃贼制服，一声不吭。如果人们都除掉了衣衫，将能多大限度地保持他们的相关身份，这真是一个趣味话题啊！在人人都没穿衣的情形之下，你能否在任何一群文明人之中，肯定地辨别出谁属于最受尊敬的阶级呢？

菲菲夫人在做她的环球冒险旅行，从东方去到西方，当她非常接近俄罗斯的亚洲地区，要去拜见地方长官时，她说，她觉得有必要脱下旅行服装，换上其他样式服装，因为她现在来到了一个文明的国度，在这儿人们是凭衣装来对待人的。在我们这个以民主自居的新英格兰城镇中，谁如果偶然地富贵起来，穿着考究，住宅豪华，他就会随处受到众人的仰慕。可那些极尽仰慕之情的众人，人数多得不计其数，全都是些异教徒，因而还需为他们派去一位传教士。此外，衣装是需要缝纫的，缝纫可谓是一件无休无止的工作；起码，一个女人的衣装，是永远也盼不到完工的那一天的。

为旧衣一辩

一个人，终于找到工作可做了，他其实无须换上一套新衣去上工，对他来说，旧衣服就够了，那些旧衣服虽在阁楼上放置了较长时间，满落了积尘，但穿无妨。一位英雄穿着旧鞋子的时间，倒比他的仆从穿旧鞋子的时间更长——如果说他有个仆从的话，赤脚的年头比穿鞋子要更为久远，英雄当然也可以赤脚了。只有那些赶赴社交晚宴，或立法院去的人必须身着新装，他们的衣装频繁地更换，因为这些人去的场合也在频繁更换。但是，如果我的夹克和裤子，我的帽子和鞋子，我穿上它们就适宜于祭拜上帝了，那么这些衣装穿在身上又有何不可？谁曾关注到他的旧衣服，他的旧衣服真的是破烂不堪，简直要还原成织布的原料了，就是奉送给一个乞儿，也算不上是行善之举，或许这乞儿还会将它转送给更贫穷的某人，这人倒可称得上是富有之人，因为他一无所有便可操持自己的营生呢。我是说，你得警觉那些需要衣冠楚楚的行当，而并非那些衣冠楚楚的人。假如没有新进之人，新衣服做出来又适合谁穿呢？

　　如果你有什么业务要做，不妨身着旧衣试试看。人们所需求的，并非是将那些事情一做了之，而是要有所作为，或者说，要事业有成，或许我们永远不必添置新衣，无论旧衣服已如何褴褛和肮脏，除非我们已经如此尽力而为了，如此去经营事业了，或已沿着某个航线前行了，我们便身着旧衣，躯体却已焕然一新，犹如旧瓶装入了新酒。我们更换衣装的季节，如同飞鸟蜕换羽毛一样，必定是生活中的危机时刻。潜鸟会退至僻静的湖畔去蜕换羽毛。蛇蜕皮的情形如是这般，蛹虫出茧也不例外，都是机体内孜孜以求地向外扩展使然；衣装之于我们，只是我们表皮的角质，或是凡尘中的枷锁罢了。如若不然，我们将会发觉自身是在迷彩色下前行，最终难以避免地横遭我们自己的见解，为全人类所摒弃。

　　我们诸位穿了一件衣服，又穿上一件衣服，宛若寄生植物一样，没有外源添加就不能生存。我们穿在最外面的，常常是轻薄而又花哨怪异的衣服，它只是我们的表皮，或者说是伪装的皮肤，并非是我们生命密不可分的部分，这里或那里擦破一块，也不会伤筋动骨，生命垂危；我们常常身着的较厚衣服，不断地磨损，就是我们的细胞壁，或者说是外皮，我们的衬衣还是我们的韧皮，或者说是真正的树皮，若要剥下来就要经受撕皮扯肉的痛苦，这样做是对人的致命打击。我相信，所有的物种在某些季节都穿着相当于衬衣的东西。一个人若是衣着如此简单，以至于可以在黑暗中触摸到自己，不正是我们所期望的吗？另外他在生活的各个方面都能做得面面俱到，准备充分，那么，即便敌人攻占了这座城市，他也能和古代的哲人一样，赤手空拳地走出城门，内心十分坦然。

一件厚衣服的用途，可与三件薄衣服相当，价廉的衣服也可按顾客能够接受的价格买到。一件厚点的上衣 5 美元就可以买到，还可以穿上好多年，厚点的长裤 2 美元一条，牛皮靴 1.5 美元一双，夏天的遮阳帽不过每顶四分之一美元，冬天的帽子则是每顶 62.5 美分，或许更好的帽子是在家自制的，所需的费用微不足道。穿上了这样的一套他自己辛苦挣来的衣服，虽然贫穷了些，谁敢说不会有聪明人向他表示敬意呢？

笑谈时尚款式

　　当我定做一件款式特别的衣服时，我的女裁缝正儿八经地告诉我，"现在他们已经不时兴这种款式了。"她的语气中一点也没强调"他们"这个词，好像她引用的是与命运女神一般的某种超凡的权威下的谕旨，我因而发现想要她做出我所需要的款式已经没门了，简而言之，她压根儿就不相信我说的是真话，她认定我有点轻率无知。而我一听到这神谕一般的语句，就让自己陷入了一小会沉思，把语句中的每个单词都对自己单独强调一次，以便我弄清它的含义，以便我发现"他们"与"我"之间到底有何种亲缘关系，在这件与我密切相关的事情上，他们到底有多大权威；最后，我决定用同样神秘的语气答复她，也没有强调"他们"这词："这话没错，他们前一阵子不时兴这个款式，可现在他们又时兴这个。"

　　她测量的只是我的身材，而不是测量我的性格，她只量了我的肩宽，好像我是一枚挂衣服的钉子，这种测量有什么益处？我们既不崇拜美惠三女神，也不崇拜命运三女神，我们崇拜的是流行时尚。她纺织，她裁剪，不容争辩地操持一切。如果巴黎的美猴王戴上了一顶旅行帽，那么全美国的猴子都要竞相效仿。我有时近乎绝望，在这个尘世间，有哪一件简单的实事，是经过人们出手相助而办成的。

　　人们首先得经过一个强力的压榨机，将他们的旧理念压榨出来，这样他们就难以立马靠两条腿站立起来，你然后再瞧瞧，有的人头脑中生了蛆虫，无人知道是由何时存在于里面的虫卵孵化而成的，即便是燃起一把大火也烧不到这些孽根；如若不然，我们无论怎样劳作都是白搭，然而，我们别忘了，有一种埃及的麦子是传自一具木乃伊，一直传到了我们这一代。以整体而言，我认为这个观点是不能持有的，即某国或别国的服饰已经攀上了一种艺术的备受尊崇的地位。现在的人，还是能有什么，就穿上什么。就像失事船上的水手，漂流到岸上，找到了什么就披上什么，相隔一定的距离后，无论是空间还是时间上的距离，人们都会拿彼此的衣装逗趣开心呢。每一代人都会嘲笑上一代人的时尚，而尽心追求着新的时尚。我们对亨利八世或伊丽莎白一世女王的一身装束，看了就觉得滑稽可笑，好像他们是食人岛上的山大王和压寨夫人一样。任何衣装一旦离开了人，就变得可怜和怪异起来。唯有用严肃的眼睛透视着穿衣人的真的人生，才能抑制住忍俊不禁的喧器，还穿衣人一个神圣的真面目。剧中的滑稽小丑腹痛不止时，他身穿的五彩斑斓的衣衫，也会衬托出此时他苦不堪言的情绪。当士兵被炮弹击中，他破烂的军装也堪与华贵的紫袍媲美。

男男女女对于新的款式，都具有一种幼稚和蛮不讲理的趣味，这种趣味使得多少人搔首弄姿地要从万花筒般的世界中，找出适合当今这一代人穿着的特殊款式。服饰商家们早就估透了人们反复无常的趣味。两种款式的区别，仅仅在于几条丝线的颜色搭配，深浅不同，这种款式立即卖掉了，另一种款式却摆在货架上无人问津，但闲置了一个季节之后，后者反成了流行的款式，这种例子是不胜枚举的。

在皮肤上文身，相对而言，并非如人们所说的那般野蛮。说文身并不野蛮，仅仅是因为它深入皮肤而没改变什么。

服装厂是人们得到衣服的最佳途径，我对这种观点却不敢苟同，美国现在的服装厂的作业方式，每时每刻都在向英国同行看齐，这并不足为奇。就我迄今为止听说到和亲眼所见的，服装厂的主要目的，并不是为了使大众穿得更好、穿得更朴实，只是为了让公司赚钱。这一点，是毫无疑问的。从长远来看，人们总会实现他们的志向的，因此他们不必顾及眼前的失败，不妨将志向定得更高远一点。

野蛮人住宅的温暖

至于住所，我并未否认它现在是一种生活必需品，尽管有很多实例证明，人们在比这儿更为寒冷的国度，没有住所照样能长久地生活下去。塞缪尔·莱恩说道："居住在北欧地区的拉普兰人穿着皮衣，头戴皮帽，肩上套着皮囊，夜复一夜地睡在冰雪上——那时天寒地冻的程度足以冻死身穿羊毛衫的露宿者。"他亲眼见证了这一奇景。他又补充道："但他们并不比其他人更壮实。"或许人类在地球上生活了没有多久，就发现了住房的便利以及家庭生活的舒适安逸，他说这段话的原意，可能表达了对住所的满足，而不是对其乐融融的居家生活的向往；尽管在某些气候环境下，人们一说到住房就总会联想起寒冬和雨季，一年的三分之一时间无须住房，只要一柄遮阳伞就足矣，这种说法其实是极其片面的，只是偶然说对了。我们居住的气候环境，从前夏夜里只需在身上稍加些搭盖就可以了。

在印第安人的记事方法中，一座圆锥形小屋是一天行程的标志，在树皮上刻着或涂画的一排圆锥形小屋，则显示出他们露营驻扎有了多少次。人类的肢体没被造就得如此硕大强健，所以他得缩小属于自己的世界，用墙壁来围起一个适合于他的空间。起初他是裸体的，在户外生活的。在晴朗温暖的气候里，白天里过得还是无比惬意的，可是到了雨季和冬天，除开其中艳阳高照的日子不说，若不是人类急忙寻求住所的庇护，或许在人种萌芽之时就会夭折了。照传说，亚当和夏娃在没有衣服可穿时，是以树叶遮羞的。人们需要一个家，一个温暖的地方，或者一个闲适之处，首先顾及的是肉体的温暖，其次才是情感的温暖。

我们不妨想象当时的情形，人类还处于婴幼儿期，有些富于进取心的人爬进岩洞里寻求遮蔽。每个婴孩都在一定程度上重复了这个人类发展史，他们喜欢待在户外，即使是遇到了阴雨天和冷天，后来，他们玩盖房子，骑竹马，皆是出于人类的本能。谁会不记起孩提时发现了一个岩洞，或是走近一个岩洞的乐趣呢？我们原始时代的祖先们对自然渴求的天性，仍遗传在我们的血脉之中。从穴居伊始，我们就用棕榈树叶、树皮、树枝搭建屋顶，编织可以拉伸的亚麻屋顶，后来又发展到搭盖青草和稻草屋顶，木板和木瓦屋顶，直至搭盖石头和砖瓦屋顶。最终，我们忘却了露宿旷野的生活，我们的室内生活已经超出了我们原先的想象。居家的炉火离田地已有相当距离了。如果我们度过更多的白昼和黑夜时，在我们和天体之间没有任何的东西阻隔；如果诗人不是一味地在屋檐下吟唱，如果圣人也不在室内居住得如此长久，我们的生活或许会更好些。飞鸟不会在洞穴里鸣唱，鸽子会在笼子里流露它们的纯真。然而，如果有谁要设计好图纸去建一所宅院，他有必要去学点北方佬的精明，以免到头来发觉自己陷进了一座工场里，或是一座没有阿里阿德涅线团指引出路的迷宫里，或是一所博物馆里，或是一所救济院里，或是一座监狱之中，或是一座华丽壮观的陵墓里。先要仔细想想，这个庇护所是否绝对必需。我目睹过潘诺勃斯科特河上的印第安人，就在这镇上，他们居住在薄棉布制成的帐篷中，而四周的积雪竟厚达一英尺，我想到如果积雪再厚一点，能为他们遮风挡寒，他们必定会乐意的。以前，怎样使我真诚地生活，无拘无束地从事我正当的追求，这个问题曾比如今更加困扰我心，所幸的是，我已变得铁石心肠了。

我过去常常在铁路边看见一个大木箱，6英尺长，3英尺宽，工人们到了夜晚就把工具锁在里面。我因此想到，每一个生活艰难的人只需花上1美元就可以买一只这样的箱子，钻几个孔，至少可以通通空气，下雨天和夜间就能住进去，把箱盖关拢，他便可以随心所欲地爱他所爱，他的心灵也可自由放飞了。这个念头看来并非是最糟的，也绝不是可鄙的选择。你可以随意长坐不眠，而且，无论何时起身外出，再不会有什么老板房东拦住你索要房租，有多少人为了要付一只更大、更奢华的箱子的租金，一直困扰到死，然而他住在这样的小箱子里也不至于受冻而死。我这可不是在讲俏皮话。

简朴生活是门学问，它一直遭到人们的轻视，但它却不能任人漠然无视。一帮鲁莽壮实的家伙，他们的大部分时间都在户外度过。曾经在这里建起一座舒适的住宅，使用的建材全都是大自然恩赐的材料。隶属于马萨诸塞州地区的印第安人的总督戈金，曾在1674年写道："他们最好的圆锥顶棚屋，都搭盖得非常整洁，严实温暖，用树皮盖顶，树皮是在树木干燥的季节，从树身上脱落掉的，趁着树皮还较青翠时，用很重的圆木将它们压成大木片。……较差一点的圆锥顶棚屋则是用芦苇编成的草席盖顶的，也同样严实和温暖，只是没有前者美观耐用……我见过的一些棚屋，有60或100英尺长，30英尺宽……

我常常住在他们的圆锥顶棚屋里，觉得它们与好的英式屋子一样温暖。"

他随后又说道，他们通常是把镶饰精美花纹的席子铺成地毯，或是挂在墙上当作壁毯，还摆饰着式样各异的器皿。印第安人已经进步到能够自如地控制通风的效果，他们在屋顶开个天窗，用席子盖在天窗上，用一根绳子来进行开关，最值得注意的是，这样的圆锥顶棚屋顶多一到两天就可以搭盖起来，只需几个小时便可拆除，然后又重新装好。每一户人家都拥有一座这样的屋子，或者一座棚屋中的一个单间。

文明人住宅的怪圈

在蛮荒时代，每个家庭都拥有一座最好的住所，以满足其粗鄙而又简单的需求。可是我想，我下面要说的话还是分寸得当的：虽然天上的飞鸟都有鸟巢，地上的狐狸有兽穴，野蛮人也有他们的圆锥棚顶屋，而在现代的文明社会中，却只有半数不到的家庭居有其屋。

在文明程度相当之高的大城市中，拥有自己住宅的人为数极少。其余的大多数人若要有个栖身之所，则要每年支付租金，在夏季和冬季，栖身之所是必不可少的，可是这笔租金原本是够他去买下印第安人一个村子的全部圆锥顶棚屋，却反而害得他一生受穷。在这里，我无意将租房住与拥有住房两者之间作一优劣比较，但是显而易见的是，野蛮人拥有自己的住所是因为它花费甚少，而文明人租房住通常是因为他的财力不足以购房。但是，有人会争辩道，只要付得起租金，穷困的文明人也会拥有一个住所，这住所与野蛮人的圆锥顶棚屋相比，简直就像王宫一般。每年只要支付 25 至 100 美元，这是乡镇的一般价格，他就有资格得到经历了无数世纪完善至今的宽敞住房，房间内有洁净的油漆和墙纸，朗福德壁炉，泥灰墙，软式百叶窗，铜质的水泵，弹簧锁，方便宽敞的地窖，还有其他许多东西。然而，这一切究竟作何解释呢？安享这些东西的，却是通常被称作"贫穷"的文明人，而不拥有这些东西的野蛮人，生活中却有着野蛮人般的富足？

如果说，文明就是人类生活条件的真正进步——我也认同这种说法，虽说只有聪慧之人才能改进他们的有利之处——那么，它必须表明，不用花更高价钱就能建造更好的住房。说到物价，它其实就是所谓用作支付手段的生命，要么马上支付，要么长期支付。在这一带，一座普通房屋的造价大约需 800 美元，省吃俭用地积攒起这笔钱，至少要花费一个劳动者十年至十五年的血汗，还得没有家庭负担才行——这是按每人每天 1 美元的平均劳动收入来估算的，因为有的人收入高些，有的人收入少些。如此一来，通常他必须耗掉大半生的时间，才能挣回他的一座"圆锥顶棚屋"。假如他仍然是租房去住，也只是在两难之间做出了一个可疑的选择。面对如此不利局面，野蛮人难道会聪明到以他的圆锥顶棚屋去换来一座王宫吗？

抵押贷款的恶果

　　或许有人猜测，我几乎贬低了拥有这种多余房产的所有益处，它更可以备作不时之需，但我认为对于个人而言，这种益处，主要是为他支付将来的丧葬费用而已。但或许人还不需要自我安葬。然而，这一点正是文明人与野蛮人的重要区别所在。而且，毫无疑问，为了我们得到益处，有人曾设计出文明人生活的某种体制，在这种体制中，种族的生活足以保存并日渐完善，但个人的生活却被极大地损害。但我希望表明，在当今要获取这种益处可要做出相当的牺牲。因此我提示一下，我们是可能获取这种益处，而不用做出任何牺牲的。你说贫困总是对你纠缠不休，或者父亲吃了酸葡萄，孩子感到口中酸水直流，你说这些话居心何在？

　　　　主耶和华说，我指着我的永生起誓，你们在以色列中必不再
　　有用这俗语的因由。
　　　　看啊，世人都是属于我的，为父的怎样属我，为子的也照样
　　属我，犯罪的也必死亡。

　　当我考虑到我的乡邻时，这些康科德的农夫们，他们的家境至少与其他阶级一样小康，我发现他们中的大多数人，已经辛勤工作了二

十年、三十年，或者四十年了，目的是为了成为农场的真正主人，这些农场通常是办理了贷款抵押而留给他们的遗产，或者是借钱买下的——我们可以将他们 1/3 的辛勤工作，算作他们购买农场的总价，但他们一般总难以还清这笔借款的。确实，抵押贷款往往还高于农场的原价，结果农场本身倒成了一个沉重负担，但最终还是要有人来继承它的，正如继承人自己所说的，他这个继承人与农场实在是太血脉相连了。我向财产评估员询问此事时，我惊奇地发现，他们竟然不能一气说出一打无债一身轻的农场主来。如果你要弄清这些农场的实情，你可向他们抵押贷款的银行去咨询一番。实际上，能够靠劳动所得来偿付他的农场欠债的人极其少见，对每一个乡邻来说是屈指可数的。我怀疑在康科德这样的人不会超过 3 个。

　　说到商人，他们其中的绝大多数，100 人中甚至有 97 人，是注定要落败的，农夫的情形也莫过于此。然而，对于商人的落败，有人曾经一针见血地指出，绝大多数商人的落败并非亏了血本，而仅仅是没有履行合约，因为他们已经无能为力了，换句话说，他们不守信用，如此这般，事情便会弄得更糟，而且说不定，上面所提到的那三个幸运儿的灵魂，将来也不会得到拯救，也许比起那些老老实实的商场败将来，他们破产的情形会更惨不忍睹。破产啦，欠债不还啦，都是一块块跳板，我们的大部分文明就在这上面翻转腾挪，而野蛮人都是站立在饥饿这块没有弹性的木板上的。不过，米德尔塞克斯牲畜展示会每年仍在这里照开不误，场面总是风风光光的，好像农业这部机器的每个零件都是在欢快运转似的。

　　农夫们一直竭力采用比难题本身更为复杂的套路，来解决生计问题。为了找到他的鞋带，他会趁机查遍整个牛群。他运用娴熟的技巧，用细弹簧精心设下一个陷阱，捕猎到"舒适"和"独立性"，他刚要抬脚走人，没料到他自己的脚却落入了自设的陷阱之中。他贫穷的缘由皆因于此。而且由于相类似的缘由，我们全都贫穷不堪，即便有奢侈物件围绕我们，也难以匹敌野蛮人的一种安逸。英国诗人乔治·查普曼吟唱道：

　　这虚假的人类社会——

　　——为了追寻尘世的宏伟
　　天堂的乐趣如空气般稀薄。

　　待到农夫获得了他的房舍，他可能并未更加富有，而是更加贫困，因为房舍占据了他。按照我的理解，嘲弄与指责之神莫墨斯曾说过一句十分精辟的话，对智慧女神密涅瓦建起的一座房屋吹毛求疵时，她说："没有将它建成可移动式房屋，所以不想与恶人为邻也就很为难了。"或许还可以加上一句："我们的房屋造得如此不便利用，我们不是居住在其中，而是被囚禁在其中，需要避开的恶邻不是他人，而仍是我们卑鄙无耻的'自我'。"我知道，在这个镇上至少有一两家人，几乎是花了一生的时间，一直渴望将他们城郊的房屋脱手，好搬到乡下去住，可是始终难遂人意，看来只有等到魂归西天的那一刻，他才会如愿以偿。

　　即便大部分人最终能够得到或租用这些经过改善的现代住屋，但在文明改善这些住屋的同时，文明却没有改善居住在住屋中的人。文明已经造出了宫殿，但是要造就出贵族和国王来却不是轻而易举的事情。

　　如果文明人的追求并不比野蛮人的追求更有价值，如果他只是将一生中的大部分光阴用作获取粗俗的必需品和安逸的生活，那么他又何苦要比野蛮人住得更胜一筹呢？

文明的溃烂处

　　但是，那些贫穷的"少数人"的境遇又如何呢？或许我们会发现，他们中的某些人的境遇表面上看起来要在野蛮人之上，另一些人的境遇则比这某些人更不如，一个阶级的奢华全有赖于另一个阶级的贫困来得以维持。一边是富丽堂皇的王宫，另一边则是救济院和"沉默寡言的穷苦人"。为法老建筑起宏伟金字塔陵墓的不计其数的劳工只配吃些大蒜，他们死后连个像样点的葬礼都不会有。刚修建好王宫上的飞檐的泥水匠，他们在夜色中归家，这家或许是比圆锥顶棚屋还不如的小茅屋。

这是令人舒心的春日，郁闷的冬日正与冰土一样消融，冬眠的生命也开始舒展了。

下面的这类说法是荒谬的：在一个文明随处普及的国度，大部分居民的境遇并没有下降到比野蛮人还糟糕的地步。我此处所指的是那些生活条件恶劣的穷人，暂且不论那些生活条件恶劣的富人。要弄清这一点，我觉得无须看得多远，只消睁眼看看铁路两旁，破烂的棚屋触目惊心，这些都是文明中至少没有改进的部分。我每日散步之时，看到人们住在这污浊不堪的棚屋里，整个冬季，都要将门大开，为的是让光线照进来，也看不到取暖的柴堆，那是他们常常梦想的宝物，而男女老少的身躯，由于长期在寒冷和凄苦中蜷缩一团，已经永远变形，他们的肢体和器官功能的发育也就停滞不前了。

　　关注这个弱势阶层是理所当然的，这个时代最卓越的工程正是由他们所完成的。在英格兰这个世界大工场中，每个生产企业的操作工们，生活的境遇或多或少与此类似。另外我还可以给你讲讲爱尔兰的情形，在地图上，它是作为白种人的开拓地而标识的。将爱尔兰人的身体条件，与北美洲的印第安人，或者南海岛民，或者任何尚未与文明人接触而导致堕落的野蛮人相互比较吧。我毫不怀疑，这些野蛮人的统治者，与一般文明人的统治者是同等英明的。他们的现状只能证明，文明还附带着何等的肮脏秽物啊！现在，我几乎不需要再提到我们南方各州的劳动者了，他们生产出了我们国家的主要出口产品，而他们自身倒也成了南方各州的一种主要产品。好了，我就不越扯越远了，我只谈谈那些境遇"据说中等"的人吧。

　　他们大多数人好像从未考虑过，一座房屋该是什么东西，尽管他们没必要贫困，实际上却终身贫困，因为他们认定应当拥有与邻人一样的房屋。比如一个人只穿裁缝制作的任何衣装，或者逐渐抛弃了棕榈叶做成的帽子或土拨鼠皮制的软皮帽，但还一味地抱怨时势艰难，因为他买不起一顶王冠！要发明一座更为便利，更为豪华的房屋是可行的，但所有人都承认，现有的房屋我们都无力购置。我们是仍要研究如何获取更多的东西，还是有时满足于少贪图一点东西呢？难道那些可敬的公民们，就如此庄重地言传身教，来教导年轻人在他们终老之前，必备下若干双多余的漂亮鞋子和若干把雨伞，还有空无一人的客房，来款待他那尚未到来的宾客吗？我们的家具为何不能如阿拉伯人或印第安人那样简便实用呢？

当我想到那些民族的救星，他们被我们尊封为神灵般的天堂信使，给人类捎来神灵赐予的神品，我搜肠刮肚，也想不出有任何仆从，会亦步亦趋地紧随其后，更别说紧随其后的还有什么装满一车的时髦家具了。假如我去赞同这种说法，那会怎样呢？那不是一种异常的赞同吗？这种说法就是：假如你们在品德和智慧上优于阿拉伯人，那么我们的家具也该比他们的更为复杂！眼下，我们的房间里被塞满的家具正弄得脏乱不堪，一位优秀的家庭主妇为家具打扫灰尘忙得不亦乐乎，但仍难以做完这清晨的工作。清晨的工作啊！在赤色初现的曙光中，在尼罗河旁雕像曼侬发出美妙动听的乐音里，世上的人们该做些怎样的"清晨的工作"呢？

在我的案头上，摆放着 3 块石灰石，我惊恐万分地发觉，我心灵上的灰尘还未来得及擦拭，却还要日日去擦拭它们的灰尘，我赶紧憎恶地将它们抛出了窗外。到如今，我怎么能拥有一个带家具的房间呢？我宁愿坐于露天之中，因为青青草叶之上，一尘不染，除非是人类用尘土玷辱之处。

奢华生活之累

骄奢淫逸之人摆显出时髦花样，而成群结队的人却趋之若鹜。一个旅人，投宿进所谓最豪华的客房里，他立即就会发现这点，因为酒店的一干人等将他当作萨达拿帕鲁斯国王陛下来殷勤款待，而如果他在盛情之下晕晕乎乎，很快就会彻底失去男性气概的。

我想到在火车车厢里，我们宁愿花更多钱用于奢华的装修上，而忽视了车的安全性和简便快捷，结果安全性和简便快捷不值一提，车厢倒变成了一个时髦的客厅，有软垫睡椅，土耳其式的厚卧榻，遮阳窗帘，还有千奇百怪的其他东方物件，我们将它们移植到了西方，这些物件，本是为帝王的六宫粉黛，伊斯兰王宫中的妻妾而发明的，那可是约拿单闻其名也会脸红的东西，我宁愿坐在一个南瓜上，这南瓜只容我一人占用，而不愿挤坐在天鹅绒的软垫上。我宁愿在大地上驾驭着一辆破牛车，悠闲自在地游荡，也不愿乘坐豪华的观光火车去天堂，沿途呼吸着乌烟瘴气。

原始人的生活过得简单至极，身无遮掩，至少显然有这样的益处，他们自始至终只是一个大自然的过客。他们吃饱睡足，便可又起身四处游荡了。可不是么，他居住在苍天的帐篷之中，或是穿行过峡谷，或是涉足于平原，或是攀登上高山之巅。但是，天哪！人类已经变成了他们工具的工具了。独立自主，饥饿时就采摘鲜果食用的人变成了一介农夫；而在树荫下寻求庇护的人成了管家。我们现在已不在夜间宿营，而我们已定居在大地之上，却已然忘却了天空。我们信奉基督教，只是将它作为改善农业的一种方法。我们在人世间建造好家宅院落，接着就修建家冢墓地。

　　最卓越的艺术作品，都表现着人类在这种境遇中为了自我解脱而奋力拼争的壮举，但我们的艺术效果只是为了将这种卑下的遭遇渲染得更为舒适一些，而那更高的艺术境界反倒被遗忘了。其实，在这个村庄里，精美的艺术作品没有立足之地，即便某件作品流传下来，我们的生活，我们的住所和我们的街道，也不能为它提供一个恰当的陈列之处，想悬挂一幅画都找不到铁钉，想摆放英雄或圣贤的半身雕像却没有搁架。

　　当我寻思着我们的房屋是如何建起的，又是如何支付钱款拖欠钱款的，住户的经济状况和房屋维护费用又是何种情形时，我变得困惑不解了，我很惊奇造访者在赏玩壁炉架上那些精美的小摆饰时，他脚下的地板为何不突然坍塌，好让他径直坠入黑乎乎的地窖中去，砸在坚实而非虚幻的地基上。我不能熟视无睹，所谓富裕而又优雅的生活正是世人渴求奋力一跃便于揽取的，我对粉饰生活的漂亮艺术品素不欣赏，我聚精会神于世人的奋力跳跃上。我记得，人类单凭肌肉所能达到的世界跳高纪录，是由游牧的阿拉伯人创下的，据说他们能平地起跳达 25 英尺之高。没有人为的支撑，即使跳得这样高，人必是还会跌到地上的。

　　我试问那些极不体面的产业主，第一个问题就是，谁喂肥了你？你是位于 97 个商场败将之列，还是跻身于 3 个成功人士之中？答复了我的提问之后，或许我会去瞧瞧你的华而不实的小珍玩，赏玩一下它们的饰品风格。车子套在马的前面，既不中看，也不实用。我们在用华丽的饰品装饰房屋之前，必定是要刮去一层的，我们的生命也必定要被刮去一层，还要以完美的家政服务和美好的生活打上一层底子。现在知道了吧，美好的生趣是在户外培育的，因为户外没有房屋，也没有管家。

先辈的节制

　　老约翰逊，在他的《神奇的造化》中，谈到了这个镇上的首批移民，他们与他是同一个时代的人，他告诉我们："他们在山脚下，挖掘窟洞，作为第一个庇护所，他们将泥土培在高高的柴堆上，在最高的一边，生起了火，浓烟滚滚，烘烤着泥土。"他们没有为自己建造房屋，他说道："直到上帝赐福，大地上产出了面包，供他们聊以充饥。"当然，第一年的收成歉收。他们不得不在一季里长期将面包切得很薄，省着点吃。1650年，新尼德兰州的总督用荷兰文写过一封公函，向准备移民到这里来的人特告详情道："在新尼德兰，尤其是居住在新英格兰的人，当初都无法依照自己的意愿来搭造农舍，他们在地上挖出个方形的坑，像个地窖的样子，六七英尺深，长宽则随便他们，然后在四面土壁上嵌好木板，用树皮或另外一些材料塞住拼缝，这样能挡住泥土脱落；地板是用木块铺成的，还用木板造了天花板，架起了一个斜梁屋顶，上面覆上树皮和青草皮，这样屋内就会干燥而又温暖，够他们一家人住上二三年或者四年的，可想而知，这样的地窖还隔出了若干单间，这取决于家中的人口多寡了。在当初的殖民时期，新英格兰的富人和显要们也住在这般样式的地窖里，原因有两个，其一，不建房屋是为了节省时间，以免下一季口粮不足；其二，为了不使他们从祖国招来的大批劳工感到没有指望。三四年之后，这片荒野已成了良田，这帮人才为自己建造起漂亮的住宅，花费数千元钱。"

　　我们的先辈在这一进程中，至少是极其谨慎的，他们的原则似乎是以满足迫在眉睫的急需为首要。可是，现在更为急迫的需要得到了满足没有？一想到要给自己置办一座豪宅，我终会断了这念头，老实说，因为这乡村之地还没有融入人类文化的氛围之中，我们还不得不将精神面包切得更薄，比我们先辈省吃面粉还要节省。我并非是说，一切建筑的装饰都可完全忽略不用，其实哪怕在最粗陋的阶段也是不应忽略的；我意思是说，可以将我们的房屋与我们的生活极其相关之处弄得美观一点，就像壳类动物的外壳一样，而不要过分美观。但是，唉！我曾走进去看过一两座房屋，可真是看清了房屋的装饰是何等过分啊！

当然，我们尚未退化到今天仍住窟洞，住尖顶棚屋，或身披兽皮的地步。当然，接受人类的发明和工业提供的便利会使生活境遇更好一些。在我的乡居之地，木板，木瓦，石灰和砖块要比适宜居住的洞穴，整根的圆木，足量的树皮，或上好的黏土或平滑的石块更容易得到，也更廉价些。我说得很在行吧，因为我既熟知理论，又熟知实际情况。倘若我们再聪明一点，我们就可以利用这些原材料，使得我们比当今的首富还要富有，从而让我们的文明庇佑我们。文明人只不过是经验更丰富和智慧更高的野蛮人而已。不过，还是快来讲讲我的实验吧。

建造木屋纪实

1845 年 3 月末，我借来一柄斧子，去到瓦尔登湖畔的森林中，到了准备建造自己小屋的地方近处，就开始砍伐如箭杆般高耸的白松树，它们还是些幼松，正好当作木材派上用场。创业伊始，不东挪西借总是有些困难的，但这也不失为一个最好的捷径，使你的友邻对你的事业发生兴趣。斧子的主人，当他出手相借时，叮嘱我说这是他的掌上明珠；不过我归还他时，斧子当是比借用时可锋利多了。

我干活的地方，是在一个令人愉悦的山坡之上，透过松林我可以望见湖水，还可以望见林间的一小块空地，小松树和山胡桃树正现出勃勃生机。湖水凝成的冰面，还没完全消融，仅有几处已融化开了，色泽黝黑，渗出湖水，我在那里大干的几天之内，还飘过几次小雪。但当我从林中走向铁路，走向归家的途中时，路上的大部分地方，黄沙丘不断地延伸开去，在朦胧的雾气中熠熠闪烁，而铁轨也在春色的艳阳中发出亮光，而且，我听到云雀、鸟和其他的鸟雀在林间鸣唱欢聚，来与我们一起开始度过新的一年，这是令人舒心的春日，郁闷的冬日正与冰土一样消融，冬眠的生命也开始舒展了。

一天，我的斧柄脱落了，我就砍了一节葱绿的山核桃木削成了一个楔子，用石头将它敲紧，再把整个斧子浸在湖水中，以便木楔胀大一些，这时我眼见一条花蛇蹿入湖水中，它躺在湖水底，显然悠闲自在，竟跟我待在湖边的时间一样久，远不止一刻钟，或许是它还尚未从冬眠的状况中苏醒过来的缘由吧。我由此想到，人类之所以还停留在现今的低级而原始的状况中，也是出于冬眠的原因吧。然而，倘若人类感受到春中之春的轻拂而被唤醒，他们必定会跃升到更高级，更灵妙的人生中去。

我在霜天的清晨，曾经在途中看见一些蛇，它们的蛇身还有一部分仍旧麻木而僵硬，正等待着阳光来唤醒。4月1日下起了雨，冰雪融化了，这天的清晨被浓浓的雾气笼罩着，我倾听到一只离群的孤鹅在湖上摸索着，像迷途一般哀鸣着，宛如雾的精灵。我便一连数天，伐倒白松，砍削横木，支柱和椽木，就使着那把窄小的斧子，并没有许多可以广为传播的学究气的思想，只是自我放歌——

> 人们自夸懂得不少；
> 可定睛瞧瞧，他们已展翅逃掉，
> 百般的艺术和科学啊，
> 足有千般的技巧；
> 只有吹拂的风儿，
> 当是他们的全部知晓。

我将主料砍成6英寸见方，大部分的间柱只砍去两边，椽木和地板是只砍去一边，余下的几边留着树皮，它们与锯出来的木料来比，是同样笔直的，而且更为结实。每一块木料上我都仔细地凿出了榫眼，在头部也削出了榫头，因为这时我又借到了另外一些工具。

在林中度过的白天极其短暂，不过，我通常带去面包和黄油当作午餐，在中午时还可顺便阅读用来包饭的报纸，坐在我伐倒的青松枝上，松枝的清香传到了面包上了，因为我手上糊了一厚层松脂，在我完工以前，松树已然成了我亲密的伙伴，尽管我砍伐了几棵，却并未与它们结下仇冤，反倒愈加亲近了。有时，林中的漫游者被我的伐木声吸引过来，我们会踩在碎木片上愉快地胡扯一通。

到了 4 月中旬，我的屋架已经完工，就待立起来了，我一直在按部就班地干活，并不急于赶工。詹姆斯·柯林斯，是一个在菲茨堡铁路上工作的爱尔兰人，我向他买下了他的小木屋，是为了利用现成的木板。詹姆斯·柯林斯的小木屋可算是建得不同凡响，我去找他时，他恰巧不在家。我在屋外闲逛，起初没有让屋内的人看见，因为那窗子又深又高。屋子很小，有个三角形的尖顶，其他没什么值得一看的，屋子的四周垃圾堆得有 5 英尺高，简直是个肥料堆。屋顶是最完好的部分，虽然被太阳晒得焦脆，严重变形了。屋子没有门框，在门板下，有一条群鸡常年嬉耍的通道。柯林斯夫人来到门前，请我去屋内看看。

我走进去，母鸡也被我赶了进去，屋子里黑乎乎的，大部分地板脏兮兮的，潮湿发黏，还在晃动，只有这边那边的一块块的木板，一搬动会裂开的。她点亮了一盏灯，指给我看木屋内的屋顶和墙，还有延伸到床底下的地板，她提醒我不要踏进地窖半步，它只算是个 2 英尺深的垃圾坑。照她自己的话说：头顶上是好木板，四周也是好木板，还有一扇好窗户，原来是两个方洞，最近只有猫在那里进出了。

屋内有一只火炉，一张床和一个可坐的地方，一个就在那里出生的婴儿，一把绸布遮阳伞，一面镀金的镜子，还有一点式样别致的新咖啡磨钉在一块橡木上，这就是我看见的全部了。詹姆斯这时回来了，我们的交易当即谈妥，我当晚得付出四美元二十五美分，他明早五点搬走，不再将木屋卖与他人。六点钟我就能占据木屋，他告诉我最好早点来，以防别人预先在地租和燃料上，提出某种数目含糊而又绝不公平的要求，他说这是我唯一的额外支出了。第二天清早六点，我在路上遇见了他和他的一家，一个大包裹，他全部的家产都在其内了——床，咖啡磨，镜子和母鸡，但是猫除外，它跑进林中，做了一只野猫，后来我听说，它绊动了捕捉土拨鼠的机关，最终成了一只死猫。

在这同一个早晨，我就拆散了这小木屋，拔除了钉子，用小推车将木板运到了湖畔，将它们堆在草地上，让太阳再把它们晒干，恢复原状，在我推着小车行走在林中小道时，一只早起的画眉送我一声一声鸣啼。年轻人帕特里克幸灾乐祸地告诉我，那个爱尔兰邻居西利，趁我装东西的间隙，将仍可一用的钉子、直钉、骑马钉和大钉都拣到了自己的口袋里，待我干完活回到这小木屋时，我看到那爱尔兰小子站在那里，一脸的满不在乎，昂着头得意扬扬地望着这一堆废弃物，正如他所声称的，已经没有多少油水可捞了，他在那儿代表旁观者，让这不足挂齿的区区小事，看着犹如众神从特洛伊城废墟撤离一般。

我在一个向南倾斜的小山坡上挖好了我的地窖，一只土拨鼠也曾经在这里挖过它的洞穴，我清除了漆树和黑莓的根，以及植物在最下面的残留物，地窖 6 英尺见方，7 英尺深，一直挖到了不错的沙土层，再冷的冬天，土豆贮存在里面也不会冻坏了，地窖的四壁是倾斜的，也没有砌上石块，但太阳是从不会照过来的，因此沙粒还不至于滑落下来。这些活儿只不过费了两个小时的功夫。我对掘土有一种特别的愉悦感受，因为几乎在所有的纬度上，人们只需挖到地下，得到的温度都是相同的。在城中，最豪华的宅院里仍可找到地窖，宅主在里面像古人一样贮藏他们的块茎植物，即便将来地上的建筑全都颓毁了，但历经了日久天长后，后人还是会在地面发现地窖的遗迹。其实房屋，依旧是洞穴入口处的一条玄关而已。

最后，在 5 月伊始，我请几位熟人过来帮忙，我将屋架立了起来，请他们其实本无必要，我只是借机与乡邻套套近乎，将屋架树立起来，最荣耀的人莫过于我了。我确信，某一天众人还会来帮我树立起一个更高的屋架。7 月 4 日，我开始搬进我的新屋居住，因为直到这时才将屋顶铺好，钉牢木板，木板四边都削薄了，恰好重合，保证日后绝不会漏雨的，但在钉木板之前，我已砌好了一个烟囱的地基，所用的石块是我从湖边寻到两车之多，然后用双臂搬上山来的。在秋天锄完地后，恰需生火取暖，我这才装好烟囱，前些时我是大清早就在露天的地上做早餐的，这种方式我以为比通常的方式来得更简便、更快活些。假若面包尚未烤好就刮风下雨，我会在火上支几块挡板，自己也坐在挡板下，照看着我的烤面包，就以这种方式度过了许多惬意的时光。那些日子里，我手头的活计特别多，读书时间几乎难得，可是地上的几张废报纸，我的一些单据，或者桌布，都供给了我许许多多的乐趣，实际上与阅读荷马史诗《伊利亚特》有殊途同归的妙处。

建筑随想

要是大家建房时比我更深思熟虑一些，还是很值得的，比如说，先思考一番，一门、一窗、一个地窖，或一间阁楼，在人的天性中有着怎样的根基，除非在暂时的急需之外，在你找到一个更佳的理由之前，原本是绝不需要去建什么地上建筑物的。一个人搭建他自己的住屋，与一只飞鸟筑巢，是具有同样的情理的。有谁知晓呢，如果世人都凭借自己的双手去建造自己的住房，又足够简朴而诚实地以食物养育了自己和家人，那么吟唱诗歌的技能一定会在世界淋漓尽致地发挥，就像飞鸟在忙碌不停时，鸣叫声传遍了世界。可是啊！我们确实就像八哥和布谷鸟，它们占据了别的鸟禽筑起的巢来下蛋，叽叽喳喳的刺耳乐音怎能使路人听了心旷神怡。

难道我们永远弃绝了建筑的快乐，而将它交给木匠师傅去独享？在大多数人的经历中，建筑又占了几成的比例呢？我每次散步时，还从未见到过一个人，他正做着为自己造房这么一个简单而又自然的活计。我们同属于一个群体。裁缝不是孤立生存的，他也与其他人发生着或多或少的关联，牧师，商人，农夫也一应如此。这种劳动的分工何时才算完事？毫无疑问，他人也会来替我思想，可是他替我思想的用意是阻止我自己思想，那就不是我所希望的了。

确实，在我们的国度有些被称作建筑师的人，我起码听说过一位建筑师是这样，他想使建筑物上的装饰具备一种真实的核心，一种必要性，因而有一种美感，好像是奉了神谕的启示。他的观点兴许一点没错，不过他只比业余美术爱好者高明那么一丁点。一个建筑学上多愁善感的改革家，他首先从飞檐着手，而不是从基础开始。他一味地想着怎样在装饰中置放真实的核心，如同在糖拌梅子中添加进一粒杏仁或一粒香菜籽——我倒认为吃杏仁不加糖更有益处，这人也不替住户着想，将房里房外建筑得原汁原味，哪还管他什么房屋装修。那个理智的人会认定，装饰只是外在的，仅属于皮毛的东西，会认定乌龟生有纹饰的龟壳，贝类生有珠母的光泽，这些就像百老汇的居民拥有三一教堂一样，用得着为它去签什么合约呢？一个人与他自己的房屋

建筑风格不太相干，如同乌龟与它的龟壳不太相干一样；士兵无须百
无聊赖时，将他的士气用精确的色彩标识在战旗上。敌人自会明了，
临到要命的关头，他会吓得面无血色。照我看来，这位建筑师似乎是
趴在他的飞檐之上，欲说还休地向那鲁莽的居住者低声讲解着他的模
棱两可的真理，而居住者其实比他懂得更多。

　　我现在所目睹的建筑之美，我已明白它是由内向外而渐渐萌发的，
是从居住者的需求和秉性中萌发的，居住者才是唯一的建筑师。美感
源自于他下意识的真实感受和高贵的气质，因而外表不在他的考虑之
列。这种有增无减的美感如果注定产生的话，那他已于浑然不觉中拥
有了生命之美。在我们的国度，照画家的眼光看来，生趣最浓的住宅，
恰好是普通穷困人家居住的朴实无华、卑微简陋的木屋和农舍；房屋
的诗情画意，不只体现在形态各异的外表，更体现在房如贝壳似的居
住者的人生之中；同样富于生趣的，还有市民们在郊外搭盖的箱形木
屋，他们的生活定是简朴的，犹如想象中的一样，他们的住所，没有
刻意追求矫饰的风格而让人神经过敏。

　　大部分建筑上的装饰物确是空洞的，一阵 9 月的秋风便可将其吹
落，仿佛吹落借来的羽毛一般，而对它本身毫发无损。无须地窖来窖
藏橄榄和葡萄美酒的人，没有豪华的宅第也能过活。假若在文学作品
中，也同样地讲究风格的装饰，如果《圣经》的编撰者，也如教堂的
建筑师那样对飞檐花上过多的时间粉饰，情形又会如何呢？那些美文
和美艺，还有它们的教授就是这般折腾一气的。确实，人们当然会关
心这几根木棍是斜放在他上面还是放在他下面，他的箱子应漆上什么
颜色。这里头还是很有点象征意味的，严格说来，他将它们斜放好了，
箱子也漆上了颜色，可是这时灵魂与躯体分离开来，那他的这些举动
与他打造自己的棺材就意义相同了，同是说的建造坟墓，而"木匠"
只是"制棺人"的别称而已。

　　有人说，在你对生活感到失望，或是麻木不仁时，抓起一把你脚
下的泥土，将房子涂抹成土色吧。他说这话时一定是指他那狭小的屋
子吧，那可是他要在里面辞世的屋子啊！抛一枚铜币来做个抉择好了，
他一定是极有闲暇的！为何你要抓起一把泥土呢？不如将房屋涂抹成
你的皮肤色要更好些，让它为你变得容颜苍白或是绯红。这不失为一

项改进农舍建筑风格的好点子！如你已为我备好了这种装饰，我会欣然采用它的。

木屋材料明细账

入冬以前，我造好了烟囱，在屋子的四面钉上了薄木板，因为这些地方已经不能挡雨了。那些薄木板是从原木上砍下的，虽不完美却很苍翠，我还得用刨子刨平木板的侧边。

这样，我就拥有了一个严严实实的、钉好了木板、抹上了泥灰的木屋，10英尺宽，15英尺长，立柱高8英尺，有一个阁楼和一个小厨房；房屋的四面各有一扇大窗，两个通气门，房的末端有一个大门，一个砖砌的壁炉正对着它。这座小屋的准确耗资，是按所用原材料的一般价格计算的，人工费用尚没列入，因为是自己动手建成的，具体数字我如实列出来。我之所以给出一个明细账，是因为极少有人可以准确地报出建造他们的房屋最终花销了多少钱，而能够报出建房的各种建材的单价，这样的人即便有，也是凤毛麟角了——

木板 ……………………	8.035 美元（多是旧木板）
屋顶和墙板用的旧木板 ……………………	4.00 美元
板条 ……………………	1.25 美元
两扇旧窗带玻璃 ……………………	2.43 美元
一千块旧砖 ……………………	4.00 美元
两桶石灰 ……………………	2.40 美元（买贵了）
毛绳 ……………………	0.31 美元（买多了）
壁炉用铁条 ……………………	0.15 美元
钉子 ……………………	3.90 美元
铰链和螺丝钉 ……………………	0.14 美元
门闩 ……………………	0.10 美元
粉笔 ……………………	0.01 美元
搬运费 ……………………	1.40 美元（大部分自己背）
合计 ……………………	28.125 美元

以上就是我所用的全部建材的费用，至于原木、石块和沙子免费使用，则是在公共地带占地建房应享有的权利。我还用建房的剩余的材料，盖了一间侧屋。

我还打算为自己建一座房屋，它的宏伟和豪华当超过康科德大街上的任何一座房屋，只要它能像这间屋子一样令我高兴，而且花费也不会比建造这间屋子更多。

放谈大学教育

我因此而发现，希望能有个栖身之所的学生，定能获得一座终身居住的房子，建房的花费绝不会高于他每年支付的房租。如果说，我似乎有点王婆卖瓜自吹自擂之嫌，那也是有充分理由的，因为我是为人类自夸而并非为我本人自夸。我的缺点和前后自相矛盾之处，则丝毫不会影响我公开声明的真实性。纵使我有很多伪善和矫饰的一面——这犹如难以从麦粒上脱离的麦麸，但我也同他人一样深感内疚，——我还是要畅快地呼吸，挺直腰杆而我行我素，这对于我的道德和肉体都是一个极大的宣泄。因而我已暗下决心，决不卑躬屈膝去做魔鬼的代言人。我要竭力为真理而呼号。

在剑桥学院（当今的哈佛大学——译者注），一个学生住的房间比我这房稍大一点。仅每年的住宿费就是30美元，那家公司却在一个屋顶下建造起相连的32个房间，财源滚滚，居住者还得忍受着诸多的不便和噪声，或许还是住在四层楼上呢。我情不自禁地想到，如果我们在这些方面确有更多的远见卓识，不仅对教育的需求可以减少，因为，确有许多人已经获得了受教育的机会，而且为了筹齐学费而烦恼万分的现象也难以再次发生。在剑桥学院或其他的学校，学生们为了获取必要的便利，耗费了他或他人的生命代价，如果双方都能妥善处理这类事情，所付出的生命代价便只及原有的十分之一了。

收费最贵的东西，决非学生最需要的。例如，学费在这一学期的费用中占了很大的比重，而他和同时代中最有教养者的交往，虽是受到了更为有价值的教育，但却是无须花钱的。要建立一所学院，通常的模式便是：首先要弄到一批捐款，数量不限；然后盲目地按照劳动分工原则，分得不能再分为止，这个原则应是极其谨慎地遵从的——招揽了一个承办这个项目的总承包商来，而他又去雇用了爱尔兰人或其他什么劳工，随后就真的奠基建校了。然后招进的学生们得让自己适应这里的一切；最终，为了这个错误的策划，一代代的学子就得支出学费。我认为，对于学生或者那些希望从学校中受益的人来说，如果由他们自己来奠定建校，情形会比现在好得多。

学生们获得了垂涎三尺的休闲和安逸，按制度规定，他们逃避了人类必需的任何劳动，获得了卑鄙而又无益的闲暇，而可使闲暇成为一天收获的那种经验，他们可是没学会皮毛。"但是，"有人说，"你该不是主张学生动手学习，而不是动脑学习吧？"这实在是个误解，我的本意不完全是这样，我的主张他该好好想想。我的本意即是学生们不应游戏人生，或是纯粹地研究人生，大众花费了昂贵的代价供他们求学，他们应当热忱地生活，并一以贯之。年轻人若不立即投身于生活实践中去，又怎能更好地去研究人生呢？我想，这种生活的经历能像教学一样磨砺他们的心智。比如说，如果我希望一个孩子懂得一点艺术和科学，就不会照老一套办，老一套就是将他送到教授堆里，那里教的课程五花八门，练习也广，但唯独不教授生活的艺术和现实生活的艺术；只是通过望远镜和显微镜来观察世界，而不教授他用肉眼直面世界；学习了化学，却不懂面包是如何做成的，或者学会了机械学，却不会具体去操作；新发现了海王星的卫星，却没有发现自己眼中的微小尘埃，更没发现自己也是一颗流浪的卫星；在一滴醋中观察着怪物，却浑然不觉已被怪物缠身，就要被狼吞虎咽掉。

假如一个孩子自己去开采出铁矿石，又亲自去炼铁，同时将书本上的相关知识活学活用，最后自制出一把折刀；而另一个孩子在冶金学院聆听冶金技术课，同时又收到了他父亲送他的一把罗杰斯牌的折刀，一个月下来，想想哪一个孩子会进步更大呢？他俩中谁会给折刀划破手指呢？……

我真是大吃一惊，我离开大学时，居然有人称我已学过航海课程了！其实，我只要到港口去走马观花一趟，我定会学到不少这方面的知识。即便是"贫穷"的学生，也要去听讲"政治"经济学，而生活的经济学，即是与哲学同义的一门课程，甚至没在我们的学院中正正经经地教授过，结果便是，儿子正在钻研亚当·斯密、李嘉图和萨伊的经济学说，却因此导致父亲负债累累。

就像我们的学院一样，拥有一百种现代化的先进设施，很容易让人对它们抱有幻想，却一直没产生什么正面的进步。魔鬼靠着最早的投资，后来又不断地参股进来，永远索取着复利。我们的发明宛如一些漂亮的玩具，只是诱使我们的视线脱离严肃的事物。这些发明对无法改进的目标只是提出了改进的手段，而这个目标其实早就能轻而易举地达到，如同直通波士顿或直通纽约的铁路一样。我们急不可待地要修建一条磁力电报线，从缅因州联通到得克萨斯州。可是从缅因州到达得克萨斯州，大概没什么重要的音讯要靠电报发送的。这种情形，就好比一个人渴望见见一位耳聋的名女人，待他被介绍给她之后，助听器也拿在手里了，他却顿觉与她无言以对。好像主要的目的是要快点说出来，而不是说得合情合理。我们急于要在大西洋底下铺设海底隧道，以使从旧世界抵达新世界的时间缩短数个星期。可是传入美国人耷拉着的耳朵中的头条新闻，或许就是阿德莱德公主患上了百日咳之类的八卦新闻。

总而言之，一个骑马飞奔，一分钟跑一英里的人，是不会随身带着什么重要音讯的。他不是一个福音传教士，他来回奔跑也不是为了贪吃蝗虫和野蜂蜜的。我怀疑英国的著名赛马飞童是否驮了一粒玉米到磨坊去。

逍遥生活

有个人对我说道："我弄不懂你怎么不积攒点钱。你嗜好旅行，你真该坐车上菲茨堡去，见见世面，最好今天就去。"可是我比他说的要来得精明些。我已经清楚徒步行走的人速度最快。我便对我的朋友说，我俩不妨比试一回，看谁先到那里。距离为30英里，车费是90美分，几乎是一天的工资了。我还没忘，在这条路上工人干一天活只挣60美分。那么，我现在就开始徒步出发，黑夜之前就可抵达。一周来，我都保持着这样的速度旅行。再瞧你吧，还得去挣点路费，要到明天才能抵达。如果凑巧找到了应急的活计，可能今晚也能抵达。但你可没立即动身上菲茨堡，而是整天还在这里磨蹭干活。显而易见，铁路线尽管在全世界通行，我想我还是能抢在你的前头。至于说见见世面，多点此类的人生阅历，我俩就得分道扬镳了。

这便是一条普遍的规律，无人可以反其道而行之，即使我们说到的这四通八达的铁路，也不会例外。要使全人类获得一条绕地球行驶的铁路，就相当于将地球表面铲去一层那样。人们稀里糊涂地认为，只要他们继续合股经营下去，铲子也照铲不误，铁路终会延伸到某个地方的，以后到那里去就花不了多少时间，也花不了什么钱。但尽管人们川流不息地朝火车站蜂拥而来，售票员大声喊着："请旅客上车！"烟尘渐渐在空气中散去，喷出的蒸汽也凝成了水滴，这时会看到只有少数几人登上了火车，而其余的人却被辗死在铁轨上。这就是所谓的"一个惨不忍睹的事故"，所言极是。

毫无疑问，挣足了车费的人们，最后还是能登上火车的，也就是说，只要他还活在世上，终会如愿以偿的，但或许真到了那时，他已经失去了奔放的活力和旅行的欲求了。耗费生命中最珍贵的时间去挣钱，竟是为了在最不珍贵的时间里安享一点可疑的自由，我自然就想到了那个英国人，他首先跑到印度去挣大钱，为的是他日后能回到英国过上一个诗人般的生活。他真该立即爬上阁楼去住才好。"什么！"一百万个爱尔兰老乡从大地上的所有陋室中向我呼叫道，"我们修筑的这条铁路，难道不是个好东西吗？"是的，我答复他们，相对而言，它是个好东西，也就是说，你们或许会干出更坏的事来。然而，作为你们的手足兄弟，我希望，你们能把宝贵的时光花在比挖掘土石方更好的活计上去。

在我的陋室建成之前，我就动脑筋想用某种老实而又快乐的方法来挣上个 10 元、12 元，以便应付我额外的开支，我在屋边的两英亩半的沙地上，大部分种上了蚕豆，还少量地种了些土豆、玉米、豌豆和萝卜。我的占地面积总计有十一英亩地，这片地的大部分地方都生长着松树和胡桃树，上一季的地租是 8.08 美元一英亩。一个农夫对我说："这片地没有一点用处，只能养些吱吱叫的松鼠。"我并没在这片地上施肥，因为我不是这地的主人，而仅仅是个占用公共土地的人，我不希望再种这么多地，就没有立即把地全都锄完一遍。我犁地时，挖掘出了几大堆树根，让我很长时间都不缺柴烧，我因此就留下了几小块处女地，夏天的时候，蚕豆长得异常繁茂时，很轻易地可以分辨出它们来。我房屋后面的枯朽树木，是难以卖掉的，还有湖上漂来的浮木，这些则是我的另一部分燃料。

为了耕地，我不得不去租来了一组犁地的马匹，还雇了一个短工，但还是我自己掌犁。第一季度，我的农场用于工具、种子和雇工等方面的支出，总计为 14.725 美元。玉米种子是别人送我的。种子实在花不了几个钱，除非你种的量很大。我收获了十二蒲式耳蚕豆，十八蒲式耳土豆，另外还有一些豌豆和甜玉米。黄玉米和萝卜种得太迟，没有收成。我农场的全部收入是：

23.44 美元
减去支出 14.725 美元
结余 8.715 美元

除了我消费掉的，我手头余下的产品估计能值 4.5 美元——我手头的存货足以抵偿我不能种植的青草的价值。考虑过一切之后，也就是说，我考虑到人的心灵和时间的重要性，纵然这个实验占用了我短暂的时间，不，甚至一部分就是因为它时间短暂的特点，我就深信，我今年的收成要比康科德哪一个农夫的收成都好。

第二年，我干得更棒了，因为我耕种了我所需要的所有土地，大约有三分之一英亩。在这两年的体验中，我并未被许多农业巨著吓倒，包括亚瑟·扬的大作在内，我从中体会到，如果一个人简朴地生活，只吃他自己生产的粮食，不用耕种多余的口粮，也不为难填的欲壑去交换更为奢侈和更加昂贵的物品，那么他只需耕种几平方杆地就心满意足了。用铲子掘地比用牛耕种要来得便宜，每次都换新地耕种而不必去给旧地施肥，而所有这些农场上的必要活计，他在夏天只要在空闲时间随便做做即可。因此，他不会像现在这样，被一头牛，或一匹马，或一头母牛，或一头猪拖累得不能脱身。关于这点，我希望能不偏不倚地谈论这个问题，从一个对当前经济和社会举措的成败无关痛痒的人的立场出发。我比康科德的任何一个农夫更具有独立性，因为我没抛锚被拴牢在一座房屋或一个农场上，我能随心所欲地行事，我的欲求是每一瞬间都会千变万化。另外，我现在的境遇已经比那些农夫强了好多，如果我的屋子烧毁了，或者我的庄稼歉收了，我仍会和从前一样过得好好的。

我一直在想，不是人在放牧牲畜，而是牲畜在放牧人，人放牧牲畜应是更为自由的，但人与牲畜却置换了彼此的劳动，如果我们只考虑必需的劳动，那么牛看来会大占便宜，它们的农场也要大得多。人担当的一部分置换劳动，就是要割上六个星期的干草，而这可不是儿戏呢。当然，没有一个在各方面都生活简朴的国度，即是说，没有一个哲学家的国度，愿意犯下如此弥天大罪去叫禽兽劳动的。真的，这哲学家的国度至今没有，将来也未必会有，我自然不敢确信它应该存在。然而，我永远不会牵着一匹马，或是一头牛，强制它去为我做它能干的任何工作，只因为我害怕自己变成了牧马人或放牛娃。假如说照这么做了，社会就受益匪浅，那么我们能否确信，一个人的获利就是另一个人的亏损呢？能否确信，马厩里的马夫是与他的主人同样地心满意足呢？假设一些公众事务没有牛马的相助就不能完成，因而让人类来分享牛马的这份荣耀，那么照此推断，是否人类不能完成这些工作，就因此变得一文不值了呢？

当人依靠牛马的辅助，开始做了许多不仅多余而且矫揉造作的、奢华和怠惰的工作，因而，不可避免地就有少数人得与牛马交换劳动，或换句话说，他们变成了最强者的奴隶。因此，人类不仅要为他躯体之内的兽性工作，而且作为一个象征，他还得为自己身外的牲畜工作。

尽管我们已经拥有了许多用砖或石块建筑的房屋，但一个农夫的家境是否殷实，仍是要看他的马厩在何种程度上超过了他的住房。据说这个城市建有最大的房屋，是专供耕牛、乳牛和马匹居住的，而公共建筑一点也不逊色，可是本地却没有一处大厅用于信仰自由或言论自由的。国家不应寻求以宏伟建筑物来褒扬自己，为何不选用抽象思维的威力来褒扬自己呢？一卷印度古经《对话录》，可远比东方的所有废墟能赢来更多的盛誉！高耸的塔楼和气派的寺院，只是王公贵族的奢侈之物罢了。一个纯朴而不羁的心灵是断然不会屈从于帝王的驱使而去甘当苦力的。天才绝非是任何帝王的贴身奴仆，即使光彩耀眼的金、银或大理石，也无力令他们为之心动，屈从的情形极为罕见。

我祈求神灵晓谕于我啊，锤击如此之多的岩石，终究是出于何种目的呢？当我身在亚加狄亚的时候，并没有看见有什么人在敲击大理石。众多的国家都被勃勃野心控制了魂灵，想留下一堆精雕细琢的石块传诸后世，而使自己永垂不朽。倘若耗费同样之多的心血，来精心塑造他的风度，那效果会是怎样啊？一个精深的见解，要比建一座高耸得触及月亮的纪念更值得后世怀念。

我更爱看见岩石待在它原始的地方。底比斯城的宏大是一种粗俗的宏大。更为合乎情理的倒是，环绕老实人的田园的一平方杆石墙，即使拥有一百个城门的底比斯也难以企及，因为它已与真实的人生真谛相距十万八千里之遥。野蛮人和异教徒的宗教和文明，反倒建造出富丽堂皇的庙宇，而所谓的基督教徒，却毫无建树。一个国家敲下的石块，大多只派上了修筑坟墓的用场。它活埋了自己。至于说到金字塔，原本没什么值得啧啧称奇的，令人称奇的倒是有那么多人，如此屈辱至极，耗尽了一生的心血，为了替某个笨笨的野心家筑就坟墓，将这家伙扔到尼罗河中溺毙，再将他的尸体去喂狗，倒不失为一个更聪明的举动，也更风光些呢，我何尝不愿意为他们或者他，编织一些冠冕堂皇的借口，可惜我实在无暇顾及。

至于建筑师对宗教的信仰和对艺术的偏爱，全世界倒是千篇一律的，无论是埃及的神庙，或是美利坚的银行大厦，终归是代价超过了实用价值。他们此举的动机是出于贪图虚荣，再添之以对大蒜、面包和黄油的嗜好。

巴尔康先生，是一位前途远大的年轻建筑师，他仿造心中的偶像维特罗微乌斯的手法，用硬铅笔和直尺设计了一份图样，设计稿即被递交到道勃逊父子采石公司去了。于是，被人类鄙视了三千年之久的东西，现在却受到人类的万分敬仰。再说说你们的那些高塔和纪念碑，这城里曾经有一个疯子，他声称要挖条隧道通到中国去，他已掘进得很深很深了，据说他已听到了中国茶壶水烧开了的咔塔作响声了。但是，我是不会有违我的一向秉性，而去恭维他那个地道的。许多人都对东方和西方的那些纪念碑颇为关注——想打听是谁建造的。我倒更关注，在那时谁不愿建造这些东西——他其实是超脱了这些琐屑小事。好了，我还是继续做我的统计吧。

简朴生活收支明细账

我在经营自己一方小天地的同时，还在村中兼做测量工、木工和各种各样的散工，我会的手艺和手指一样多，我总共挣来 13.34 美元。八个月的伙食费，具体是指从 7 月 4 日至翌年 3 月 1 日为止的这段结账时间，尽管我已在这里过了两年多。自产的土豆，一点儿青玉米和一些豌豆，不计入内，结账时手头的存货也没折合成市价列出，明细账如下：

米 ………………………………… 1.735 美元

糖浆 ………… 1.73 美元——最便宜的糖精制成

黑麦粉 ……………………………… 1.047 美元

印第安玉米粉 ……… 0.9975 美元——比黑麦便宜

猪肉 ……………………………………… 0.22 美元

以下都是失败的实验品

面粉 ………… 0.88 美元（比玉米粉贵，而且麻烦）

糖 …………………………………………… 0.8 美元

猪油 ……………………………………… 0.65 美元

苹果 ……………………………………… 0.25 美元

苹果干 …………………………………… 0.22 美元

甘薯 ……………………………………… 0.1 美元

一只南瓜 ………………………………… 0.06 美元

一只西瓜 ………………………………… 0.02 美元

盐 ………………………………………… 0.03 美元

是的，如上所列，我确实吃掉了 8.74 美元，可是，倘若我不知道我的大多数读者与我犯的是同样的罪过，我是不会恬不知耻地将我的罪过公之于众的，如果也将他们的伙食明细账公开曝光，恐怕比我的还要糟糕。第二年，我有时捕鱼来吃，而且有一次，我还杀死了一只糟践我的蚕豆地的土拨鼠——正如鞑靼人所说的，它是在转世投胎。我将它美餐了一顿，也带有一半试验的缘故，它有种麝香的味道，虽为我提供了口福，但我也明白，想长期享受这美味是无益健康的，即使你请来村里的大厨为你烹调它也不可以。

　　在同一段时间之内，衣服或其他的零星开支，虽然金额不大，但也一并列出：

　　　衣服及零星开支 ……………………… 8.4075 美元
　　　油及一些家庭用品 ……………………… 2.00 美元

　　洗衣和补衣这等事情，大都是交给外面人去做的，但账单还没收到，故将它的支出除开，以下明细账是在世间的这个角落生存所必须花费的全部金额，可能比必需的花费还是超出一点，总计是：

　　　房子 ……………………… 28.125 美元
　　　农场的全年开支 ……………… 14.725 美元
　　　八个月的伙食费 ……………… 8.74 美元
　　　八个月的衣服及零星开支 ………… 8.4075 美元
　　　八个月的油及其客观存在家庭用品 …… 2.00 美元
　　　总计 ……………………… 61.995 美元

　　我这是在跟那些要挣钱糊口的读者谈心。为了支付以上花销，我卖了农产品的产品，计：

　　　卖出的农产品 ……………… 23.44 美元
　　　做散工的工钱 ……………… 13.34 美元
　　　总计 ……………………… 36.78 美元

从总开支中减去我挣来的钱数，差额为 25.215 美元。这个差额与我开始此等营生时的起始金额是极其接近的，原本就打算支出的。而另外一方面，除了我因此获得的休闲、独立和健康之外，我还拥有了一所舒适安逸的寒舍，我想住多久都随我便。

简朴生活食谱

这些统计资料，尽管有点偶然性，也没多大的指导作用，但因较为齐备，也就具有了某种价值。我的账上所列项目无一遗漏。由以上明细表中的显示，光是伙食一项，每星期要花费我 27 美分。在随后的约莫两年之内，我就只吃点腌猪肉、糖浆和食盐，而我的饮料则就是水。我这人素来偏爱印度哲学，以大米当作主食无疑是适宜的。为了回应一些有吹毛求疵癖好之人的反对，我还是向大家声明，如果我偶尔外出进餐，我过去就经常这样，我相信以后还有机会去外出进餐的，只是这样做会有损于我的家庭的经济安排。我已经说过了，外出进餐是免不了的常事，至少不会影响我做出的上述声明。

从这两年历验中我懂得了，即使在这个纬度上，要获取一个人必不可少的食物并不费事。一个人肯定可以像动物一样吃得简简单单，却仍然保持着健康和体力。我曾经从玉米地里采来了一碟马齿苋，煮熟后加盐调味，吃了一顿饭，这顿饭不论怎么说都吃得极为痛快。我之所以写下马齿苋的拉丁学名 Portulaca oleracea，是因为它令我胃口大开，但俗名却极为无趣。在和平年代，在一个平平常常的正午，饱餐了一顿嫩甜玉米，对于一个讲究理智的人而言，还能祈求比这更惬意的食物吗？即使我偶尔换点花样，也只是为了调节胃口，而并非是出于健康的缘故。然而，人们往往有这种不约而同的习性，即是他们常常忍饥挨饿，并非是因生活必需品的短缺，而是因为奢侈品短缺。我认识的一个女人，是位贤妻良母，她就认定她的儿子丢了性命是因为他只喝清水。

读者当会明察，我对这个话题，更多的是从经济学的角度，而不是从美食的角度来说的，而人们是不会冒险去像我一样做节食实验的，除非他长得肥头大耳。

　　最初，我用纯印第安玉米和食盐来烘烤面包、纯正的糁糕，在户外，我将它们搁在一块薄木块上或搁在建房时锯下的木头上，然后点火来烤，木头不会烧得黑烟直冒，倒是散发出一股松木的清香味。我也曾拿面粉试过，但最后发现，还是将黑麦粉和印第安玉米掺合起来，做出的面包最方便，最可口。在寒冷的天气里，不住地烘烤上几个小面包真是趣味多多，睁大眼睛，看护着它们，极其小心地翻动它们，就像埃及人孵小鸡一样。我烘烤熟的面包，它们可说是真正的谷物的果实，它们如其他高贵的鲜美果实一样，浓郁的芳香朝我扑鼻而来，我用布将它们包好，想尽量延续着这种芳香。

　　我研读了古人必备的面包制作工艺，向那些权威人士讨教，我在他们的专著中，一直追溯到原始时代，人们最先发明出不发酵的面包，第一次吃上了温热精制的食物，才从吃野果、啖生肉中解脱出来。我从书中渐渐探究明白，因为生面团偶然发酵，据推测就是这样的，人们就学到了发酵的过程，此后又经过了各种发酵作用，直到我读到"美好的、香甜可口的、有益健康的面包"，这生命依赖的支柱，被制作出来。酵母，有人称之为面包的灵魂，这填满细胞组织的精灵，像祭坛上的火焰，被虔诚地保存至今。我推测，有几瓶珍贵的酵母最早是由"五月花"号带到了美国，为美国尽到了它的职责，而它的影响仍正在这片大地上升腾，膨胀，扩散，犹如掀起了主食的滔天巨浪。这点酵母我是肃然起敬地从村中拿回屋子的，直到有一天早晨，我暂时忘掉了须知，用开水烫了我的酵母，经过这次突发事件，我竟发现酵母也不是非用不可，我的这个发现，不是运用了综合法，而是靠分析法得出的结论。自此我就高高兴兴地索性不用它了，虽然大多数家庭主妇热心地奉劝我说，没有酵母，放心而又有益健康的面包是不会做好的，而一些长者还预言我的体力会很快衰退。可是，我发现它并非是不可或缺的要素，不用酵母我仍在这片土地上过活。我值得庆幸的是，我再也不用在口袋里带上满满一瓶酵母了，有时砰的一声打破了瓶子，里面的东西都倒了出来，弄得我心烦意乱。省用了酵母倒更简单、更高雅些。人这种动物，比起其他动物来会更能适应各种各样的气候和环境。

　　我在我做的面包里，既没有加什么小苏打，也没加其他什么酸、碱之类的。我做面包看来是按照了公元前约二世纪时的马库斯·鲍尔修斯·卡托的配方。"Panem depsticium sic facito. Manus mortariumque bene lavato. Farinam in mortarium indito, aquae paulatim addito, subigitoque pulchre. Ubi bene subegeris, defingito, coquitoque sub testu." 我理解其意为："照方法来揉制面包。先洗净你的手和料槽。再将粗面粉倒进料槽，然后缓缓加水，将面揉匀。待你揉好面团，将它成形，盖上盖子后便开始烘烤。" 这就是说，我们需要一只烤面包炉，他对发酵绝口未提。可是我并非经常能够受用这生命的靠山。有一段时间，我囊中羞涩，我有一个多月，没见到面包的影子。

每一位新英格兰人都能很轻易地在这片盛产黑麦和印第安玉米的土地上，培育并收获他所需的面包原料，而不必依赖于相距遥远而又急剧动荡的市场。然而，在眼下的康科德，我生活已过得既不纯朴，也不独立，在商店里，新鲜香甜的玉米粉已经很难买到了，而碎玉米和更粗糙的玉米几乎就无人问津。农夫们用自己出产的大部分粮食去饲养牛和猪，又花了更多的钱去商店买回至少不那么有益健康的面粉来吃。我自以为，生产出一两蒲式耳的黑麦和印第安玉米粉对我来说是举手之劳罢了，因为前者在最为贫穷的土地上也能生长，而后者也不用上等的良田，它们的籽粒用手就能揉碎，有了它们，无须大米和猪肉也能过活。如果我非用些糖浆不可，我经过试验发现，从南瓜或甜菜根里就能提取一种上好的糖浆来，我还发现用槭木果做出糖浆来则更容易些，假如这些东西还没长熟，我还可用各式各样的东西来代替它们。"因为，" 正如我们的祖先曾经歌唱的那样——

> 我们可以用南瓜、防风草和胡桃木，
> 来酿制美酒，甜润我们的嘴唇。

最后，我要说说食盐，它是杂货店占了大半的货物，要得到食盐，可以借机去海边一趟即可，或者，如果一点不用，倒也可少喝些水呢。我没有探究过，印第安人是否为了获取食盐而劳神费力过。

至少就我的食物而言，我已避免了所有的买卖和以货易货的举动，住房已经有了，剩下的问题就是获取衣物和燃料了。我现在身穿的一条马裤还是在一个农夫的家里织成的。谢天谢地，人的身上还会有如此之多的美德呢，因为我认为一个农夫降格而去做一个技工，与一个人降格去做一个农夫，同样都不失之于伟大，也同样值得纪念。而新去一个陌生的乡村，燃料可是一个大麻烦。至于栖身之所呢，如果不允许我在此地继续居留下去，我仍然可以照我当年租下这片土地的地价——也就是说，要花上 8.8 美元，再去购买一英亩土地。可是，我认为因为我在此地居住，这里的土地已大大升值了，事实正是如此。

有一帮喜欢与人抬杠的家伙，他们有时向我提出这类问题，比如，我是否以为光吃蔬菜就可以过活，为了立即触及事物的本质——因为本质就是信仰——我向来如此答复，说我吃木板上的铁钉也照活不误。如果我的意思他们不能领悟，那我再多说什么，也是对牛弹琴。就我而言，我是很乐意听到有人在做类似我这样的试验的，好像有一个年轻人，曾经尝试了半月之久，只吃坚硬的带皮粗玉米过活，用他的牙齿来当石臼。松鼠们就这样尝试过，很是成功。人类对此类试验极感兴趣，虽然一些老太太，她们或是无力尝试，或者拥有磨坊的三分之一股份，或许要受到惊吓了。

简朴生活家具

我的家具，有一部分是我自制的，其余的没花什么钱，因为我未记账，包括一张床，一张餐桌，一张书桌，三把座椅，一面直径三英寸的镜子，一把火钳和壁炉的柴架，一把水壶，一只长柄平底锅，一只煎锅，一只长柄勺，一个洗脸盆，两副刀叉，三只盘子，一只杯子，一把汤匙，一只油壶，一只糖浆罐，还有一只涂了日本油漆的灯。没有人会穷极潦倒地一屁股坐在大南瓜上的，那是懒汉的把戏。

在村子里的阁楼上，有很多我喜欢的椅子，只要动手去拿，就归我了。家具啊！感谢上帝，我可以想坐就坐，想站就站，犯不着家具货栈来帮我。假如一个人看见自己的家具装上车要运往乡下，家具如此毫无遮掩地暴露在光天化日之下，众目睽睽之前，而且是些破旧的空箱子，除了哲学家，又有何人会不为之羞愧难当呢？这便是斯波尔廷的家具。我对着家具左看右看，还是无法断定它到底是属于一个所谓富翁的，还是一个穷人的，它的主人终归像是一身穷酸相的。确实，这样的东西你拥有越多，你就越穷困。这一车家具，看起来就像堆满了十二个破棚屋的东西，如果说拥有一座破棚屋的东西很贫困，那么你就是十二倍的贫困。

试问，我们为何要经常搬家，而不舍得丢弃我们的家具，蜕掉一层皮呢？为什么不离开这个世界，到一个家具崭新的世界去，将旧家具付之一炬呢？这就犹如一个人，把所有陷阱机关的拉绳都缠在他的皮带上，他搬家路经荒野之地时却不敢动弹，那些拉绳放得满地都是，一旦拖动了它们，他就会掉进自设的陷阱里去。将断尾留在陷阱中逃掉的狐狸无疑是幸运的。麝鼠为了逃命，不惜咬掉它的第三条腿。毋庸置疑，人已经丧失了他的灵活性，难怪会多少回都走上一条绝路！"先生，请恕我如此冒犯，你所指的绝路是什么意思呢？"

假如你是一位先知，无论何时，当你遇见一个人，都会看透他拥有的一切东西，嗯，还有他假装没有的东西，你甚至还可以看见他隐藏在身后的东西，比如他厨房中的家具和虚有其表的东西，他对这些东西难舍难分，不愿一把火烧掉，他好像被死死地拴在了它们上面，尽力地拖着它们，艰难地向前挪动着步子。当一个人钻过了一个绳结的圈套，或是穿过一道门，而他身后的家具却不能随之通行无阻，我认为，这人此时是踏上了一条绝路。

衣着考究，外表身强力壮的人，看起来似乎十分潇洒自在，将一切都安排得井井有条，而我却听见他谈起了他的"家具"，不管是否有人为他承担风险，我都会情不自禁地可怜起他来。"可是我的家具怎么办呢？"我这轻快的蝴蝶，立即就被蜘蛛网缚住了。

甚至有些人，他们似乎长期并无家具的拖累，但你如果刨根问底，你会发现就在他的谷仓里，也存放着他的几样家具呢。我审视着今天的英格兰，它就如同一位年迈的绅士，随身携带着他的一大堆行李去旅行，全是多年居家过日子积攒起来的许多华而不实的东西，他是难以鼓起勇气去烧掉它们的；大箱子，小箱子，手提箱和包裹，真是样样不落。他至少应将前面三种东西丢弃吧。到了如今，即使一个身体健康的人想拎了他的大铺盖上路，也是心有余而力不足的，我因而奉劝病人们，丢弃床铺，撒腿就跑。当我遇见一个移民，背着一个装了他全部家当的大包袱，蹒跚而行时，那大包袱活像他颈部后生出的一个大肿瘤。我对他顿生怜悯之心，并非是他的全部家当如此之少，而是他随身携带的家当太多。如果我非得带着我的陷阱上路，我也会找个轻便的带上，省得到时候它夹住了我的要害部位，但是最明智的选择就是不要用手去碰陷阱一下。

我再顺便说说，我没花一分钱去买来窗帘，因为除了太阳和月亮，我无需将其他偷窥者关在门外，我倒乐意他们进来瞧瞧。月亮不会令我的牛奶发酸，或令我的肉食变质，太阳也无损我的家具，或令我的地毡褪色。如果太阳这位朋友有时热情太过分了，我会退避到大自然给我提供的窗帘之后，而无须为家中去添置一件窗帘，我觉得在经济上更划算些。有一位女士，曾经要送我一张草垫，可是我的屋内腾不出地方给它，也无闲暇在屋里屋外清扫它，我婉言谢绝了她，我宁愿在门前的草地上揩鞋。最好在邪恶开始时就躲避它。

此后不久，我参加一个教会执事的动产的拍卖，他的一生并不是无所事事的，然而：

> 人作的恶，死后还流传。

像平常人一样，他大部分动产都是华而不实的，有的还是他父亲积攒下来的，其中还有一条干绦虫。然而现在，这些东西在他的阁楼上以及其他积尘甚厚的洞中，静卧了达半个世纪之久，还没被焚尸灭迹呢；非但没被付之一炬，或者说清理销毁，倒被亮相拍卖，让它们延年益寿了。邻居们急切地跑来，对它们挑挑拣拣，全部买下后，又小心翼翼地搬回家，置放在他们阁楼和另一些积尘甚厚的洞中，让它们静卧在那里，直到这份家产又要被重新清理，那时它们又要照原样搬去搬回的。一个人死后，他的脚只能踢到尘埃。

原始人的除旧迎新的庆典

或许某些野蛮国家的习俗，倒值得我们一学，学了之后定会大有裨益的，因为他们起码每年要表演蜕皮一次。无论这是否真能做到，他们的这种观念还是根深蒂固的。巴特拉姆曾描述说，摩克拉斯印第安人有一个习俗，每年都要载歌载舞地欢庆"第一次丰收节"，举行隆重的祭礼，我们也学学他们的样子，这难道有什么不对吗？"当一个部落欢庆节日的时候，"他说道，"他们给自己预先备好了新衣服，新锅新盆，新的家用器具和家具，清扫了他们的房间、广场和整个部落，然后，将他们所有的破烂衣物和另外可以弃之无用的东西，还有垃圾，霉烂的陈粮，全都堆在一起，燃起大火焚烧掉。在吃下魔药后，禁食三天，此时部落的火也都熄灭。在禁食期间，他们弃绝了食欲和另外所有的欲念；大赦命颁布了，一切罪犯都可以重返家园。"

"在第四天的清晨，大祭司摩擦干木取火，在广场上燃起新的火焰，故而部落的每一个居民都因此获取了这重生的、纯洁的火焰。"

然后，他们食用新鲜的玉米和水果，又起舞欢唱三天方休。"而在随后的第四天里，他们款待造访的友邻部落的朋友们，接受朋友们的祝福，这些友人也以同样的礼仪净化了自己，一切准备妥当了。"

墨西哥每隔五十二年也要举行同样的净化祭典，他们相信世界每五十二年轮回一次。

我从未听人说过比这更为虔信的祭礼了，"祭礼"一词字典上是这样定义的："内在心灵魅力的外在的显现。"我毫不怀疑，他们的习俗是直接受命于天意的，虽然他们缺少一部《圣经》来记载上帝的启示。

简单自由的工作

我仅靠自己双手的劳作，已经过活了五年多了，我因而发现，一年之内仅需工作六周，就足以应对我全年的生活支出了。整个冬季和大部分夏天，我可以自由而清静地读书。我曾经专心致志地办过学校，可发现我顶多收支平衡，甚至还入不敷出，因为我还得置衣、修饰，且不说我还得随波逐流地去思考与信仰，这笔交易让我白白浪费了好多时间。因为我授课不是为了让同胞受益，而纯粹是为了谋生，我当然是不会成功的了。我还试过去经商，但我发觉，要精于此道还得花上十年的功夫，而到那时我很可能已走到邪路上去了。我其实担心的是，到那时我真成了人们眼中的所谓成功商人。

以前，当我四处找寻一条谋生之道时，我由于迎合了几个朋友的意愿，结果窒息了我的灵性，经历了惨痛的教训，这些至今仍记忆犹新，因此我常常真的想去靠采摘浆果为生，我确信自己可以做到，它的蝇头小利就能让我知足了，因为我的最大本事就是需求甚少，这生意需极少的本钱，与我一向的心态也较为相符，我就是这样愚蠢地想过。当我相识的人毫不犹豫地投入商海或是谋了份职业时，我以为采摘浆果这个职业倒是与他们极其相似：整个夏天我去山林中游荡，信手采摘沿路的浆果，然后就随便卖出了事，这样做有点像是在放牧阿德默特斯的羊群。我也曾梦想过，或许可采集些山野花草或是常青藤，用运送干草的马车，将它们带给喜爱花草树木的村民，甚至带到城里。但是从此以后，我懂得了，商业诅咒它买卖的所有东西。即使你买卖天堂的福音，也难逃商业对它的诅咒。

由于我偏爱某些事物，而又特别珍视我的自由，又因为我很能吃苦并取得了成功，所以我不希望去耗费时间来挣钱购置华丽的地毯，或其他精美的家具，或美味佳肴，或希腊式、哥特式的房屋。如果这一切有人唾手可得，得到之后又知道怎样利用，我看不妨任他们去追求吧。有些人是非常勤勉的，似乎生来就为劳动，或者劳动能使他们免于陷进更糟的境遇，对于这些人，我现在也无话可说。对于那些人，他们有了超出想象的更多闲暇，因而不知如何是好，我倒要奉劝他们加倍地辛勤劳动，直至他们能自食其力，得到一纸他们的自由证书。说到我自己呢，我感到打短工是最无拘无束的职业，特别之处在于每年只需干上三十或四十天就可糊口。短工的一天，劳动在太阳西沉时便算结束，随后他可以自由地支配自己的时间，随意去做与他劳动毫不相干的事情；而他的雇主呢，则要绞尽脑汁地操劳，月复一月，年复一年，难得有歇息之日。

总而言之，我已确信，有了信仰和经验，一个人若想在人世间生活得较为简单而又精明，那并非是一件苦差事，倒是一种休闲活动；那些生活较为单纯的国家，人们追求的仍然是更加刻意为之的体育运动。一个人若要维持生计，并不必要大汗淋漓，除非他比我更容易出汗。我认识一位年轻人，他继承了几英亩土地。他告诉我说，他情愿像我一样生活，如果他"有点本事的话"。我并不希望任何人以任何借口模仿我的生活方式，因为，或许还没等他学会我的这一种生活方式，我又换了另一种生活方式，我希望世上的人，生活越千姿百态越好，但我愿每一个人都能慎重地寻找到并坚持他独有的生活方式，而不要去采纳他父亲的，或是他母亲的，或他邻居的生活方式。这位年轻人可以做建筑，或去种地，或去航海，只是不要妨碍他乐意去做的事情就行了。从数学的角度来看，人无疑是聪明的，因为水手和逃跑的奴隶都知道靠北极星来判断方向，这种方法足以指引我全部人生。我们或许不能在预期之内抵达预定的港口，但我们仍然保持着正确的航向。

并不行善

毫无疑问，在此等情形之下，对一个人而言是真实的事情，对一千个人来说仍是真实的。正如一座大房，按比例来说，并不比一座小房子造价更为昂贵，因为一个大屋顶能为几个单间共用，一个地窖也可以位于几个单间之下，只是用一道道墙隔离而成罢了。但对我来说，我还是喜欢离群索居。而且，自己独建一座房屋，比费尽口舌说服隔壁邻居共用一道墙要来得更便宜些。如果你跟隔壁邻居共用了一道墙，虽说省了不少钱，但这墙必定造得很薄，若你的隔壁邻居碰巧是个坏邻居，他也不会对他那一边的墙细心维护。通常情况下，唯一可以进行的合作是非常有限的，而且表面化，而真诚的合作却并非是做做表面的文章，它有着一种不可耳闻的和谐之音。假若一个人充满信心，那么他可以随处以相同的信心与人合作，假若他缺乏信心，他会像世上的其他人一样，无所作为，无论他与何人携手并肩。合作的最高意义和最低意义，均意味着"让我们共同生活"。

最近，我听说有两位年轻人想结伴做环球旅行，其中一人是没钱的，沿途要靠在桅杆之前，在铁犁之后，挣钱谋生，另外一人则在口袋里揣着旅行支票。我们可以轻易看出，他们难以长期结伴或合作，因为其中有一人完全不用工作。当他们在旅途中出现第一个有趣的危机时，他们就要散伙，各奔东西，正如我在前面指出的那样，一个孤身旅行的人可以随便何时出发；而要结伴旅行，一个人还得等待另一个人准备就绪后才能出发，等待往往要浪费很长时间。

可是，这样的观点真是非常自私，我听到一些市民这样说道。我并不否认，直到现在，我极少参与慈善事业。我有一种强烈的使命感，致使我牺牲了很多快乐，其中，参与慈善的快乐就被牺牲了。有这么一些人，他们要尽花招，要劝服我去资助城里的一些穷困家庭，假如我无所事事——而魔鬼总是专门纠缠闲人的，或许我要亲自出面应承一下的，以便自我消遣。然而，每当我欲投身慈善事业，想去维持那些穷人的生活，让他们在各方面都能像我一样舒适，甚至提出来要尽力去帮助他们，把让他过上天堂般的生活作为我的天职时，这些穷人竟然一个个都毫不迟疑地表示，他们愿意仍旧贫困下去。

而我们镇里的若干男男女女，正在想方设法，致力于为他们的同胞谋取利益，我相信这种善举至少可使他们免于从事其他更不人道的业务。但你必须要有天赋，方能去做善事，这与从事其他任何行业没什么两样。何况，我也光明正大地尝试过，可是有点奇怪，做善事不对我的路子，因此我心中也释然了。或许，我不应故意婉拒，社会要求我去干这专做善事的特殊职业，以便我能将世界从毁灭中拯救出来。而我相信，必定在某个地方，存在着一种类似于慈善之举、但却无比坚定的事业，从而维系着整个尘世。但我决不会蓄意阻止某人去发挥他的天赋，他既然去做了这工作，投入了他的整个身心，虽然我自己不做，我还是要对他说，请坚持下去！即使全世界都称之为"做恶事"，而且极有可能这么认为。

我并不以为自己是个怪僻之人，毫无疑问，我的许多读者也会做出类似的申辩。在干活的时候——我不敢肯定邻居们会说这是个好差事——我会毫不踌躇地说，我可是个很棒的雇工呢。但是否真的很棒呢？这就有待于我的雇主来慧眼识珠了。我最适宜做什么活计呢？通常意义上的"适宜"，必定偏离了我的主要人生之路，而且大部分是我无心去做的。人们非常实际地说，就从你现在身处的地方开始吧，就照你现在的样子，别太指望去做个更有价值的人，要想做好事情，应当满怀一颗悲天悯人之心。如果我也照这种腔调来进行说教，我就索性这样说：请去吧，去做好事。犹如太阳高举火焰辉映了月亮或一颗六等星后，便停下来，像好人罗宾汉一样，跑到每一座农舍的窗前向内窥视，让人发疯，让肉变味，使黑暗处得以清晰可辨，而不是稳定地增强他柔和的热能，施人以恩惠，直至他变得如此光彩绚丽，凡人也不能正眼凝望，同时环绕着世界，并遵循着自己的轨道，恪尽他的职守，或者说，如同一个更真诚的哲学家所发现的那样，这世界围绕着他运行，因而享受他的恩惠。法厄同希望以他的善举来证明他神的血统，仅驾驶了一天的太阳金车，便冲出了轨道，他在天庭的下街上焚毁了几排房屋，还烧焦了地面，烘干了每个春天，造就出一个撒哈拉大沙漠。最终主神朱庇特一道雷电将他击落于大地之上，而太阳神对他的死亡悲痛欲绝，有一年没有发光。

善行一旦变质，便会奇臭无比，就像人的尸身和神的尸身变质之后会散发出腐臭味一样。如果我知道有人必定会来我的房中，非向我行善不可，我就要夺路而逃，仿佛是在逃避非洲沙漠中被称作西蒙的那种干燥而炽热的狂风，风中的沙粒会塞满了你的嘴巴、鼻子、耳朵和眼睛，直到你窒息身死，因为我深恐他的善举会在我的身上得逞，善行的毒素会混入我的鲜血之中。不要啊！——真是这样的话，我倒情愿忍受他的恶行，顺其自然吧。如果我饥饿难忍，有人给我饭吃；如果我冷得瑟瑟发抖，有人给我雪中送炭；如果我跌入了深沟，有人伸手拉我上来，这人不见得就算好人。我能给你牵来一条纽芬兰狗瞧瞧，这些善举它同样可以做到。慈善并不是对同胞的泛爱。站在霍华德本人的角度来看，他无疑是个极其慈爱而很卓越的人物，而且也善有善报了。但是，相比较而言，如果这种善举不能落实到我们这些嗷嗷待哺的人身上，那么，纵然有一百个霍华德，对我们又有何用？我从未听说过哪个慈善大会，曾经真心诚意地提议要去向我，或像我之类的人行什么善事。

慈善事业的罪恶

那些耶稣会的教士也被印第安人吓呆了，因为印第安人在被绑在火刑柱上时，提出了新奇的受难方式来折磨那些行刑者。因为他们已超越了肉体经受的苦难，有时甚至更超越了传教士们所能奉献的心灵

抚慰。你所要遵循的规则是少在这些人耳边唠叨，他们并不在乎会被
如何折磨，而是以一种新的式样去爱他们的仇敌，几乎是宽恕了仇敌
的所有罪恶。

应该确信的是，你给予穷人的帮助应是他们最为需要的，尽管他
们远远落在人后本是你的过失。如果你向他们施舍了钱，你当亲自陪
他们去将钱花掉，而不要将钱扔给他们就一走了之。我们有时犯的错
误简直稀奇古怪。那个穷人虽然又脏又臭，衣衫褴褛，呆头呆脑，有
时他却并非是那样的饥寒交迫，而并不仅仅是因为他遭受了不幸。你
如果向他施钱，他或许会去添置更破烂的衣服呢。

我怜悯那些爱尔兰劳工已经习以为常了，他们在湖上凿挖冰块，
身着破烂衣装，如此低贱，而我穿着更整洁而稍稍有点时髦的衣服，
且还冷得浑身打战，直到在一个寒冷的冬日，一个不慎滑入冰水中的
劳工，来到我的房中暖和身子，我这才改变了原有的看法。我看着他
脱下三条裤子和两双袜子，这才露出皮肤。虽然这些衣服真够破烂不
堪的，可是他谢绝了我送给他的多余衣服，因为他已经有了里面穿的
衣服，这事可一点不假。落水倒成了他唯一的需求。于是我开始自我
怜悯了，我意识到，如果送我一件法兰绒衬衣，比送给他一间旧衣店
更是一件善举。

有一千人在伐着罪恶的枝丫，却只有一人在猛砍着罪恶之根，或
许正是那人，他为贫困者捐赠了最多的时间和金钱，也正是由于他的
这种生活方式，因而造就出了最多的悲惨不幸者，而他却徒劳地尽力，
进行着挽救的善举。正是这些道貌岸然的奴隶主，捐出奴隶生产的十
分之一的盈利，去为另外的奴隶买得一个星期天的自由。有人为了显
示对穷人的仁慈，而雇他到厨房去干活。如果他们雇请自己去厨房干
活，岂不显得更加仁慈？你自吹自擂说，你为慈善事业捐出了十分之
一的收入。或许你应该捐出十分之九才对，因为社会只收回了十分之
一的财富。这种慈善之举，是应归功于占有者的慷慨大度呢，还是归
咎于主持正义者的疏忽大意呢？

慈善几乎是获得了人类尽情赞许的唯一美德。否则，它是被赞许
得极为过头了。正是因为我们的自私，它才得到了极为过头的赞许。
一个五大三粗的穷人，在康科德的风和日丽的一天，向我称赞一个镇

退回你黑暗的蜗居，
当全新的天地灿烂光明，
你该学会明白，
英雄的行为究竟有何等价值。

上的同胞，因为，据这穷人所说，那同胞对像他这样的穷人很是仁慈。众人中的仁慈的老伯大婶们，往往比真正灵魂上的父亲和母亲更受敬重。

我曾经聆听一位牧师关于英国的演说，此人学识渊博，才华横溢，他在列举了英国的科学家、文学家和政治家中的伟人莎士比亚、培根、克伦威尔、密尔顿、牛顿以及其他人之后，接着就大谈起英国的基督教英雄人物来，好像是三句话不离本行似的，他将这些人置于其他伟人之上，称其为伟人之中的最伟大者，此等伟人便是潘恩、霍华德、福莱夫人。众人都必定认为他这是在胡言乱语。这三人并不是英国最为卓越的伟人，或许，仅仅能算作英国最好的慈善家而已。

我并非是要对慈善的溢美之词作些删减，我只是要为那些人讨还公道，他们的生命和工作带给了人类极大的恩惠。我并不感到，一个人的正直和仁慈是其主要的价值，这些原来就是他的青枝绿叶。那些枝叶，我们将它晒干，制成了草药汤给病人服用，只因它还有卑微的用途，且多为江湖郎中所用。让他鲜花的芳香熏陶着我，让他硕果的美味在我心中交融。他的仁慈可不是一种局部而短期的举动，而是源源不绝的满溢，他的施舍无损于他，而成为他的下意识行为。这样的一种善举，包藏了如此之多的罪恶。慈善家没忘了极其频繁地去发散他自己的悲戚，以此来营造缠绕人类的气氛，还大言不惭地美称为"同情心"。

我们应该大大授人以我们的勇气而非我们的绝望，授人以我们的健康舒坦而非我们的愁容病态，当心别去传染疾病。一阵恸哭声，响彻在南方的哪片平原之上？在什么纬度之上，生活着我们该去向他播散光明的异教徒？谁又是我们该去赎救的荒淫无耻的冷酷之人？如果一个人有疾病缠身，以致无力干活；如果他甚至病入膏肓，确实博人同情，慈善家老兄就要出手改革这个世界了。因为他是大千世界的一个缩影，他发现了，这是毫不掺假的发现，发现者非他莫属——这个世界正在吞噬着青苹果。在他的眼中，地球本身是一只硕大无比的青苹果，想起来却让人心惊肉跳，人类的子孙竟然在苹果未熟之际就去啃吃它。于是风风光光的慈善家径直去寻找到爱斯基摩人和巴塔哥尼亚人，还蜻蜓点水地寻访了人多地广的印度和中国村庄。因此，凭借几年的慈善活动，有权有势者利用他实现了自己的初衷，他无疑也治愈了消化不良症，地球的一边或两边脸颊也泛起了红晕，仿佛它开始成熟起来，而生命也不再生涩，重又回复到甜美、健康的生活。我从未梦见到比我犯下的更加深重的弥天大罪。我从未相识，将来也不会与比我更坏的人相识。

我相信，改革家之所以如此悲伤，并不是出于他对贫苦同胞的怜悯，而是，他虽说是上帝最神圣的子民，却心生烦忧。让这种情形被校正过来，让春天向他款款走近，让霞光冉冉升起在他的卧榻，他便会抛弃他那些慷慨大度的伙伴，而不会心生愧疚。我之所以不反对抽烟，是因为我从不沾烟，这是痛改前非的吸烟者应受的惩罚。虽说我品尝过太多的东西，我也能声言反对它们。如果你受骗上当，赫然进入慈善家的行列，请别让你的左手知道你的右手在干什么，因为本不值得知道。救起溺水者后，系好你的鞋带。从从容容，去从事一些自由自在的劳作吧。

做个自由之人

我们的举止，由于同圣者交结而变得败坏，我们的赞美诗中回荡着诅咒上帝的优美旋律，但还得永远容忍他。有人或许会说，即便是先知和救世主，也宁愿去宽慰人们的恐惧，而不能证实人们的希望。无论在何处，也难以看到人们对人生的赠礼显得纯真的、抑制不住的满足，也难以看到人们对上帝发出令人难忘的赞美。所有的健康和成就都使我受益匪浅，无论它显得多么遥不可及；所有的疾病和失败都使我悲伤、厌弃，无论我获得了多少同情慰藉，或者我付出了多少同情慰藉。那么，如果我们确实要以真正的印第安人的、植物的、有磁性的或者自然的手段来复活人类，首先让我们犹如大自然一般纯朴而祥和吧，驱散我们眉宇间的乌云，在我们身体的每一个毛孔中注入一点点生命吧。请别傲然伫立在那儿做个穷苦人的先知，而要尽力去做一个值得活在世上的人。

我在设拉子的希克·萨迪的杰作《吉利斯坦》或者《花园》中读到以下这段话：

他们向一个智者问道：在至尊的上帝种植的众多名贵大树的浓荫之中，没有一棵被称作 Azad，即自由之树的，除了柏树之外，而它却粒籽不结，这其中有何神秘之处？智者答道，每棵树自有它适宜的生产，在它特定的季节，适时则会葱郁花开，时令不合则枯黄花谢。而柏树却与众不同，它永远枝繁叶茂。具备这种属性的可称作 Azad，即宗教的自主者。——别让你的心神系于千变万化的事物；因为在哈里发的臣民湮灭之后，迪亚拉河，或是底格里斯河，仍然永无止息地从巴格达流过。倘若你手中富裕，就像枣树一样慷慨吧；倘若无物相赠，做一个 Azad，或者一个自由之人吧，就如同一棵柏树那样。

诗意的添补

虚饰的贫穷

泰·卡伦

穷极的家伙，别太装腔作势，
敢在苍天之下，也要占个位置；
只因你破烂的茅舍，或许洗浴的木桶，
惯成你懒惰或卖弄的恶习；
晒着低廉的阳光，待在泉水的阴凉里，
大吃着番薯和菜叶，用你的右手，
从心愿中扯掉了人类的热情，
而正在那里，美德之花怒放，格外艳丽。
你让大自然一文不值，情感也拒人千里，
活像墨杜莎一样，谁瞧上一眼就化作岩石。
我们要摒弃这沉闷氛围的社会，
这附身于你的必要的节制，
还有那装模作样的愚蠢之举，

它不知欢笑，也不懂你的悲泣；
更不要那虚伪的激励言语和无济于事的坚持。
这卑贱的族群传宗接代，
终究挣不脱平庸的命运，
永远拥有卑躬屈膝的心灵；
可是我们崇尚如此的美德；
英勇慷慨的举动，庄严无比的仪容，
随处都独善其身，宽宏大量一望无际；
更别忘了那种英雄的美德，
从古至今埋没多少英名，
仅仅留传下，赫拉克勒斯，
阿喀琉斯，忒修斯这样的典型。
退回你黑暗的蜗居，
当全新的天地灿烂光明，
你该学会明白，
英雄的行为究竟有何等价值。

我
活
在
何
处，
我
为
何
而
活

信口开价买田园

　　到了我们生命的某个时节，我们往往习惯于将每一个栖身之所好好考察一下。因此，我将住处周边十二英里范围内的乡野全都考察遍了。在想象中我已经逐一地买下了这所有的田园，因为所有的田园将会被买下，我已对它们的价格心中有数了。我徒步到每一家农舍中，品尝了主人的野苹果，与他拉扯一些农家闲话，然后就请他开价，随便开个什么价钱，我都会买下来，甚至会付出一个更高的价钱，我心想以后也可以随便开价将这片农田抵押给他。我买下了这一切，只是没有立下一纸契约，我以他的口说为凭，因为我极爱与人闲聊，我以为自己已经耕种了这片农田，而且从某种意义而言，我也耕耘了他的心灵，我对此是深信不疑的，待我享尽了这种乐趣之后，便起身作别，让他继续耕种这片土地。由于这种经历，我竟被我的朋友们戴上了一顶"房地产经纪人"的高帽，实际上我无论坐在哪里，都可以在那里生活的，那里的景色也会为我大放异彩的。

　　所谓的住宅，不过是个 Sedes，一席栖身之地罢了。如若它是乡野的一席栖身之地，那会更合吾意。我发现，许多可以安家落户的地方，它的境况难以尽快得到改善，有人可能以为它距村镇太远，而在我看来倒是村镇距这里太远。我会说，嗯，这儿不错，我可以安顿下来了。于是我就在那儿驻足，过上一个小时，或是一个夏季，一个冬季。我意识到，我是如何打发了这些岁月，挨过了严冬，新春转眼又到了。这个地区将来的居民，不论他们在哪里建造房屋，都会确信那儿早有人捷足先登了。只需一个下午，我便足以将一片荒原变成一个果园，林场或者牧场，再定下门前应当保留好些优质的橡树或者松树，让每一棵被砍伐的树木也都能物尽其用。然后，我就撒手不管了，近乎休耕一般，因为一个人勇于放弃的东西越多，他便越是富足。

田园美景尽收诗中

我的想象信马由缰地奔跑了太远，以至于想象到有几个田园主人给我吃了闭门羹。受到拒绝正是我求之不得的，我从不愿因真正去占有这些田地而自寻烦恼。

最为接近真正占有田地的那次，还是我购置霍洛威尔田园之时，我已开始选种，收集好了木料准备去造一辆手推车，来运送物品进出。可是，就在那田园主递给我一纸契约之前，他的妻子——每个男子的妻子都这德行——却突然毁约，她想保留这份家业，他要补偿我 10 美元，好解除契约。现在实话实说，我当时的全部财产仅是 10 美分而已，假如我确有 10 美分，或者我有一座庄园，或者我有 10 美元，抑或两样都有，无论如何，我让他留下了那 10 美元，留下了他的田园，因为我这次已走得够远了。话说回来，我也算是出手大方之人了，我照他原来的卖价，又分文不赚地把田园卖给了他，鉴于他并非一介富翁，那 10 美元算是我送他的礼物，我则留下了那 10 美分、种子和备齐没用的造手推车的材料。如此之后，我发觉自己倒成了一介富翁，而且对我的贫穷毫发无损，那田园美景，我也存留下来。此后，我每年都载走田地里的一切收获，却无须动用手推车来做。提到那田园的美景——

我君临我环视的一切，我的权利无可厚非。

我常常看见一个诗人，在欣赏了这田园美景中最有价值的部分之后，就绝尘而去，弄得那执拗的农夫寻思，诗人劳累奔波，却只带走了几只野苹果。诗人其实将他的田园美景吟成了抑扬顿挫的诗句，可多少年后，那农夫还摸头不知其中妙处，这田园美景已被一道令人称羡的无形篱色圈护起来，挤出了它的牛奶，将撇清的奶油全都带走，留给农夫的只是撇去奶油的奶水而已。

夭折的田园诗生活

霍洛威尔田园的真正诱人之处，在我看来，却是它深邃中的幽静，它距村子约有 2 英里之遥，距最近的乡邻半英里远，一片宽阔的田野将它与公路隔离开来，它紧挨着一条河流，据田园的主人说，多亏这条河上升起的浓雾，使得田园的春天免遭了霜冻的侵害。然而，这一切与我毫不相关；田园的房舍和马厩，表面色泽灰暗，一片残垣断壁的景象，篱笆已零落不堪，犹如在我和先前的居住者之间，隔绝了多少漫长的时光；田园中的苹果树，树身中空，苔藓遍布，兔子的咬痕清晰可见，我会与何人为邻便可想而知了。

但超乎这眼前一切的，却是我最初对这里的一段记忆，我孩提时曾逆流而上，在那光景，这些房舍掩映在浓密的红枫树丛中，枫林中不时传出鸡鸣狗吠声。我急于想买下它，不等田园主搬走石块、砍掉树身中空的苹果树，铲除牧场中刚刚冒尖的小白桦树，总而言之，等不及这里收拾得大变样了。为了享受上面提到的那些好处，我准备大干一场，就如同阿特拉斯一般，将整个世界压在我的肩上好啦，我从未听说过他为此获取了什么报酬。我最想如愿以偿的这一切事，没有横生枝节的动机或托词，只想能早点付款，便可入主田园，平安无事地过活了。因为我此时知道，如果我任由这片田园自生自灭，它定会生产出我所渴求的最丰盛的收成。但结果却泡了汤。

对于耕种大片的农田（我一直在耕种着一座小花园），我有资格可说的，就是我已经备好了种子。很多人认定，种植的年头越长，种子就越优良。我毫不怀疑，时间是能甄别出好与坏的。而我最终播下种子时，我想收成是不至于让我失望的。但我要向我的朋友叮嘱，下不为例地叮嘱，你们要尽可能地长久自由地生活下去，不要生活得执迷不悟。你执迷于一座田园，与关在镇里的监狱中，两者简直毫无区别。

老卡托——他的《乡村篇》是我的"启蒙教师"，我读到的唯一的译本将下面这段话译得面目全非，他说道："当你想到要购置一个庄园时，千万要翻来覆去地考虑，不要出于贪婪而去买下它，也不要嫌麻烦而不去考察它，更别以为兜个圈子看一遍就足够了。如果这是一个好庄园，你看的次数越多，你就会越喜欢它。"我想我是不会出于贪婪而去购置它的，但我活上一天，就要去它的四周转悠，一命呜呼后，首先要埋葬在田园之中，这样最终它能让我更加快乐。

现在，我要讲述这类经历的第二个，我打算更加详细地进行描述。为了便利起见，且将这两年的经验一并诉诸笔端。因为我已经说过，我不打算写下一首抑郁的颂歌，但是我要高声啼叫，像清晨立在栖木上报晓的雄鸡一样，只是为了唤醒我的左邻右舍罢了。

遁入湖畔林中

我第一天在森林中住下时，也就是说，白天在这里度过，又开始在这里过夜，真是巧合，正是1845年7月4日，美国独立日，我的屋子其时尚未建好，过冬有点不便，仅能勉强遮风避雨，房屋的内墙没抹泥灰，没装烟囱，墙壁是用饱经风吹日晒的粗糙木板搭建起的，缝隙很大，因此夜间极为凉爽。那笔直的伐来的白色间柱，刚刚刨平的门板和窗框，使屋子看上去整洁而透气，特别是在清晨，木材里渗出露水，使得我联想到，中午该会有一些甜蜜的树胶也会从中渗出。在我的浮想联翩中，这屋子一整天中会或多或少地持续着这个清晨的情调，由此我想起了一年前曾造访过的一座山间小屋。它是一座空气清爽而又没抹泥灰的小木屋，最适宜款待云游至此的神仙，吹过的风，恰似那席卷漫山遍野之风，奏出了时断时续的音调，它或许是人间演绎的天堂乐音。晓风在永远吹拂，创世纪的诗篇仍在不停地吟唱，可惜闻听之耳却寥寥无几。奥林匹斯山只在大地之外，随处可见。

除了一条小船之外，以前我曾拥有过的唯一的房屋，只是一顶帐篷，在夏季，我偶尔带上它外出郊游，现在我已将它卷起，搁在我的阁楼上；可惜那条小船，几经转手之后，已经在时间的溪流里消失无踪了。如今，我已拥有了这更实用的庇护之所，我在世上的居住条件，已大有改善。这座房屋的框架，虽然如此单薄，却是一种围绕我的清透晶体，让建筑者立即心生感触。它散布着联想的气息，宛如一幅淡淡的素描。

我不必去户外吐故纳新，因为屋内的气息一点没有失去它的新鲜；坐在一扇门后，与坐在门内几乎一样，即便在大雨倾盆的天气，亦是如此。

哈利·梵萨说道："没有飞鸟巢居的住所，犹如没经调料烹制的肉食。"鄙人的寒舍却并非如此，因为我突然发现，自己正在与鸟雀为邻。我不是捕捉到一只飞鸟将它囚进笼中，而是将我关进它们的一只笼子里。我不仅与时常飞进花园和果园中来的那些鸟儿们极为亲近，而且与那些更大野性、更易受惊吓的林中飞鸟也亲近许多，这些飞鸟从来没有，或极为罕见地向居住在村庄里的村民鸣唱过小夜曲，它们是画眉、韦氏鸫、绯红的碛鸟、山麻雀、夜鹰，还有其他许多的飞禽。

我居住在一个小湖的湖岸边，此处距康科德村南约一英里半之遥，地势比康科德村略高一些，就位于镇子与林肯乡之间那片广阔的森林的中心地带，距本地唯一的名胜之地康科德场以南约有两英里远；但我的寒舍坐落于森林的低处，湖对岸半英里开外，就成了我最遥远的地平线，其余的地方都被茂密的树林所覆盖了。在第一个星期之内，无论何时我凝神静气地望着一池湖水，它给我的印象却好似山中的一汪潭水，高高地泊在山坡上，它的湖底比其他湖的水面高出许多，因而，在朝阳初升之时，我眼中的湖水滑落了它夜色的雾衫，渐渐地，它柔缓的涟漪，或它亮滑如镜的湖面，在远近各处清晰起来，此时的雾霭，如幽灵般悄无声息地隐没于森林中，又犹如异教徒在夜间的秘密聚会，偷偷散场了。露珠随后仍垂吊在树枝上，垂吊在山边，整天都不消失。

这小小的湖做我最珍贵的邻居，当在 8 月间，柔和的微风细雨停歇之时，此时的空气和水幽静得近乎完美，但乌云仍在天空密布，下午刚过了一半，黄昏的肃静已经浸透了湖光山色，而画眉鸟的歌声四处响起，隔岸相闻。这样的湖，何时还会像此时这般的宁静啊？湖上清透的空气被乌云变得暗淡起来，湖水却充盈着光辉，倒映出低垂的天际，显得弥足珍贵。从不远处树林刚被砍伐的一个峰顶上向南俯瞰过去，群山之间的一个宽阔的低凹处，恰好形成了湖岸，两岸的山坡错落有致，倾斜直下，宛如一条葱郁的溪流从密林的山谷中畅流而出，这是一幅多么舒心的景色，但那溪流却是臆想出来的。

我就是这样，从不远处的绿色群山之间或者之上，去眺望那蔚蓝的地平线上的遥远山峦或更高的山峰。确实，我踮起脚尖来，便可一眼望见西北方向那些更遥远、蓝色更深的山脉，这真正的纯蓝色得自天堂的恩赐，我还望见了乡村的远景。若是换了其他方向，即使仍站在原来的观景点，茂密的森林却四处挡住了我的视线，森林之上或之外的美景是不可一见的。在邻近的地方，有一些流水真让人快意，水的浮力将地面也浮了起来。即便最小的水井也有这点值得珍视，当你探头窥井时，你会发现大地并非是一块连绵不绝的大陆，而是水中隔绝的孤岛。这一点，与井水能冰镇奶油一样值得珍视。当我的目光越过湖面，从这个峰顶向萨德伯里草场眺望时，草场上正遭洪水淹没，整个草场看上去像被升高了一样，或许是因为沸腾的山谷中海市蜃楼显出的效应，它宛如沉在水盆底部的一枚硬币，湖水之外的陆地犹如一层单薄的外壳，被小小的一片水潭分隔开来，并被浮力托起，我这才猛然想到，我的安身之地只不过是块"干燥的土地"。

尽管从我的房门口向外望去，视野更为局限，但我至少并无拥挤或被软禁的感受。有一片想象中的牧场足以任我的思绪纵横其间。低处的矮橡树林丛生的高原在对岸升起，朝着西部的大草原和鞑靼人干涸的草原延伸而去，给所有流离失所的家庭一个广袤的天地。当达摩达拉的畜群亟须新的更大的草场时，他说道："世上唯有自由自在地欣赏广阔地平线的人，才是快乐忘忧的。"

时间和地点已全然变更，而我的居所却更贴近宇宙中的那些部分，更贴近历史长河对我吸引最大的那些时代。我生活的地方是如此遥远，遥远如天文学家夜间观测的星座一般。我们时常幻想着，在星系的更遥远、更偏僻的角落，有着更稀奇、更快乐的地方，在仙后星座列成椅形的五颗最亮的星群背后，远离了尘世的喧嚣和骚动。我发现，我的房屋其实正坐落于这样一个遁世之所，它是终古常新而未被亵渎的宇宙一角。假如说，更靠近昴星团、毕星团、金牛星座或天鹰星座的那些地方更值得居住的话，那么，我真的是住在那儿的，或者就与那些星座一道，远离抛在身后的尘世，将微弱闪亮的柔光，发向我最为靠近的邻居，让他们只在月亮无踪的夜晚看到。我所占据的地方，便是天地万物中的这样一个部分——

> 有个牧羊人曾活在人世，
> 他的思想如山高万尺，
> 他的羊群就在那高山之上，
> 每小时都给他营养美食。

如果牧羊人的羊群总是在比他的思想更高的牧场上游荡，我们该想想他的生活会是怎样的一番光景？

黎明即醒

每一个清晨，都是一个令人欣喜的邀请，令我的生活与大自然同样的朴实，也许我能说，像大自然本身一样纯真无瑕。我像希腊人一样，虔诚地向曙光女神祭拜。我清早起床，然后下湖沐浴，这是一个具有宗教意味的修炼，也是我所办到的最好的一件事情。据说，在成汤王的浴盆上就镌刻着这样的铭文："苟日新，日日新，又日新。"我深知其中之意。

清晨将人带到了英雄时代。在天边刚露出一缕晨光时，我正端坐着，门窗大开，一只蚊子看不见也难以想象地飞进我的房中，它那微弱的嗡嗡声打动了我的心，好像我听到有支号角在奏响赞美英名的乐章。这乐章便是荷马史诗中的一道安魂曲，在天地间令人荡气回肠的《伊利亚特》和《奥德赛》，吟唱抒发着悲愤与徘徊之情，它包含着宇宙本体的质感，不断宣示着世界的无穷精力和生生不息，直到它强行遭禁。

黎明时分啊，一天最值得回味的时刻，这觉醒的时候来到了。那时，我们的感觉是少有的清醒。至少要经过一个小时，睡了整夜的身体感官大多才会被唤醒。假若我们并非被自己的天赋所唤醒，而是被什么侍从用手肘生硬地推醒；假若不是由我们身心的最新动力和身心的渴求来将我们唤醒，而是被工厂的汽笛声所唤醒，但却痛失了悠扬回荡的天籁之音，还有那弥漫空中的沁人心脾的芳香，因而我们苏醒过来，但却并没有抵达比深眠中更加崇高的境界，如果这样的白昼，姑且可称之为白日，也是毫无期盼可言的；因而，黑夜可以结出它的硕果，证明它的妙处并不亚于白日。那么，假如一个人不愿相信每一天都拥有一个更早、更为神圣的黎明时分，反而去玷污它，那他对生命已失望至极了，正踏上一条堕落而暗淡无光的不归之路。

　　生命的感官在休整一夜之后，人的心灵，或者不如就说是人的各部分官能，每天又会精力充沛，而他的天赋又可去尝试它能创造的崇高生活了。一切值得追忆的事情，我认定，都会在黎明时分或黎明的氛围中发生。印度婆罗门教的古代经书《吠陀经》中说道："一切知，俱于黎明中醒。"诗歌和艺术，人类最美好最值得纪念的举动，都发生于黎明的这一时刻，所有的诗人和英雄们，都如同曼侬一样，皆是那曙光女神之子，在红日东升时奏响着竖琴的美妙乐音。对于思维活跃、精力旺盛而紧紧追随太阳脚步的人而言，白日便是他永远的清晨。这一切与时钟的鸣响报时，或与人们从事何种劳动和持何种态度，都毫无关联。

　　清晨，是我苏醒时内心感受黎明的时刻，修身养性就是为了抛弃深沉的睡眠而做出的努力。人们倘若不是昏睡度日，为何他们会认为自己虚度光阴呢！他们可是算度精明的人啊。如果他们没有被睡意所击败，他们本是事业有成的。数以百万计的人们醒来就是为了尽力去服那体力的苦役，但百万人之中却仅有一人醒来是为了去服那智慧的苦役。而数以亿计的人之中，也只有一人，过着诗意盎然而又神圣的生活。苏醒就是为了活着。我还从未遇见过这样的一个人，众人皆醉而他独醒。若是遇见了这人，我怎敢正面看他一眼？

　　我们必须学会重新苏醒过来，学会保持清醒，但不要借助机械的力量，而应将无尽的期待寄托于黎明，即使在最深沉的睡眠之中，黎明对我们也会不离不弃。人们无疑是具备了有意识去提高生活水平的能力的，我还没看到比这更为鼓舞人心的事实。画出一幅风格独特的画，或雕刻出一座雕像，以及致力于美化几个客观之物，确实是非常了不起的。但令我们无上荣耀的却是，去雕塑和绘画出那种氛围和媒体，以供我们去观察事物，正直地去有所作为。能影响时代特性的，唯有达到最高境界的艺术。每个人都肩负着职责，以使他在最为高尚、最为紧急的时刻的所思所想，与他的生命相匹配，与他的生活细节相匹配。如果我们拒绝了，或者说耗光了我们所获的这点琐碎信息，神谕自会清晰地宣示我们怎样去做到这点。

逃出生活怪圈

我幽居在森林之中，是因为我希望小心谨慎地生活，仅仅去面对生活的基本要素，看看自己能否学会生活必定会传授于我的东西，以免死到临头，才发现自己白活了一场。我不希望去过不能称之为生活的生活，生活是如此的珍贵，除非万不得已，我是不想去过归隐林泉的生活的。我要深深地根植于生活之中，吸取着所有人生的精髓，要生活得如此强健，像斯巴达人一样，以便排除一切生活必将弃绝的东西，我要收割出一块宽阔的田地，细心地收割修剪，将生活驾驭到一个角落，让它降到一个最卑贱的地步。而且，倘若生活证明了它自身的卑贱，为何不去获取它的所有而真实的卑贱，并将其公之于世呢？或者，如果生活是高尚的，就用亲身经历去体味它，以便我下次游历时，可以对它做出真正的评估。

在我看来，大部分人陷入了一个怪圈，不知道自己的生活是魔鬼所赐，还是上帝所赐，然而却"稍稍草率"地得出结论，认为人生的首要目标就是"赞美上帝，永享他的赐福"。

至今，我们仍生活得卑贱，如蝼蚁一般，尽管神话告诉我们，从前就是由蚂蚁变成的人。宛如小矮人一样，我们与庞大的起重机作战，这真是错上加错，用脏抹布抹脏，我们最美好的品德也因此显得多余，遭到本可避免的劫难。我们的生活被琐碎连累而耗费掉了。

一个诚实之人，只需有十个指头便可数数，特殊情况之下最多加上十个脚趾，其余部位则无此用处。简单，简单，再简单些啊！我说，手头要办的事情多则两三件足矣，可别有一百件或一千件。不要以一百万计，半打便可足矣。账目可以记在你的大拇指甲上的。

在文明生活波澜壮阔的海洋中，一个人若要生活下去，就非得经受这样的暴风骤雨和一千零一种考验，除非他不等船只沉没，便纵身跳入海洋中，一头栽到海底，不想去安抵港口了。那些功成名就之人，必定是精于算计的高人啊！简单化，再简单化！一日无须三餐，如有必要，一餐便可足矣；菜无须端上百道，五道菜便可足矣！其他的东西，就照这样的比例减少好了。

我们的生活如同德意志联邦，由一些小州构成，它的疆界永远在变更，因而即使是一个德国人也不能随时告诉你准确的国界。国家自身，也是有所谓的内部改进的，其实这种改进不过是做做表面而又肤浅的文章而已，国家自己只是一个艰难运转而又臃肿的机构，胡乱挤满了家具，掉进了自设的陷阱难以自拔，为自身的奢靡与无度的挥霍所毁灭，因为它疏于精打细算。缺乏一个崇高的目标，如同大地上的一百万户普通人家一样。对于这种情形，唯一的惩治方法就是采用一种严厉的经济手段，去过比斯巴达人更为简朴的生活，树立更高的生活目标。人们的生活现在是太放荡不羁了。人们认定，国家必须拥有商业，要出口冰块，要用电报传递言语，还要有一小时奔驰三十英里的列车，对它们有用与否毫不怀疑。但我们应该生活得像个狒狒，还是像个人，这一点倒又难以确定了。假若我们不造出枕木，铸造钢轨，不夜以继日地工作，而只是慢条斯理地来应付我们的生活，改善生活，那么谁肯去修筑铁路？而如果不修筑铁路，那我们又怎能按时抵达天堂呢？但如果我们全都待在家中，忙于自己的家务事，谁会需要什么铁路呢？我们没有驾驭火车，而是火车驾驭了我们。

你可曾想过，铁轨下面铺着的枕木究竟为何物啊？每一根枕木就是一个人，爱尔兰人，或一个北方佬。铁轨就铺在他们身上，他们的躯体又铺上黄沙，列车在他们身上平滑地飞驰而过。因此，我明确告诉你，这些亡者就是沉睡不语的枕木。每过几年，就会换上一批新的枕木，列车还在上面飞驰而过。所以说，如果某些人在铁轨上坐着火车快乐地驰过，另外某些人必定是被他们辗压而过的。如若火车撞上了一个梦游者，或是辗过一根出轨的额外枕木，他们会紧急刹车，大吼一通，惊醒了乘客，好像这是一个意外事故。我听了真觉得可笑，他们每隔五英里地就指定一帮子人，保证枕木在路基上平稳牢固，由此可见，枕木有时会自己起床呢。

新闻是非

为什么我们应该活得如此匆匆忙忙，如此耗费生命呢？我们应当下定决心，趁我们尚未饥饿之前，就去饥饿身亡。人们常说，及时缝上一针，将来可以少缝九针，所以他们今天缝了一千针，将来可以少缝九千针。至于工作，却是劳而无功的。我们患上了舞蹈病，不能令脑袋停止晃动。

倘若我站在教堂的钟楼下，只拉了几下钟绳，钟声发出了火警信号，钟声还不太大，那些康科德镇周边田园的人们，尽管今天早上已反复说过农活如何要紧，可我敢说，每一个男人，或是孩子，或是女人，都会扔下手中的一切活计而循着钟声赶过来，他们主要不是从大火中救出些财物，而是，如果我们能承认事实的话，多数人还是想来看看火灾场景的，既然已经着火了，而这火，大伙一定知道，肯定也不是我们放的；或者来看看是怎样灭火的，如果火势不大，也还可以出手帮帮忙。即便教堂失了火，也是这般情形。

一个人在享用了午餐之后，倒头睡了半个小时，待他睡醒之后，抬头就会问道："有些什么新闻？"好像其余的世上所有人都在为他站岗放哨。有些人还会下令，每过半个小时叫醒他一次，无疑也没有其他特别的缘由。醒来之后，为了感谢人家，就讲述了一番梦境。安睡了一夜之后，新闻就是不可或缺的，与早餐一样重要。"请告诉我，任何人在这地球上的任何地方发生了任何怎样的新闻？"于是他一边喝着咖啡，吃着小圆面包，一边翻阅报纸，结果他知道了，今天早晨在瓦奇多河上，有个男人的眼睛被剜掉了。然而他却做梦也没想到，此刻他就生活在这个世界上的一个深不可测的巨大黑洞中，自己早就是有眼无珠了。

对我而言，有没有邮局我都不太在意。我想，没有什么重要消息可经过邮局传递的。挑剔一点说，我一生中，收到的信件只不过有一两封——几年前我就是写过这么一句话——它们是值得邮寄的。通常情况下，一便士邮资只是一种制度，它其实就是让你给一个人付出一便士，便可收到他的思想了，可你平安收到的常常是些笑话。而我可以确信，我在报纸上读到某某人横遭抢劫，或遭人谋杀，或死于非命，或一座房子失火烧掉了，或一艘船失事了，或一艘汽船爆炸了，或一头母牛在西部铁路被撞死了，或一条疯狗被杀死了，或在冬天里出现了一大群蚂蚱，我们便不用去读其他了。有这么一条新闻足矣。如果你对这个办报原则了如指掌，那形形色色的实例及其应用你又何苦去关心呢？对一个哲学家来说，那些所谓的新闻，都是胡扯一气的，而编辑和读者全都是茶余饭后拨弄是非的长舌妇。在胡扯一气后，不少人还意犹未尽。

我听说有一天，一大帮子人你争我抢地，蜂拥进报社的一间办公室内，去打听一条最新的国际新闻，结果报社的几块大玻璃窗也被挤破了。我好生想过，那条新闻应该是一个精明之人早在十个月前或十二年之前，就已经极其准确地写好的。举个例子，比如说关于西班牙的新闻吧，假如你知道怎样将唐·卡洛斯和公主，唐·佩得罗以及塞维利亚和格拉纳达之类的词汇，不失时机地在新闻稿中插用——我读报至今，这类词汇变化不是太大，实在没什么别的娱乐新闻时，就去报道斗牛新闻充数吧，这可是真实无误的新闻，将西班牙的局势变化做出及时的报道，完全与当今的报纸上这个标题下的那些最简明的新闻不相上下。至于说到英国，1649 年的革命成了来自该地区的最后一条重大新闻。如果你已经弄清了历年来英国谷物的年均产量，你也就将这档消息冷落一边了，除非你是想靠它去做投机生意，就为了赚几个钱。倘若你想判断一下，怎样的新闻很少有人去看，那也并非易事，因为国外也没什么新闻值得关注，即便是一场法国大革命也不例外。

新闻是何许东西！那些万古长青的事情，才重要得多！"蘧伯玉（卫大夫）使人于孔子。孔子与之坐而问焉，曰：'夫子何为？'对曰：'夫子欲寡其过而未能也。'使者出。子曰：'使乎！使乎！'"到了周末，正是劳累得昏昏欲睡的农夫歇息的日子。星期天是糟糕的一周恰当的结束，但绝非是新的一周新鲜而又勇敢的开始，可那牧师偏偏不慢条斯理地在农夫的耳边嗡嗡说教，而是雷声隆隆般地吼叫道："停！停住！为什么看起来这么快，其实却慢得要命呢？"

感悟此时此地

欺骗和困惑已被尊崇为最完美的真理，而现实倒显得荒诞不经。如果人们能凝神屏气地观察现实，不让自己受到蛊惑，那么，以我们所知的事物来做比喻，生活，就宛如一个美丽的童话，宛如一部《天方夜谭》。如果我们只向难以避免和有权利存世的事物致敬，音乐和诗歌定会在街头回荡。如果我们不急不躁而且足够明智，我们便会领悟到，只有伟大而又珍贵的事物才会经久不息而绝对地存在，那些琐碎的恐惧与琐碎的欢乐却是现实的阴影，现实始终是令人亢奋和高尚的。因为闭上了双眼，神志不清，默认自己受到假象的欺骗，人们才建立并强化了他们日常生活的道路和习俗，处处遵循它们，而这些习俗却仍是建立在纯粹幻想的根基之上。天真嬉戏的孩童，却比成人更能清晰地认清生活的真正规律和真正的关系，成人不懂得珍视生活，还自以为聪明，因为他们阅历丰富，也就是说，因为他们经历的失败也多。

我曾在一本印度的书中读到一段轶闻趣事："有一位王子，他幼年时就被赶出了故国的都城，被一个森林中人收养，长大之后，他一直误以为自己身属贱民阶级，他父王的一个大臣发现了他，向他披露了他的身世，他对自己身份的误解从此消除了，他知道了自己是一位王子。"这位印度哲学家继续说道，"因受所处环境的影响，灵魂误解了自己的角色，直到一位神圣的导师向他显露真相，然后，他方知自己是婆罗门。"我觉察到，我们新英格兰的居民之所以生活得如此卑微，是因为我们的眼光不能穿透事物的外表，我们以为表象就是事物的本质。如果一个人徒步穿过这个镇子，只知道眼见为实，那么你想想看，他没有看过的"拦河水坝"岂不成了子虚乌有？倘若他向我们讲述他眼中的现实，他对这个"拦河水坝"是会只字不提的。瞧瞧一间会议室，或一个法庭，或一座监狱，或一家商店，或者一所住宅，在你真正凝视它们之前，你说，这些东西究竟是什么啊，在你讲述它们时，它们已经被你弄得支离破碎了。

人们喜欢崇尚那些遥不可及的真理，那存留于制度之外的，存留于最遥远的那颗星之后的真理，那始于亚当之前而终于世间最后一人的真理啊！确实，在永恒中是拥有着真理和崇高的。但所有的这些时代，这些地点和这些时节，却又可简述为"此时此地"的啊！上帝的至高无上就在现在这一刻，而流逝的所有岁月，永远不会再给他添加一丝一毫的神圣。我们只有不断地浸润环绕我们的现实，才能领悟什么是崇高。宇宙将常常顺应我们的观念；不论我们的步伐是快是慢，路途已为我们铺就，然后该我们穷尽一生去深刻领会了。诗人和艺术家还从未去完成如此精彩而高尚的设想，但至少他们的子孙后代是能替他们完成的。

让我们如大自然一样自然而然地过上一天吧，别因坚果壳和掉在轨道上的蚊虫翅膀而脱离轨道。让我们天刚破晓即起身吧，早餐与否别太在意，但求身心从容无忧；任他人来人往，让晨钟敲响，让孩子们娇啼吧。下定决心，我们要去过好每一天。我们为什么要屈从，而去随波逐流呢？当我们身处子午线的浅水边，所谓午餐的可怕的激流与漩涡要将我们倾覆之时，千万别惊慌失措。经受住了这种危难险境，你就一路平安，前面就是下山的路了。思想可别松懈，以那破晓的气魄，向着另一个方向，乘风破浪前行，像那被同伴紧绑在桅杆上的尤利西斯一样。假如汽笛长鸣了，让它尽情鸣叫，直到声音嘶哑吧。如果警钟声敲响，我们为何还要奔跑？我们倒要将它当作音乐倾听。

让我们安顿好自己，好好工作吧，让我们涉足于舆论，偏见，传统，迷惑与表象的淤泥之中，这淤积于全球的污泥啊，穿行过巴黎，伦敦，纽约，波士顿，康科德，穿行过教堂与国家，穿行过诗歌、哲学与宗教，直至我们抵达一个坚硬的岩层，我们称之为现实，便说，正是这时，准确无误的；然后，得到了这个支撑点，便在洪水、冰霜、烈火之下，开始在此地建造一道城墙或者一个国家，或是牢靠地竖起一根灯杆，立起一架测量仪，不是用来测量尼罗河水，而是以此来测量现实，那一次次陡涨的欺骗与假象的滔滔洪水，是多么深不可测啊！如果你挺胸直立，面对着真相，你会注视到，阳光在它的两面熠熠闪耀，它仿佛一柄阿拉伯人的弯刀，你能感受到它甘甜的利刃正划开你的心与骨髓，这样你可快乐地终结你的人间经历了。或生或死，我们渴望着的只是真实。假如我们真的在渐渐死去，让我们去聆听自己喉咙发出的咕哝声，感到寒冷在四肢漫延好了；如果我们暂且活着，让我们干自己的营生吧。

时间只是供我垂钓的溪流。我饮着溪水。我饮着溪水时望见了它的沙床，竟觉得它是多么浅啊！它浅浅的一层溪水流逝了，但永恒留在了原处。我愿痛饮；我愿在天空垂钓，天空的底层连缀着卵石般的星辰。我不能去教它们。我不认识字母表上的第一个字母。我常常后悔不迭，我已不如初生时那样聪颖了。智力是一把屠刀，它辨别清楚了，游刃便一直抵达事物的秘密。我并不希望我的双手并无必要地忙个不亦乐乎。我的头脑就是双手双足，我感到它里面汇集了我所有的官能。我的本能告诉我，我的头是一个开挖洞穴的器官，如同一些动物，用它们的鼻子，或用它们的前爪，而我要用头来挖洞穴，在这些连绵的群山之中，开挖出我的一条通路来。我看出，最富饶的矿脉就在这周遭的某个地方。所以，让我手持这根神杖，由那升腾的薄雾，我断定：我就从这里开挖矿藏了。

翻阅书卷

畅饮经典琼浆

倘若在选择自己的追求时，更加谨慎从事，所有的人可能多半愿去当个学生和观察家，因为这两种角色的性质和命运令所有人颇感兴趣。在我们为自己或子孙后代积累财富，成家或者立国，甚至沽名钓誉等多方面，我们都是凡夫俗子，但在探求真理时，我们却是超凡脱俗的，也无须惧怕改变或突发事件了。最古老的埃及或印度哲学家，掀起了神像的一角掩面轻纱。而这轻覆之物，如今在微微颤动，仍被撩起着，我凝视着它与往昔无异的清新的荣耀，因为他心中的"我"往昔是如此豪气万丈，而我心中的"他"如今还仰望着那景象。那掩面的神袍纤尘未染，自那神迹显现以来，岁月并未流逝。我们真正用到的时间，或者可以利用的时间，即非过去，也不是现在，更不是将来。

我的小木屋，与一所大学相比，不仅更适宜于思索，而且更适宜于严肃地读书。尽管我所阅读的书籍不在一般图书馆的借阅范围之内，我却比先前受到了那些全世界更流通的书籍的更多影响，那些书的段落最初是写在树皮之上的，如今只是偶尔临摹在亚麻纸上。诗人密尔·卡马·乌亭·马斯特说："读书的绝妙之处就在于，坐着便可在精神世界里纵横驰骋。当我畅饮着深奥之学说的甘露玉浆之时，我便体验了一醉方休的快感。"整个夏季，我将荷马的《伊利亚特》摆在桌上，虽然只能偶尔翻阅一下他的传世诗篇。当初，我忙得不可开交，我要造好房子，同时要去锄豆子，难以抽空去作更多的阅读。但我一直有这种念头，我不久是可以尽情阅读的。我在忙碌之余，还读了一两本通俗易懂的旅游指南，但随后就自觉羞愧难当，我自责道，怎么就忘了自己现在所处的地方。

学生们读读荷马或埃斯库罗斯的希腊文原著，绝不会招来放纵或者奢靡的惊人之举，因为他自会仿效巨著中的英雄豪杰，在清晨的大好时光专心读书。这些英雄的诗篇，即使译成我们的母语刊印出来，在这个道德败坏的时代，也会变成一堆死寂的文字。因而，我们必得不辞辛劳地探寻每一个词和每一行诗的蕴意，绞尽我们的脑汁，勇猛而有雅量地琢磨出超越寻常应用的更深远的蕴意。

当今的出版社，虽然出版了大量而又廉价的译著，但并未使我们向那些古代的伟大作家靠得更近。这些译著令人不敢问津，它们的文字仍像以前一样被印得稀奇古怪。花费了宝贵的青春时光，即使研习了几句古文，也是颇为值得的，因为它们是街头巷尾中琐碎言谈的精粹，给你永恒的启迪和激励。农夫们偶然听到几句拉丁语警句，牢记在心，并时常挂在嘴边，也是有百益无一害的。

某些人曾经说过，对古典著作的研究好像最终让位于更现代、更实用的研究了。但那些雄心勃勃的学生仍会常常去研究古典著作，无论它们是用何种文字写就，也无论它们的年代如何久远。倘若古典著作不是记录下人类最崇高的思想，那么古典又是何物呢？它们是独一无二、永不腐朽的神迹谕旨。即便去特尔斐和多多那求神明示，也是终不可得的对现代求问的解答，却在古典著作中可以找到。我们或许不屑于去研究大自然，因为她已衰老了。好好读书，也就是说，以求真务实的精神去阅读真实的书，这是一种高尚的历练，阅读者的劳神费力，已超过了世俗公认的任何历练。这需要一种锻炼，正如运动员要经常锻炼一样，终身不辍，持之以恒。书是务必要谨慎而又缄默地去阅读的，这与著书立说是同一种态度。

口语与文字的差异

即便你所讲的语言与原著相同，这仍是不够的，因为口语与书面语之间有着明显的差异，一种是听说的语言，一种是阅读的语言。口语通常是说过即逝的一种声音或是舌音，是一种土语，几乎可说是很粗野的，我们能像野蛮人一样，从母亲那里下意识地学会。书面语则是口语的成熟和精炼的表达。如果说口语是我们的母语，书面语则是我们的父语，它谨慎而精细的含义表达，并非听觉所能感触，我们必定要再次降生人世，从头学起。

中世纪时，有无数之人，他们可以流利地讲希腊语和拉丁语，因为身处不同的地域，他们难以读懂天才作家们以这两种文字写出的书卷，这些书卷并非以他们所熟知的希腊语或拉丁语，而是以精炼的文学语言写成，他们没有学过希腊和罗马的那种更高一级的方言，此种语言所写的书卷，在他们眼中不啻是一堆废纸，他们对一种低廉的当代文学倒能爱不释手。但是，当欧洲的几个国家拥有了他们自己的文字，虽说不够成熟，但也表达无碍，他们的文艺便足以复兴了，随之而来的就是知识的复兴，学者们能够识别远古的传世佳作了。罗马和希腊的民众当时难以听懂的作品，在岁月流逝了数个世纪之后，少数学者已能读懂了，如今也只剩几个学者在研读这些作品了。

无论我们如何对演说家的精彩演讲赞不绝口，那最崇高的文字，仍时常地隐匿于口语之后，或是超越于瞬息万变的口语之上，宛若群星闪烁的天空为浮云所潜藏。群星浩瀚，但观星者皆可阅读它们。天文学家永不停息地在注解它们，观察它们。书卷可不像我们的日常交谈和无形的气息转瞬即逝，讲坛上的所谓秀口，通俗而言就是术语所称的修辞。演说家抓住稍纵即逝的灵感，向他面前的听众，口吐莲花，滔滔不绝。但是作家，他的机缘则源于宁静的生活，激发演说家灵感的社交活动和蜂拥而至的听众，却会分散他的精力，他是在对着人类的聪慧与心灵献辞，与岁月长河中能够读懂他们的所有人倾诉心语。

经典传世

亚历山大率军征战时，爱在一只宝盒中放上一部《伊利亚特》，随身携带，也就没什么令人疑惑不解了。文字是圣物精品中的精品。它与其他任何一种艺术作品相比，与我们最为亲近，又更具世界性。它是最靠近生活的艺术作品。它可以译成各种文字，不仅让人阅读，还从人的口唇中吐露出来；它不仅显现于画面之上，或镌刻于大理石上，而且还塑造于生命自身的气息之中。一个古人思想的烙印被现代人常挂嘴边。

两千个夏季已然给希腊文学的丰碑镀上了一片璀璨，如同在希腊的大理石上，遗留下更为成熟的一如秋收的金黄色泽，因为他们让祥和而肃穆的氛围降临了整个大地，守护自己免受时间的侵蚀。书卷是世界的珍贵财富，是诸国代代相传的恰当遗产。书，年代最久和最好的书，自然而又得当地摆放在每间房内的书架上。它们没有任何诉求，但一旦它们启发并去鼓舞读者，他的常识会使他欣然接受。这些书的作者，在每一个社会之中，自然而无可抗拒地获得了贵族的尊位，他们对人类的影响比许多帝王更胜一筹。当那大字不识，或者还受人蔑视的商人，因为苦心经营，赢得了他渴望的休闲和自主，并跻身于财富与时尚的圈子之后，他最终将不免转向那些更高级，然而禁地森严的知识分子和天才们的圈子，此时便会更加意识到他腹中空空，自己的所有财富也难以弥补虚荣，他便费心机，要让子孙后代获得他深感匮乏的智慧文化，于是这又证明了他敏锐的眼光，他因此成了这个家族的创立者。

经典必读

那些还没学会阅读古代经典名著原文的人，对人类历史的知识一定知之甚少，但显而易见的是，这些经典名著仍未被译成当代的任何一个版本，除非我们文明自身姑且算作这样一个译本。荷马史诗还从未出过英译本，埃斯库罗斯和维吉尔也没被译成英文。这些名著是如此精练，如此纯粹，宛如霞光一般美丽。谈到以后的作家，无论我们是多么钦佩他们的写作天赋，但论其作品，堪与这些古代文学巨匠的精美的、全景式的、永世长存的、以毕生心血铸就的文艺结晶媲美的，却属凤毛麟角。对它们一无所知的那些人，一个劲嚷嚷叫人将它们打入冷宫。当我们具备了一定的学识与天赋，就能够去赏析它们，那些人的蠢话我们即抛在脑后了。当那些我们称之为圣物的古代经典巨著，以及比之更加古老，因而更鲜为人知的诸国的经典越积越多时；当梵蒂冈教廷里，荷马、但丁和莎士比亚的大作与《吠陀经》《波斯古经》和《圣经》荟萃一堂时；当后续的世纪连绵不绝地在世界的讲坛上陈列它们的战利品时，那个时代必将无比富饶。借助这堆积而成的文艺经典的山峰，我们最终有望登上天堂。

这些伟大诗人的诗篇，人类迄今从未阅览过，只有伟大的诗人才能读懂它们。众人阅读这些诗人的大作，有如抬头观望满天繁星，至多是为了观测星相，而不是做什么天文学探索。大多数人学会了读书，只是为了贪图微不足道的便利，如同他们学会了数字运算是为了盘算账目，以免与人交易时受骗上当。但是，阅读作为一种高尚的心智锻炼，他们却略知一二，或一无所知。阅读不应如奢侈之物引诱我们，致使我们在阅读时异想天开，白日做梦，我们须端坐一隅，趁我们最为警醒的大好时光去凝神阅读，这样的阅读，才是与读书的初衷相符合的。

休读言情小说

我认为，当我们能识文断句之后，就应去读最优秀的文学作品，不要永无休止地去重复字母歌和单音字，别在四五年级留级，终身坐在最低年级教室的前排。大多数人能够读懂或是听懂别人阅读就心满意足了，或许仅领悟了一本好书《圣经》的智慧，因此在一生的其余时间只去读些所谓休闲的书，生活过得单调乏味，虚度了光阴。

在我们的流动图书馆里，有一部数卷的作品名叫"袖珍读本"，我以为它是一个尚未去过的镇名吧。有这么一类人，他们好像水老鸦和鸵鸟一样贪婪，消化能力很强，即使在饱餐了一顿肉食和蔬菜烹制的美食之后，仍能将残羹剩菜一扫而光，生怕浪费掉了。倘若其他人是供应这种美食的机器，这类人则是不知饱足的阅读机器。他们阅读了九千个关于西布伦和赛芙隆妮娅的爱情故事，全都是讲述他俩如何相爱，爱得如何死去活来，史无前例，以及曲折的恋爱历程。总而言之，他俩如何艰难相恋，如何爱情遭到不幸，跌倒了又爬起来，怎样再续恋情！某个可怜的不幸之人是如何爬到教堂的塔尖上的，他要是没爬上去就万事大吉了，接下来就是，他既然已鬼使神差地爬上尖顶，那快活的小说家就向全世界敲响了警钟，让人们都围拢过来，聆听他卖关子，噢，天哪！他怎么又下来了！在我看来，这些作家最好将所有小说中的痴男怨女一律变形为风信鸡人置于尖顶之上，就像他们常常将英雄升上星座一样，让他们在尖顶上随风旋转，直到锈掉为止，千万别叫他们下来搞些恶作剧，骚扰了老实本分的人。下一次，若是小说家又敲响了钟声，即使是教友会的聚会所被大火一烧而光，我也会稳坐钓鱼台的。

"一部中世纪的罗曼史《偷情舞会》，由著名作家特尔·托坦恩所著，月月连载，读者甚多，欲购从速。"诸如此类的东西，他们阅读起来眼睛睁得有小碟子大，好奇得要打破砂锅问到底，胃口也是极好，不怕胃壁损伤，正如四岁小孩，坐在小凳子上，读着两美分一本的封面烫金的《灰姑娘》——照我看来，他们读完后在发音、音调、语气等方面没有一点长进，更不用说他们在表现与渲染主题方面学到了什么写作技巧了。结果是读得两眼呆滞，思想颓废，智力下降。这类姜汁面包，几乎每个烤炉日日都在烤制出来，比用纯小麦或黑麦及印第安玉米烤制的面包更受人喜爱，在市场上也更畅销。

愚钝的读书人

最好的书，那些所谓的好读者往往也不屑去读。我们康科德的文化算什么东西？在这个城镇上，只有极少数人例外，大多数人对于最好的书，甚至是英国文学中非常优秀的作品，都觉得兴味索然，他们对英语可是能读会写的啊。即使毕业于各地的大学，或所谓的受到自由熏陶的人，对英国的古典文学也知道甚少，乃至全然不知，至于铭记着人类智慧的巨著，比如古代经典作品和《圣经》，谁想阅读是不难得到的，但也浅尝辄止。

我认识一个伐木工，他人到中年，也时常读一份法文报，他说并非是为了读读新闻，他是不吃这一套的，而是为了"不间断地学习法语"，因为他生在加拿大，我便问道，他认为在世上他能做的最好事情是什么。他答道，除了学好法语外，还要下功夫学习和提高英语水准。大约这就是大学毕业生普遍要做或想做的事情吧，他们订阅一份英文报纸就是出于这个目的。假如一个人刚好读完了一本或许是最好的英文佳作，又有几人可以与他谈谈读后感呢？或又假设一个人刚读完了一部希腊文或是拉丁文的古典原著，这本书即使所谓的文盲也懂得去赞美它，但他完全找不到一个人可以谈谈心得，只能三缄其口啊！千真万确的是，在我们大学几乎找不出这样一个教授，如果他对一种难学的语言已能运用自如，便会相应地去把握希腊诗人恢宏的睿智和诗意，并能抱着交流的意愿，去给那些机敏而又脱俗的学生传授这种知识，至于说到神圣的经典，或者说人类的《圣经》，这个镇上有谁能告诉我它们的书名？大多数其实并不知道，除了希伯来民族之外，其他的民族也拥有自己的一部《圣经》。任何一个人，都会为拣到一块银币而煞费苦心；但是这里就有金灿灿的文字，古代的最睿智者说出的语言，它们智慧的珍贵价值为历代所公认。然而我们读到的却只是简易读本，初级读本和教科书，离开学校后，就只读些"小册子"和故事书，它们可是专门写给孩子们和初学者看的。因而，我们的读本，我们的谈吐和我们的思想，都处于一个极低的水准，只与俾格米小矮人相配。

我盼望能结识一些比康科德这片土地上长出的更加聪颖的人，他们的姓名在这里闻所未闻。难道我会听说过柏拉图的名字，却从未拜读过他的大作吗？仿佛柏拉图是我的同乡，而我却与他素昧平生；仿佛他是我的贴邻，而我从未聆听过他的话语，或者倾听过他饱含智慧的言谈。其实不就是这样？他的《对话录》，充满了他不朽的智慧，就闲置在我们近旁的书架上，却遭到我们的冷遇。我们全都是文盲，简直是缺乏教养，格调低下。我认为，在此情形之下没必要将两种文盲细加区分，一种是我同镇人中的目不识丁者，另一种则是能读书识

字，却只能读读儿童读物和极为简单易懂的读物，我们应该如古代圣
贤一样令人敬仰，但我们首先得知道他们有何处值得受人敬仰。我们
都是一些人微言轻的人，我们的智慧的飞翔，却难以超越日报栏目内
容的高度。

开卷有益

　　并非所有的书卷都如它们的读者一样愚不可及，可能书中的一些
话恰能切中我们的时弊，如果我们真的聆听了，而且完全明了这些词
句，它们对我们生活的裨益，将胜过清晨和阳春三月，或许能使我们
旧貌换了新颜，有多少人是读了一本书，从而令他的生活翻开了新的
一页！一本书，若能阐释我们的奇迹，又能显示未来的奇迹，那它就
真是为我们而存世了。就在今天，我们难以启齿的话语，也许在书中
某处已经言明了。这些困扰着我们，弄得我们迷惑不解而狼狈不堪的
问题，一切智者也同样遇到，无一例外，每个智者已力所能及地，以
各自的语言和各自的人生来解答了这些难题。况且，拥有了智慧，我
们才能学会慷慨行事。

　　在康科德郊外，在某个田园，有个寂寞的雇工，他有着第二次的
诞生和独特的宗教体验，因为他的信仰的缘故，他相信自己沉浸于悄
无声息的肃穆之中，拒绝外物的亲近，或许他认为书中尽是些虚妄的
言辞。但是数千年前，琐罗亚斯德就走过了与那位雇工同样的心路，
有着同样的历练，可是也聪慧过人，悟出了自己的历练是普遍存在的，
因而就能相应地与乡邻交往。据说他创立了祭奉神灵的礼仪。那么，
让那位寂寞的雇工谦逊地与琐罗亚斯德相互通灵吧，并在一切圣贤的
自由影响下，与耶稣基督通灵吧，让"我们的教会"滚到一边去。

我的乡村大学梦

　　我们自我吹嘘说，我们属于当代的 19 世纪，我们迈着最为快捷的
大步，超过了任何国家。但是想想看，这个乡镇对它自身的文化贡献
却微乎其微。

我不想去恭维我的同镇人，也无须他们来恭维我，否则双方都不会取得进步。我们需要鞭策——像公牛一般被驱赶，快快飞跑过来。我们有个相当正规的公费小学体制，但学校只供幼童就读。除了冬天有个要死不活的文法学堂，最近政府还因陋就简地创建了一个小图书馆，但就是没为我们自己建所学校。我们在活命的食粮上的开销不少，但在精神食粮方面的开销却为数不多。

　　现在是时候了，我们该拥有一所非凡的学校，在我们长大成人后仍可继续受到学校教育。到那时，一个村庄就是一所大学，年老的村民都是从事研究的同仁，颇有闲情逸致——如果他们确实生活如此富足的话——在他们的晚年，进行自由自在的研究。难道这世上的大学永远只能建在巴黎或牛津吗？难道在康科德的蓝天之下，学生们就不能在此寄宿，享受自由的教育吗？难道我们不能聘请一位阿伯拉德为我们授课吗？呜呼！我们一直忙着养牛，做店铺生意，好久无缘上学了。我们的教育被可悲地冷落一旁。

　　在我们的国度，我们的乡镇应在某些方面取代欧洲贵族的地位。它应当成为艺术的资助者。它已足够富有，只是缺乏度量和优雅气质。在诸如农业和商业方面它出手大方，可是要它出钱去办知识分子都认为是功德无量的诸多事情时，它却以为这是乌托邦的空想而不屑一顾。

　　多亏有了财富和政治，本镇才耗资 17000 美元修建一座市政大厅，但倘若是为了培育生命智慧，这可是贝壳内真正的肉啊，即便熬上 100 年，它也会一毛不拔。每年为冬天开办文法学堂，可募捐到 125 美元，与镇上同等数额的其他募捐款项相比，这笔善款可是花对了路。既然我们生活在 19 世纪，我们为何不可以享受 19 世纪提供的多种好处呢？我们的生活为何要过得如此褊狭呢？如果我们想读报纸，为何不跳过波士顿报纸上的闲语专栏，别去读什么"中立派"的报纸打发闲暇，或是浏览什么新英格兰的"橄榄枝"了，立即就去阅读一份世界上最好的报纸吧！让一切学术社团的报告都交到我们的手上，让我们瞧瞧他们做些什么学问。为何我们拱手相让，叫哈泼兄弟出版公司和雷丁出版公司去精选我们的读物呢？一个艺术品位高雅的贵族，在他的周围自会集结起一些对他的文化修养有助益的事物：天才——学问——聪慧——书卷——绘画——雕望——音乐——哲学的工具，诸如此类，让乡镇也争相仿效吧。别以为聘请来一位教师，一位牧师，一位教堂司事，办起了一座教区图书馆，选举出了三位乡镇行政委员，就可以止步不前了，因为我们的移民祖先在冰冷的岩石上挨过了寒冬，就是靠的这点基业。

集体行动是与我们的体制精神相符合的。我自信，我们的境遇将会奏出华章，我们的手法会比那些贵族高超。新英格兰能够聘请来世上的全部圣贤者，来培育她自己，向他们提供良好住处和美食，摆脱闭门造车的生活习俗。这就是我们想要的非凡的学校。让我们造就出一大批高贵的村民吧，但不是造就出贵族。如果很有必要，我们宁愿在河上少搭一座桥，即使多绕一点远路，但在环绕我们黑暗的愚昧深渊之上，至少架起一座拱桥吧。

声音

林中静思

可是，当我们只是一门心思去阅读那些最精挑细选出来的经典作品，并且仅限于阅读以一种特殊的语文文字，即以方言和土语写成的作品时，我们就面临着一种危机，即会忘记另一语言文字，它能将所有事物和事件不打比喻地直接说出，它是唯一丰富和标准的语言。出版物无以数计，但将它刊印出来的寥寥无几，透过百叶窗的间隙流淌进来的光线，一旦百叶窗移开去，便不再被记起了，没有什么方法，也没有什么规律能够顶替永远保持警醒的必要性。这样一个时常可见的规律，哪是一门历史或者哲学或精选出来的诗歌教程所能比拟的？哪里是最理想的社会，或最令人称羡的人生之路可以与之相媲美的？你只想去做一个读者，或是一位学生，或是一位先知吗？解读一下你的命运，看清你面前的事物，然后坦然走向未来吧。

第一年的夏季，我没去读书，我去种豆了。不，我常常比干这更有意趣。有时，我可不愿将这如花一般的好时光耗费在劳动中，无论是体力劳动还是脑力劳动。我喜爱我的人生中有闲暇的余地。有时，在夏季的一个清晨，我像往常一样沐浴之后，坐在阳光融融的门前，从红日东升直坐到艳阳当头的正午，坐在这一片松树、山核桃树和漆树的林中，在远离尘嚣的孤寂与静谧中，沉思默想，此时鸟雀在四处啁啾，或是悄然无声地从我屋前突飞而过，直到太阳照临我的西窗，直到远处的马路上传过来旅行马车的辚辚声，让我在时光的流逝中如梦初醒。我们在这样的季节中成长，仿佛玉米在夜间生长一样，手头的任何工作都远不及此中的快意，这样做并非是我虚掷了光阴，而是大大延长了我有限的生命。

我领悟到了东方人所谓的沉思默想和暂弃劳作的其中意味。在很大程度上，我并不在意时光的渐逝。白昼在行进，好像为我的工作点起了明灯，清晨刚刚过去，看哪，转眼黑夜降临，我并没有做出什么值得留恋的事来。我并未如鸟儿一般鸣唱，我只默默地浅笑着，对着我无边的好运道浅笑着。犹如那麻雀，栖息在我门前的山核桃树上，叽叽喳喳叫个不停，我也低声轻笑，但压低了声音，怕它听到了我巢中的声响，我的每天并非是一周中的一天，它没有烙上任何异教徒神灵的印迹，也没有被分切成零碎的小时和分秒，或被嘀嗒的钟声扰得烦躁不安。因为我喜欢像印度的普里人一样生活。据说，他们在表达昨天、今天、明天时均用同一个字，在具体表示某一天时，就一边说出那个字，一边用手势比画，手指向后表示昨天，手指向前表示明天，手指向头顶则表示即将过去的今天。毫无疑问，在我同镇人眼里，这是纯粹的懒惰行径；但是，假如让鸟雀和花朵以它们的标准来评判我的话，我应该是个完美无缺的人。一个人必须从自身寻找机缘，真是所言极是了。自然的日子很是宁静，它从不自责懒惰。

家务娱乐

至少，我的生活方式比起那些只得四处寻欢作乐，忙于交际或上剧场看戏的人来，还有这种优势——我的生活自身就是一种娱乐，而且永远新颖，它是一个多幕戏剧，永无谢幕之虞。倘若我们确能时常遵照所学的最佳方式安排我们的生活，就永远不会为倦怠所困扰。寸步不离地紧随你的创造天赋吧，它随时给你展示你的崭新前景，不会错失良机。

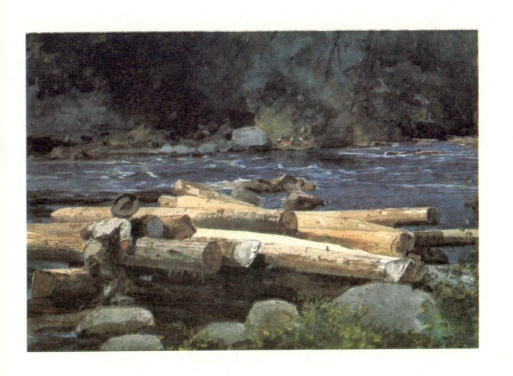

白昼在行进，好像为我的工作点起了明灯，清晨刚刚过去，看哪，转眼黑夜降临，我并没有做出什么值得留恋的事来。

家务活是一种愉悦的消遣。当家中的地板弄脏了，我就早早起身，将室内的全部家具都搬到户外的草地上，床和床架堆叠起来，在地板上洒了水，再四处洒上点湖中的白沙，然后用一把扫帚，将地板擦洗得白白净净。待到村民们吃罢早饭，清晨的阳光已将卧室内的地板晒得很干了，我便可以把家具搬进屋内，而在这间歇的时刻，我一直沉思不断。眼见我的全部家当搁在草地上，码成了一小堆，如同吉卜赛人的行李，而我的那张三腿桌就立在松树和山核桃树下，我的几本书和笔墨都还摆在桌面，这些家具似乎很乐意待在户外，也好像不情愿被搬进去。有时，我真想张罗着给它们搭起一顶帐篷，我也好稳坐其中。

　　阳光暖暖地铺洒在这些家具上，形成了非常值得一观的景致，吹拂着它们的风声也值得去谛听，眼熟的物品在室外观赏，比在室内更有趣味。一只小鸟坐在近旁的枝丫上，书桌下面长满了长生草，黑莓的藤蔓缠绕着桌腿，松果、栗子皮和草莓叶落满了一地。我的家具似乎就是由它们的这些形态转变而来，变成了桌子、椅子和床架的——这些家具原来也是与它们毗邻的树木。

屋外花境

　　我的屋子建在一座小山的山腰上，正好处于一片较大森林的边缘，被一片松树和山核桃的幼树林环绕在中央，离湖边有六杆之遥，一条狭窄的小径从山腰一直通向湖边。在我的前院，四处生长着草莓、黑莓、长生草、狗尾草和黄花紫菀，还有矮橡树、野樱桃树、越橘和落花生。

　　到了5月末，野樱桃用它雅致的花朵装饰着小径的两旁，短短的花梗上长着朵朵伞状花朵组成的一个个花簇，到了秋色漫山，大大的十分好看的野樱桃一挂挂垂吊着，仿佛射向四周的光芒。它们并不可口，但为了感谢大自然的赐予，我还是尝尝为好。

　　漆树在屋子周围生长得枝繁叶茂，顶穿了我建起的一道围墙，第一个季节它就长高了五六英尺。它的宽阔呈羽状的热带树叶，看起来形状奇特，却令人赏心悦目。暮春时节，它那硕大的蓓蕾突然从似乎死去的枯枝上伸了出来，像受了巫术的点化，长成了嫩绿优雅的柔软枝条，直径也有 1 英寸，有时，我凭窗而坐，它们肆意地生长着，脆弱的枝节已不堪重负，我会猛然听见一根嫩嫩的柔枝折断的声响，它像一把扇子坠落于地，其实此刻风已静息。

8 月间，大片的浆果曾在鲜花怒放时引诱来一群群野蜜蜂，此时也渐渐崭露出光鲜的天鹅绒般的绯红色泽，也再次被自身的重量压得垂落，最终折断了纤柔的枝条。

汽笛声声

在这个夏季的午后，我坐在窗边。老鹰在我的院中空地上盘旋；野鸽子疾飞而过，三五成群地越过我的视野，或者慌乱地栖息在我屋后的白松枝上，向着空中叫唤一声；一只鱼鹰在如镜的湖面激起了涟漪，叼起了一条鱼；一只水貂悄悄地爬出我屋前的沼泽地，在岸边逮住了一只青蛙；芦苇鸟在东飞西落，压弯了芦苇。半小时内，我不住地谛听着火车驰过的咔嗒声，那声音忽隐忽现，宛如鹧鸪在抖扇着翅膀，那火车正在将乘客从波士顿运送到这乡镇来。我并未与世隔绝，不像那个小男孩，我听说他被送到了镇上东边的一个农夫家中抚养，但住了没多久，他又逃回了城里，鞋跟都磨破了，他实在想家心切。他还从未见过如此沉闷而又偏远的地方，那里的人都迁走了，甚至于听不到火车的汽笛声！我怀疑，在如今的马萨诸塞州是否还存在这样的地方：

> 这是真的啊，我们的村子已成了一个箭靶，
> 一支铁路的飞矢射穿了它，
> 噢，我们安宁的原野的轻柔呻吟
> 就在这——康科德回响。

菲茨堡铁路途经湖边的地方，距我的小屋约有一百杆之遥，我时常顺着路基走到村子去，就好像我是凭借这个环节与社会相联结的。货运列车上的人，他们常在这条线路上来回，像熟人一样同我打招呼，

因为常常打我身边经过，他们将我当作了雇工，我也正是个雇工。我同样乐意在地球轨道的某一路段做个铁路养护工。

夏去冬至，火车发出的汽笛声贯穿了我的树林，那声音仿佛在农家院落上空翱翔的老鹰发出的尖叫声。这笛声在向我通报，有许多焦急不安的城里商人即将抵达本镇，就要与他圈内的同行，或是与来自他乡的投机商洽谈生意。它们都从同一条地平线上驶来，它们时常向对方发出警告，别和我跑到同一股道上，有时两个乡镇均可听闻其声。村庄啊，我们给你送百货来了；老乡们啊，我们给你送粮食来了！任何人都不能在田园封闭生活，因此镇上是没人会谢绝这些叫卖声的。于是火车的汽笛声在老乡们的身边长鸣，似乎在幸灾乐祸："这就是为得到这些东西付出的代价！"火车如同古人攻城用的木桩，以20英里的时速冲撞向一堵堵城墙，车厢内的座椅足够挤满疲倦而背负沉重生活压力的城里人。村庄便以这种攻城木桩式的礼节给城里恭送来座椅。漫山遍野的印第安越橘全被采摘光了，连同所有的绒球浆果一并运进城来。棉花装上了车，棉织品卸下来了；生丝装上了车，毛织品卸下来了；书卷装上了车，可是作家的写作才能降下来了。

当我与那火车头遭遇时，它正拖带着它的一列车厢，像行星似的在铁轨上运行，或者不如说，更像一颗扫帚星，因为以这样的速度向前方奔驰的火车是否会再转回原来的轨道，旁观者也不敢确认，因为它的轨道可不像是一条轮回的曲线。火车头喷出的水蒸气宛如一面旗帜，镶上了一圈圈金色或银色的光环，在后面飘浮，仿佛我曾望见的绒毛状的云朵，高高地在天空之上，大片大片地舒展开去，并从边缘投射出耀眼的光芒来，好似游荡着的神灵精怪，这云雾的喷吐者，要将夕阳绚丽的天空当成它的列车的罩衣。此时我耳边响起这铁马的雷鸣般的嘶鸣声，在山谷间经久回荡，它的脚步令大地为之震颤，它的鼻孔喷火吐烟（我不知道在这新的神话中，它们会被归于哪一类飞马或火龙），似乎大地上又拥有了一个新的种族，它有资格成为大地的居住者。倘若一切似乎就是这般景象，人类操控着各种元素，使其为人类的崇高目标服务，该有多好啊！如果机车上悬浮的蒸汽真能化作创造英雄业绩时流淌的汗水，或者像飘浮在农田上空的祥云，那么，元素和大自然本身都会欣然听命于人类的差遣。我眺望清晨准时奔驰而来的一列列火车时的感触，与我观望旭日东升时的感触极其相似。火车向着波士顿奔去，它喷出的一串串云烟在它之后的远方延伸着，并向着天际越升越高，顷刻间遮蔽了太阳，将我远处的田园笼罩在一片阴影之中。这一串串云烟犹如在天际行驶的列车，相形之下，我旁边紧贴着大地的小小列车，倒像是一支长矛上的倒钩了。在这个寒冬的清晨，这铁马的驭手起身很早，在繁星满天的山峦之中，给他的坐骑喂着草料，备好辔具，火被早早地点燃，注入它急需的体内，好让它按时起程。若此营生像这样早点行事，又秋毫不犯，那该多好啊！如果积雪过深，它会穿上雪靴，驾着一个巨大的铧犁，从山峦中犁出一条沟畦来，直达海湾，列车就在这沟畦中奔驰，犹如一台勇往直前的播种机，将所有身心俱疲的人和浮华的商品，像种子一样播撒在原野上，这只火驹，昼夜不分地奔驰过田野。它的主人要歇息一下时它才会停住。

深更半夜，我时常被它的蹄声和恶意挑衅的喷鼻声吵醒，此时是因它在远处山谷的偏僻的密林中，遭遇到冰天雪地的围困。它在拂晓之前才能驶进马厩，可是既不能歇息，也不能安睡，随即又要踏上新的旅程了，在黄昏时分，有时会听见它在马厩中发泄出白天过剩的气力，以此来镇静神经，冷静头脑和清除肝火，可以让它的钢铁之躯安睡上几个时辰。如果这营生，能永远如此英勇而威风不减当年，永远不知倦怠，那该多好啊！

在乡镇的边缘，那人迹罕至的密林深处，从前仅有猎人在白天才敢进入，如今在漆黑的深夜，却有灯火通明的车厢穿行其中，而车厢内的乘客却浑然不知。这一刻，它还停靠在某个小镇或大城市的光耀如昼的站台上，一群社交界的常客正围拢在一起；而下一刻它已停在抑郁的沼泽地了，机车的轰隆声将猫头鹰和狐狸吓得东躲西藏。列车的出发和到站，如今成了乡村的大事了。

列车准时准点地来来往往，它们的汽笛声远远地就能听见，因此农夫们可以根据汽笛声来校正他们的钟表，于是一个管理严谨的机制规范了全国的时间。自从火车发明以来，人们不是更加守时了吗？在火车站上，他们谈话和思考问题不是比以前在驿站时更为敏捷吗？火车站的氛围，仿佛被电击了一样。我对于火车创造的奇迹，倍感惊奇，我的一些邻居，我原本预言，他们必定不会乘如此快捷的交通工具去波士顿的，但现在只要钟声一响，他们就立刻等候在站台上了。

以"铁路作风"行事，已经成了时髦的口头禅了。有权威机构经常真诚地提醒人们一定要远离火车轨，这是很有必要的。办这事既不能中途停车去宣读法规，也不能对大众朝天放枪。我们已经建造出了一种命运，一个夺人性命的命运女神阿特罗波斯（让这个词作为火车头的名称恰如其分），这已永远不再改变。人们看看告示，就会知道几时几分，有哪几支箭会从指南针的那个方向射出。然而，火车并不会插手人们的事务，孩子们还乘坐另一条铁轨上的列车去上学呢。有了它，我们的生活因此更加稳定了。我们全都被教导，要做威廉·退尔的儿子那样的人。可是天空中布满了无形的利箭。人生之路有千万条，但只有你自己的道路，才是你的宿命。那么，你就走自己的路吧。

无畏的铲雪人

商业令我对它钦佩之处，在于它的敬业精神和无所畏惧。商业不会向主神朱庇特伸手求救。我看见这些商人们天天在做着自己的生意，或多或少都带着一点勇气和满足感，他们的生意做得可能比他们预想的要大，比他们预想的结果更好。在布埃纳维斯塔的前线上站立半小时的人，他的英雄主义并不会打动我心，那些在寒冬里坚强而又快乐地在铲雪机里过冬的人，倒是令我万分感动：他们不仅仅具备拿破仑认为是最难能可贵的凌晨三点钟的作战锐气，他们的勇气可是到了凌晨三点钟还在持续的，而且要等到暴风雪平息之后，或者他们的铁马被冻僵之后，他们才会去安睡。

在隆冬时节，清晨的暴风雪还在肆虐，仿佛连人们的血液也会冻僵之际，我从浓雾中听到，被冻得凝结了气息的火车头发出了沉闷的响声，宣布列车即将到达，没有误点，毫不理睬新英格兰东北部暴风雪的阻挠，我看到那铲雪人，全身披满雪花和冰凌，从车窗里探出头来，眼睛紧盯着铲雪车的铲车，被铲处翻起的不光是雏菊和田鼠洞，还有像内华达山上的坚硬岩石，它们在宇宙的表面占据着一个自己的位置。

货物畅想曲

商业具备令人难以想象的自信、庄严、机敏和冒险精神，它永无倦怠之日。商业的手段是极其自然的，而且远比许多幻想的事业和浪漫的体验更为自然得多，因此它的成功有其独到之处。

一列货车咔嗒作响地经过我身边时，我感到精神为之一振，我嗅到了从长码头到香普兰湖一路上散发出的货物味道，令我联想到异域风情：珊瑚礁、印度洋、热带气候和地球的广阔。我一看见棕榈叶，就会想到在明年的盛夏，又有如此之多的亚麻色头发的新英格兰人会戴上棕榈帽，我还看见了马尼拉大麻、椰子壳、旧缆绳、黄麻袋、废铁和锈铁钉，我感觉自己更像是一位世界公民了。一整车的破烂船帆，若是用来造出了纸张，又印成了书，那书读起来一定会通俗易懂，更加生动有趣。谁能像那些破帆那样，将经受惊涛骇浪的历程，描绘得如此生动传神呢？它们就是无须校对的校样。

途经这里的有缅因州森林中的木材，上次洪水泛滥时，因为没有扎成木排而不能从海上运出，加上木材加工的费用，每千根木材涨了4美元，松树、云杉和雪松被划分为头等、二等、三等、四等，不久前它们还是同等质地的树木，摇曳在熊、麋鹿和驯鹿的栖息地之上。

随后轰隆经过的是托马斯顿石灰，上等的好货，要托运到很远的山区去被敲碎。而那一捆捆的破布，颜色和质地真是五花八门，这就是棉布和亚麻布落到了最糟的地步，也是衣服的最终下场。现在可没有人啧啧赞叹它们的款式了，除非是在密尔沃基市，还有人将这些破烂，当成了华丽的衣料，这些产自英国、法国或美国的印花布、方格纹布、薄细布等等，无论这些破布是从富人还是穷人那里收集来的，统统要去制成一种颜色或是几种色泽深浅不同的纸张，在这些纸张上肯定会写出一连串真实的故事，无论是高雅的，还是庸俗低级的，都是有事实依据的！

这一节紧闭的车厢里散发出了咸鱼的味道，极浓的新英格兰的商业气息，令我联想到宽阔的河岸和捕鱼的忙碌景象。谁未曾见过这么一条咸鱼呢？它完完全全就是为这个世界腌制的，没什么东西可以使它腐败变质了，因而它使那些固执己见的圣贤满面愧色。你可以拿咸鱼去清扫大街，或者铺路，将它当劈柴用，马车夫还可以躲在咸鱼身后，遮挡烈日，避避风雨。而商人们，则群起效仿一位康科德商人从前的创举，在新店开业之际，店门上挂一条咸鱼当作招牌，挂到最后，连老顾客都无法认清它到底是动物、植物还是矿物。不过，这咸鱼此时还是如雪一样白花花的，若是放进锅里烧熟，还是一条色香味俱全的咸鱼呢，可供周末晚宴上享用一番的。

接着托运的是西班牙的皮革，上面的尾巴还是原样扭曲着，保持着它们在西班牙本土的大草原上驰骋的角度———一种顽固不化的典型，这足以证明性格上的缺陷是多么令人绝望而不可救药啊！坦率地说，当我摸清了人的秉性之后，我从不希望它有任何改变，不管变好还是变坏，即便是处于我目前的这种生存状态下。东方人有言在先："一条狗尾巴可被烘烤、重压或用绳子捆牢，极尽12年之能事，它固有的形状终不可改变。"对付如狗尾巴这般根深蒂固的秉性，唯一有效的清除方法，就是将它们熬制成粘胶，以作粘贴之用，我相信这应当作为它们一贯的用场。

这里有一大桶糖蜜，也可能是白兰地，是托运给约翰·史密斯先生的，他是佛蒙特州的卡汀斯威尔青山区的商人，他进口货物，然后卖给他附近伐木区的农夫，或许他此时正站在挡土墙上，反复琢磨着最近到岸的一批货物该如何定价，同时又对他的顾客讲道，他希望下一趟送来的是上等货，其实这话在这个清晨之前他已说了不下二十遍了，还在《卡汀斯威尔时报》上打出了广告。

这批货物装上去，另一批货物卸下来。我被火车奔驰的声音惊扰，我抬起头不再看书，我看见货车上运载着高大的松木，那是从偏远的北部群山上砍伐的，列车如同添了双翼，飞越了青山和康涅狄格州，它如离弦之箭，穿过城市仅仅用了十分钟左右，不等你看见，它已经

成了一根桅杆
挺立在一艘旗舰之上。

听听吧！运送牲口的货车开过来了，它满载着来自千山万壑的牛

羊，随之而来的还有云天中的羊圈、马厩和牛棚，以及手持牧棍的牲畜贩子，羊群之中的牧童，一切都被运送出来，除了山中的草原，它们从漫山遍野急奔而下，宛如九月的秋风吹下了落叶无数。天空中充斥着牛羊的叫声，公牛们乱挤乱撞，好像是经过一个牧场的山谷。当领头羊的脖铃叮当作响时，高山也真的如公羊般蹦跳起来，而低缓的小山则如同小羊羔般温驯。

　　这列火车中，一个车厢里还装满了牲畜贩子，此时此刻，他们享受着与牛羊同等的待遇，他们失业了，却还紧抱着他们没了用场的牧棍，好像它是他们职业的徽章。可是他们的牧羊犬如今何在？它们受到惊吓逃掉了，不如说是被彻底抛弃了吧，它们已嗅不到牛羊的气息了。我好像听到了它们在彼得博罗山后狂吠不止，或是在青山西面山坡上奔跑的喘息声。它们不会出席牛羊的葬礼。它们也一样失业了。它们的忠诚和伶俐已不能与昔日相比。它们蒙羞地偷偷溜回自己的狗窝，或者恢复了野性，与狼和狐狸为伍。它们的放牧生涯转眼就结束了。可是警钟响了，我必须离开铁轨，让列车通行——

> 铁路怎会与我相干？
> 我从不前去观看
> 管哪是它的站台。
> 它将一些山谷填满，
> 为飞燕造起了堤岸，
> 让黄沙吹落满地，
> 使黑莓四处生息。

　　但我穿过铁路，就如同我走过林中小路，我不情愿让我的眼睛和耳朵被机车喷出的煤烟、蒸汽和嘶嘶声给污损了。

聆听钟声

　　现在列车已驶远了，一个紧张不安的世界也随之带走了，湖中的游鱼不再感觉轰隆的震颤，我反而更寂寞起来。余下的午后的漫长时间里，我一直陷入沉思之中，只有远处公路上偶尔传来的微弱的马车声会打断我。

有时，在星期天，我聆听着这钟声，从林肯，阿克顿，贝福德，或者康科德飘来的钟声，在顺风时，这钟声轻柔而又甜美，宛如大自然悦耳的乐音，在旷野中飘荡，显得极其可贵。这钟声传到了够远的林中树梢之上，变成了某种震颤的轻波，地平线上的松针好似一架竖琴的琴弦，被这轻波弹拨着。所有的声响，在传到尽可能远的距离之外时，它听起来会产生同样的效果，即是宇宙七弦琴弦上的颤音，恰似我们极目眺之时，映入眼帘的那极远处的山背，也被恢宏的大气涂上了一抹天空的蔚蓝色彩。这钟声沿空气传来，变成了动听的旋律，它与林中的每一片树叶和松针窃窃私语后，又变成了一种回声，从一个山谷，传向了另一个山谷。这回声，就某种程度而言，它还是那初始的声音，它神秘的魅力与诱人之处就在于此。回声不仅仅重复了那珍贵的钟声，而且还重复了森林中的另一种声音，它便是山林仙女如泣如诉的吟唱。

到了傍晚，森林远方的地平线上，有几声醇厚的牛鸣传来，听起来是如此甜蜜，旋律也很优美。最初，我误听成了某些游吟诗人的歌声，有几次的夜晚，我曾听到过他们唱着小夜曲，他们或许此时正在山谷间漂泊。我听了不大一会，便失望了，但却又为之欣喜，这拉得长长的声音，原来是牛的质朴歌声，大自然的音乐。我无意嘲讽那些游吟诗人，对他们的歌喉我倒是挺欣赏的，虽然我觉得他们的歌声与牛鸣极其相似，但这两种声音，终归是天籁之音。

悲怆夜鹰鸣

在夏天的某些日子里，晚班的列车准时在七点半经过之后，夜鹰就要演唱半个小时的晚祷曲，它们就站立在我门前的树桩上，或站在屋梁上，几乎如时钟一样精确，在日落之后某个特定的五分钟之内，必定会开唱起来。能够摸熟它们的习性，真是机会难得。有时，我听到有四五只夜鹰，在林中的不同地方同时歌唱，声调偶尔间隔一小节，它们离我实在太近，我不仅能听清它们在每个唱音之后发出的咯咯声，而且还常常听到一种奇妙的嗡嗡声，好像一只苍蝇投进了蜘蛛网，只是声音更响亮些。有时，一只夜鹰在树林中在离我几英尺的上空盘旋，好像它们被一根绳子系住了一样，可能是我待在它们的鸟蛋近旁的缘故吧。夜间，它们会不时地唱上几声，在黎明前，或是黎明时分唱得尤其带劲。

等到其他鸟雀平静之后，猫头鹰又接上腔尖叫起来："呜——噜——噜。"它们自古以来就这么尖叫，活像个哀悼的妇人。猫头鹰悲怆地尖叫着，颇有英国诗人本·琼生的诗歌韵味。这午夜还在放歌的聪慧的女巫啊！这尖叫声绝非如诗人吟唱的"啾——喂——啾——呜"之声那般呆板生硬，不开玩笑地说，它确确实实地是一首庄重的墓园哀歌，宛如一对殉情的伴侣，在地狱的丛林中，缅怀着他们在人世间爱恋的痛苦与幸福，相互慰藉一样。然而，我却爱听这恸哭之声，悲哀的唱和之声，沿着这森林的边缘发出的颤音，令我不时想起音乐和那鸣唱的鸟儿。这尖叫声宛如音乐阴郁和悲泣的一面，尽情地吟唱着万般无奈的悲伤和叹息。这些歌唱的鸟雀，它们是一些堕落灵魂的化身，是忧愁的精灵，是忧郁的预兆，它们曾经具有人形，于茫茫黑夜中在大地之上行走，干尽了见不得人的勾当，如今，在从前作恶的景象中，它们悲唱着赞美诗和挽歌，祈求赎回犯下的罪过。

它们的歌唱，令我耳目一新，包容一切而又变幻莫测的大自然，正是我们的共同家园。湖的这边，一只猫头鹰悲叹道："噢——啊——啊——啊——啊——我从未投生——生——生——生——唉！"它在焦躁的绝望中不住地盘旋着，最后落在另一棵灰黑色的橡树枝上，于是，在较远的一边，另一只猫头鹰战栗着，真心诚意地应和道："我从未投生——生——生——生——唉！"而且，从远远的林肯的森林中，也传来了微弱的应声："未投生——生——生——生——唉！"另有一只哀鸣不已的猫头鹰也哼出了小夜曲。

接近鸣叫处，你大概会悚然而立，感到这是天地间凄凉得无以复加的天籁，似乎它已吸尽了世人临近死亡所发出的叹息的精魂，永久将这精魂贯穿在它的哀歌吟唱之中，那叹息是世人游移于鼻头嘴角的最后一丝气息，他把希望抛在身后，踏入地狱之门之时，发出一声野兽般的悲号，但却蕴含着人类的抽泣，这沉抑的"哥""哥"的旋律，更增添了阴森之气——我发觉当我模仿那音调，我发出了"哥儿"两个字来，它显现出阴沉之中一颗满是空洞的心灵，一切豪气和坚毅在这里无影无踪，让我想起了夜幕下的食尸鬼、白眼的傻子和定睛而视的狂人所发出的哀号。但马上我听到远处林中传来的回声，大概是距离的原因，声音显得异常甜润，"嘿，嘿，嘿，嘿累！"这里面人们感受的只是欢快愉悦的韵味，无论是晴天或是雨夜，不管是盛夏还是严冬。

我认为猫头鹰的出现可喜可贺，让它们为世人发出沉迷于疯狂的奇人似的长啸，这声音最好的滋生地是白昼无光的沼泽地带和幽冥昏暗的莽莽森林。让世人明白内心还有一个广阔无垠、从未深入的本能世界。它象征着混沌迷蒙的原始和狂野不羁的原欲。所有的白天，日光照耀在这些荒蛮沼泽的边缘和上空，孤零零地站着一棵云杉，树皮上长满了苔藓，幼鹰在其上翱翔，黑山雀在披挂的常春藤中低低而鸣。松鸡、野兔躲藏在树根丛中。一个更加阴郁、契合的白天降临了，自然界中另一类生命适时而起了。

听取蛙声一片

暗夜深浓之时，我听到远方车辆跨过桥梁的声音——这是最为遥远的音响——还有声声狗叫，偶尔会远远回荡一声远处牛棚里一头不安分的牛的哞叫。而与此同时，湖滨地带的蛙声正激荡着进入高潮。这远古的酒徒和宴欢作乐的食客，死不改悔的水妖林怪，冒天谴之险，仍狂饮烂醉，在地狱之河降临般的湖上轮流清唱，大行酒令，敬请湖上众精灵不要怪我这可怕的形容，湖不生杂草，但青蛙可不少——它们仍执拗地忠实于那祖上流传下来的老规矩，喧闹之声直达天庭，尽管喉咙已干涩，且神态亦是一本正经，它们开始唾骂快乐，葡萄美酒也变成了无味糟酒，不过是灌入肚子的一包水液，醺醺的醉意也不再镇住翻涌而起的过去生活酸楚的悔意，它们酒足饭饱，肚皮里的液体沉甸甸的，头皮在膨大。

那位青蛙王子，将下巴搁在一张心形叶子上，好像流涎的嘴巴挂着一片餐巾，在湖滨北岸，大模大样地把那该臭骂的酒儿狂灌一口，把酒杯传了过去，感叹地大放厥词："头儿——儿——儿——龙哥，头儿——儿——儿——龙哥，头儿——儿——儿——龙哥！"马上，远处的水边，这酒令得了一声应和，这大概是官阶稍低的丞相，鼓起肚子，咽下一口酒水顺嘴奉承一句，当酒令犹如击鼓传花沿湖环行一周，青蛙王子得意扬扬地大喊一声："头儿——儿——儿——龙哥。"随后，蛙声依次循环，此起彼伏，将酒令传给那肚皮干瘪、漏酒漏声、烂醉如泥的青蛙酒鬼，迫使一切秩序井然。之后，那个传令杯转了一圈又一圈，直到阳光撵走了湖上的晨雾。这时只余一位青蛙老臣没有钻进湖水下，仍一遍又一遍地聒噪着"头儿龙哥"，期盼着一个回音。

激越雄鸡鸣

　　我不太记得清晨的林间空地上是否有过雄鸡引吭高歌，我认为喂养一只小公鸡，仅仅把它视作鸣禽，听听它的歌唱，也是颇有意义的。它的前身是狂放的印第安野鸡，它的鸣叫无疑是所有鸟类中最出类拔萃的，如果没有把它们驯化为家禽，那它悠扬的歌喉马上成为我们森林中标志性的音乐之声，超越于野鹅的高腔大嗓和猫头鹰的号哭之声。之后，猜猜那些老母鸡们在干什么，乘它们的老爷歇息片刻之机，用咯咯的闲扯之声填满那值得回味的静默。因此人类把它们归属于家禽一类是用不着惊奇的，更遑论它们的鸡蛋和鸡腿了。冬季的清晨，漫步这百鸟荟萃的林中，在它们土生土长的林子里，野公鸡在树上引颈长鸣，其音清越激扬，声震数里，盖住其他所有鸟类的啁啾之声。想想吧！它让许多民族醒转过来。谁不希望在他生命中的每一天能闻鸡起舞，一天天更早一点，一天天更习以为常，直到健康、富裕、聪慧的巅峰境界？所有国度的诗人在赞叹本国的鸣禽时，都不忘颂扬一番这来自异国他乡的鸟儿，这雄鸡勇敢得在任何气候中都应付自如，比当地的禽类更贴近自然。它身体一直康健，它的肺脏充满力量，它的精神从不萎靡，甚至航行在太平洋和大西洋上的水手也被它的叫声惊醒，但它激越的啼鸣从未把我从熟睡中吵醒。我既未养过狗、猫、奶牛、猪，也未喂过母鸡们，你会说我家欠缺家畜的啼鸣。但同时我这里也无搅拌奶油声、纺车声，也没有水壶沸腾的歌声、咖啡壶的咝咝叫唤、婴儿的哭闹，去慰藉一个人，面对这些，一个老套的人会变得麻木不仁或因倦怠而死去。甚至墙中连老鼠也没有，它们大概因饥饿而出逃，要不就是这屋子从未有东西吸引过它们。只有松鼠在屋顶跑窜或在地板下活动，只有夜鹰在屋脊上鸣叫，蓝鹣鸟在窗下啼鸣，屋子下有一只兔子或土拨鼠，屋后松林有一只枭鹰或猫头鹰，屋前的湖上有一群戏水的野鹅，或一只放声狂笑的潜水鸟，入夜一只狐狸的泣叫。甚至百灵或黄鹂都没有，这些彬彬有礼的田园禽鸟从未造访我那林中木屋。院子里既无雄鸡一唱天下白，也无母鸡叽叽喳喳惹人嫌，哪来的院子！只有奔放热情的大自然直扑你的正宗的窗户和门槛。一群年幼的小树丛在你的窗户下生长，野黄栌树的根和黑莓的藤蔓钻进你的地窖，峭拔的苍松依靠着又推挤着木屋，因为空间拥塞，它们的根在屋子下纠缠不休。并非为天窗透气和任凭狂风暴雨的摧残肆虐，我屋后的松枝被折断或连根拔起，那是为了烧火取暖。在一场铺天盖地的暴风雪中，既无路通往前院的大门——无门，无前院，当然也无路通往那富有教养的世界！

隐居林中

隐居湖畔

　　这是一个令人痴迷的黄昏，孤身融为一个感觉，个个毛孔都满溢着愉悦。我在大自然里以飘逸的姿态逍遥来去，已与她化为一体。我身穿薄衫，沿着硬朗多石的湖畔漫步，那时，风云翻涌，天气显得无上清凉，心无他念，天气对我自然恬适。黑夜在牛蛙的呼唤中缓缓降临，夜鹰的歌声随着吹起微波的风儿从湖面徐徐传来。赤杨和白杨争相摇晃，荡起我感情的波浪，使我的呼吸无法通畅，诚然如湖水一般，我的宁静只有微波而没有巨浪，仿佛平滑如镜的湖面，晚风吹起的涟漪成为不了风暴。既然黑夜已经来临，风在林中呼啸，波浪依旧拍岸，一部分动物在用自己的歌唱来为其他动物催眠。宁静一向都不是绝对的。最凶猛的野兽非但没有安静，反而正在寻找自己的猎物。例如臭鼬、狐狸、兔子，在森林中游荡，它们全然毫无畏惧，它们是自然界的守护者，是衔接永无休止却又生机盎然的白昼的锁链。

　　当我回到家里，发现已有客人到访过，他们还留有名片呢，一束花、一枝常青藤做的花环，或是在黄色的胡桃或木片上用铅笔签上的名字，很少到森林里游玩的人都常把森林中随手捡起的小物品，一路赏玩，时而有意，时而无意地把它们留下来。有一人用剥下的柳树皮弄成一个戒指，放在我桌上。这样，在我出门回来时，总能发现有没有客人到访过，凭借压弯的树枝、青草或鞋印，以及留下的一些微小的印迹便可推断出他们的年龄、性别和性格。掉在地上的一朵小花、一把嫩草，捡来又扔掉，有的还扔在半英里的铁路边上，有时上面还留有淡淡的雪茄烟或烟斗的味道。往往我还会从烟斗的香味上留意到六十杆之外公路上行走的旅人。

我们四周的空间已够大了。地平线并非为我们触手可及。茂密的树林或湖泊也不都在我家门前，间或有着一片我们熟悉而由我们使用的空地，它就像我们从大自然手中抢夺来的，为了更好地占用它，我们用篱笆将它围着。我又有何德何能，居然能使好几平方公里。因遭人类抛弃而没有人迹的森林为我独有呢？我最近的邻居都在1英里之外，其余都看不见房屋，若想再看到人家，只有爬上半里外的小山顶上才能望见少许房子。我的地平线全为森林包围，为我独享，尽其目力所及只能望到那湖，那端经过的铁路，那端山林公路边上的篱笆。总而言之，我所住的地方，寂寞得就像大草原上。此地离新英格兰如同离亚洲和非洲一样遥不可及。应该说，我有我的太阳、星星和月亮，这个小世界全属于我。从没有一个夜晚有人经过我家，或敲响我家的门，人类中的第一人或最后一人仿佛就是我，除非春暖花开时节，已隔很久之时，才有人由村里走来钓鳕鱼。诚然，他们在瓦尔登湖中钓到的只是各自不同的秉性，而钓钩只能钓到黑夜罢了。于是，他们即刻撤退，往往轻轻退下，再把"世界留给黑暗和我"，然而黑夜的核心从没被人类的邻居所污染。我坚信，人们常有点恐惧黑暗，纵然女巫都被吊死，但基督教和蜡烛之光已被引进。

为隐居一辩

然而我时有感触，在大自然的万事万物中，都能寻觅到那种甜美温馨，挺率真和激动人心的情侣，即使是那种厌恶世俗的孤单的人，很忧郁的人也一样。凡是在大自然里生活而有感受的人，他便不会有很深的忧愁。对于纯净的双耳，暴风雨就像伊奥勒斯（希腊神话中的风神）的乐曲，任何事物都不能促使纯朴而无畏的人产生卑劣的情感。当我独享四季的抚慰时，我坚信，再也没有什么东西能够让生活成为我的重负。今天如甘露般的小雨打在我的豆子上，今天我未能出门，它不但不使我感到烦闷、忧郁，反而使我感到恬然、惬意。纵然它未能使我锄地，但与我锄地相比却更有意义。倘若细雨绵绵不断，使田间种子、低洼地里的土豆腐烂，但它对高地上的芳草是有益的，既然它对芳草很有益处，那让我更是受益匪浅。偶尔，我将自己与他人相比，仿佛我更得众神之宠爱，比我应得的几乎更多呢，就像是我有一张证明书和保险单存在诸神手中，而其他人都没有，故而我受到特别的指引和关照。我并没有自吹自擂，但是假如可能的话，倒是他们欣赏了我。

　　我从未感到孤单和寂寞，也丝毫没承受到寂寞的压迫和负担。但有一回，在我独自踏进丛林几周以后，我有个把小时发生了动摇，对静谧而康泰的生活是否应有些近邻、独处是否真的快乐，产生了怀疑。与此同时，我顿觉我的心态有些失衡，但我预感到我会尽快保持平衡并恢复常态。这些思绪侵占着我的身心，然而飘来的雨丝轻洒下来，我蓦然觉得能和大自然相依为伴，竟是如此甜美、陶醉和受惠，在这滴答的雨滴声中，各种声音和景象都拥着无边无际的友爱将我的房屋包围，瞬间这个友好相助的氛围，让我印象中有邻居就方便有益的思绪荡然无存。从此，与人为邻的想法不再有。枝枝松针都具有同情心，慢慢伸展长大起来，成为我的好友。很显然，我感到这儿有我的同类，诚然，我身处一般所谓荒野之地，然而我的血统与它最亲近。一个人或一个村民并不是最富于人性的，从此后，无论什么地方都不会使我再觉得有陌生的人。

> 用太多的悲伤消除哀愁，
> 托斯卡尔靓丽的女儿呵，
> 在生者的大地上时光短促！

　　我过得最愉快的一段时光，暴风雨下个不停，使我不得不在室内度过上午和下午的春秋时节。只有那下个不停的大雨和咆哮之声在安抚我的心灵，从早起的黎明到漫漫黄昏，其中我有缕缕思绪扎下了根，并得到开发和扩展。在来自东北方向的暴雨中，村里的房舍备受考验，女仆全都拎了水桶和拖把，在自家门前抗洪，我则坐在我小木屋的门口，虽然只有这一扇门，但我却欣慰地享受它给予我的庇护。在一场雷雨中，湖对面的一棵苍松被一道闪电击中，从上至下，劈开一道一英寸，或不止一英寸深，四五英寸宽，异常明显的螺旋形的深沟，如同你在一根手杖上看到的一样。一天，当我又路过它时，抬头看见这条沟痕，真令我叹为观止，八年前，那个恐怖的、难以抗拒的雷击留下的痕迹，比以前更为清晰。

人们时常对我说："想必你住在那儿，定会感到寂寞难耐，总想和人接触吧，尤其是在下雨飘雪的白昼和黑夜。"我真想如此回答——我们居住的整个地球，在宇宙中不过是一丁点。试问，那遥远太空中的一颗星星，你能用天文仪器测量出它有多大吗？它上面的两个相隔很远的居民又能有多远的距离呢？我总会感到寂寞？我们所居住的星球难道不在银河系中？由此看来，你的提问不足挂齿。到底什么样的空间距离才能把人和人隔开而令他感到寂寞呢？我发现，两腿无论怎样努力也不能使两颗心更加贴近。我们最愿和谁做邻居呢？人们绝非都喜欢车站、酒吧、邮局、礼堂、院校、日杂店、别墅区、赌场等等，虽说人人常在那儿相聚，但人们更乐意去领略大自然那生生不息的源泉，在我们的经历中，常常如此渴望，恰似水边的杨柳，定向有水的方向延伸它的根须一样。人的性格不尽相同，故此需求也各有不同，但是智者在永不枯竭的大自然里深挖着他的地窖……

有个晚上，我在瓦尔登湖的路上，遇见一个老乡，他已积聚了所谓的"一笔可观的钱财"。虽然，我从没好生见过它，那天晚上，他赶着两头牛上市场时，问我怎么会这样想，情愿将那么多的人生快乐全部抛弃。我却回答，我确信我很喜欢这样的生活，并乐此不疲，我不是和你开玩笑。就此，我回家，进入梦乡，让他在黑夜的泥泞之中探摸着向布赖顿——或是光明之城——去，他到达那里已是天大亮之时。

无论在何时何地对死者而言，复活才是最重要的。而其他，无论复活后对生活的展望，或是随之而来的生活，都无关紧要。可能出现这类事情的地方总是如出一辙，它会使我们的感官有着不可言传的快乐。而我们，却总是在意那些浮华的琐事，也正是那些琐事让我们分心。实际上，这是我们精力分散的缘由。生命之本是寓居于形体之内的能量，其次向我们靠近的自然之道正在不断地发挥作用。再次靠近我们的，不是我们雇请来的工匠，（虽然我们喜欢和他随便聊聊）而是那个工匠，我的自身都是他的作品。

　　神鬼之为德，其盛矣乎！

　　视之而弗见，听之而弗闻，体物而不可遗。

　　使天下之人，斋明盛服，以承祭祀，洋洋乎，如在其上，如在其左右。

　　我们是一个实验品，但我对此已产生浓厚的兴趣。在此种情况下，难道我们就不能够将这个充满是非的社会抛开一会儿，让我们自己的思维来激励我们？孔子说得对："德不孤，必有邻。"

　　有了思想的翅膀，我们就能在清醒的状态下欢欣鼓舞。只要我们的心灵自觉努力，我们就能超越一切行为和其结果之上。所有好坏之事，犹如大河、洪流一般，从我们身旁一泻而过，我们并非完全沉浸于大自然之中。我既像河流上顺流而漂浮的一块木片，也像从高空俯瞰大地的因陀罗。印度吠陀神话中的大神，擅长用雷电加雨来攻击仇敌。我可能为戏中的情节所感动，但在另一方面，和我性命攸关的事件却并不怎么动人。我只知晓自己是一个人生存在世上，这也同时反映我思想情感的一个方面。这也反映出我的双重性格，因此我能坦然地遥看自己，如同看别人一样。无论我体验如何强烈，我总觉得有另一个我在身边评判我，仿佛它看不见我的另外一半，只是一个没有丝毫情感的旁观者，并不与我共言体验，而只是注意它，正如他不是你，也不是我，而是他自己。待到人生这段戏演完时，极可能是场悲剧。观众会自己离去。至于这第二重性格，当然是虚构的，也就是想象力的作品。这双重人格不易使别人与"我"为邻，交朋结友。

隐居之乐

很多时候，我没有感触，寂寞有益于身心健康。当你有伴时，纵然是挺好的伴儿，没过多久也会厌倦，使人烦躁不安。我喜爱孤独。我没遇见比寂寞更适合于我的同伴了。到异国他乡身处人群之中，比独处屋内更为寂寞。一个在进行思考和劳作的人总显孤单，让他愿上哪儿就到哪儿去吧，一个人的寂寞是不能以他离同伴多远的距离来衡量的。真正好学的学子，即使在剑桥大学很拥挤的蜂房内，也寂寞得像沙漠里的托钵僧一样。农夫可以独自一人一整天在田野上，在森林中劳作，耕耘或砍伐，却不感觉寂寞，因为他在工作，但是一到夜晚，回到家里，却不能独自静思，而非得到"看得见他家人"的地方去休闲一阵，按他的想法，是用以弥补他一整天的孤寂。因此他感到很惊奇，为何学生们都能整天整夜待在室内也不感到无聊和沮丧，可是他没有意识到，学生们虽然在室内，却如同他在田野上耕耘，在森林中砍伐，和他在田地或森林中劳作一样，而后他们也需要去寻找乐趣、消遣和社交，显然这种生活形式更为紧凑些。

社交收获不大。由于相会的时间很短暂，还来不及彼此深入了解，而获得新的有价值的感觉。我们每天三餐时相见，互相再重新品尝我的这种陈腐乳酪的滋味。我们必须遵守许多惯例，和约定的规则，也即是所谓的礼节礼貌，使得这种公开场合的相聚能愉快地顺利进行，避免争风吃醋地相互打闹。我们相聚邮局、娱乐场所，每晚围坐在炉火旁，我们这太拥挤的生活，互相影响，彼此干扰，由此可知，彼此已失去应有的敬意了。不过，任何重要而热烈的相会，次数少一些也无关紧要。试想一个工厂里的女工吧——从来都不能独自过活，尤其是在梦中也难得孤单。假如一平方英里只居住一人，像我这样，那定会感觉颇佳。人的价值不在于他的外表皮肤上，因而我们没有必要去触碰它。

据说，有人曾在森林里迷路，并躺在树下，又累又饿，由于特别虚弱，那种病态的想象力，使许多稀奇古怪的幻象出现在他的四周。他还信以为真。同理，在肉体和灵魂都很健全有力之时，我们却能不断地从与此类似的更为正常、更加自然的社会上得到激励，从而发觉我们并不寂寞。

我在自己的房内有许多同伴，尤其是在没人来访的早晨。让我打个比方，或许能描绘出我的一些状况。我并不比高声欢叫的潜水鸟更孤单，我也不比瓦尔登湖更寂寞。我真想问问这寂寥的湖有谁为伴。在这蓝色的湖面上，没有蓝色的妖魔，却有蓝色的天使呢。太阳本是孤寂的，除非乌云密布，有时天空会出现两个太阳，而其中一个必是虚幻的。上帝也是寂寞的，妖魔却不寂寞，他有许多同伴，总会拉帮结派。我不会比一朵毛蕊花或原野上的蒲公英寂寞，也不比一片豆叶、一棵酢浆草、一只马蝇、一只黄蜂更寂寞，同样，我也不会比密尔溪、一只风信鸡、一颗北极星、一阵南风更孤独，我既不比四月里的雨、正月里的融雪或新房子里的第一只蜘蛛更寂寞。

在一个漫长的冬夜里，雪花横飞，风儿在林中呼啸，有一位老移民，他本是这儿的主人，他时不时来访，据说他曾挖过瓦尔登湖，并铺上石头，在湖边种了许多松树。他给我讲述了许多古今传奇故事，我俩在一起度过了一个愉快的夜晚，这种交往充满乐趣，彼此交流对事物的见解，尽管我们面前没有苹果或苹果酒，但这个很聪明的、幽默又风趣的朋友真令我喜欢，谷菲或华莱还没他知晓的秘密多，尽管人们说他已经死亡，但人们的确不知他埋骨何处，墓在何方。在我家的附近还住着一位老妇人。很少有人见过她，但我很喜欢到她那花香四溢的百草园中漫步，顺便采些药草，再听她讲述富有哲理的寓言，她具有惊人丰富的想象力，就连神话以前的远古时代，那时发生的事她都记得，她能把每一个寓言来自何处、根据哪个事实而来都告诉我，这是因为那些事都发生在她年轻的时候。这是一位鹤发童颜、精力充沛的老太太。无论是什么天气，哪个季节，她都兴趣盎然，如此看来她会比自己的孩子活得更长久。

阳光、风雨、夏天、冬季——大自然的难以言表的纯净和仁慈的恩惠，它永远恩赐我们无尽的健康、无穷的快乐！它给予我们如此多的同情，而倘若有人为了正当的理由哀恸，那么大自然也依然会感动：太阳黯然失色，风儿悲叹不已，云儿泪如雨下，仲夏之树落叶飘零，以示哀悼。难道我不该与大地共呼吸吗？难道我自己不也是绿叶、青菜和泥土的一部分吗？

是什么药物使我们如此健康、安详和满足的呢？不是你和我的曾祖父，而是来自大自然——我们这位曾祖母的宇宙。蔬菜和植物是滋补佳品，她也是靠这些补品而永葆青春，其寿命远远超过同时代的老伙伴们，靠蔬菜、植物这种没有脂肪的食物来滋养她，会使她更为健康。绝对不是那种江湖医生用冥河水和死海海水配制的药水，装在浅长形黑色船状车子上的一个药瓶里，那不是我的灵丹妙药，还是让我喝一口清晨的纯净空气。清晨的空气呵！假如人们不愿在每天的源头喝进这处泉水，那么呀，我们就必须把它装进瓶内，放在店中，销往世界上那些没有清晨订单的人们。你可要记住，它能放在地窖下冷藏，保鲜到午时，而且要提前很久打开瓶塞，随着曙光的脚步一路西行。我并不崇拜爱斯摩拉彼斯（罗马神话中的神医）制药师的女儿。健康女神海基亚，她高高伫立在纪念碑上，一手拎着一条蛇，一手端着一只杯，而那条蛇不时地将头伸入杯中喝水。我宁愿崇拜朱庇特的掌杯者希勃，她是青春女神，为众神管酒行觞，她是天后朱诺的女儿，能使神和人能葆青春。她也许是地球上出现过的最健康、强壮，最完美无瑕的美少女，无论她到哪里，哪里便是春天。

访客

闲话需要距离

我和多数人一样喜欢交际，一旦有血气方刚的来客，我会完全像吸血的水蛭，贪吸不放。我虽然不适合做隐士，但若有此必要，专泡酒吧，在那里坐得长久的人，恐怕非我莫属。

我的房里摆着三把座椅，一把用在孤独时，两把用在交友时，三把用在交际时。若是来了一大帮访客，多得出乎意料之时，没法，也只有这三把座椅给他们周转，不过他们通常都自觉地站立着，以便节省每寸土地。令人惊奇的是在如此小的房间里竟能容下如此多的男女。一天，有 25 到 30 个灵魂来到我的房里，访问我，同时加上他们的肉体在其中，但是，直到分手时，也几乎找不到我们之间曾经如此接近过的感觉。

我们有许多房子，不管它是公共的还是私有的，都有着数不清的房间，有宽大的客厅，还有用来贮藏酒以及和平时期的军需品的地窖，对于那些住在里面的人来说过于空荡。这些房屋既宏大又富丽堂皇。在里面居住的人就像会咬坏它的蛀虫，有时令我惊讶不已，在像托莱蒙、阿斯托尔或米德尔塞克斯这些大家族的府邸，当门前的仆人在通

112

报来客时，却看到一只令人发笑的小老鼠，爬过长廊，在辅道旁的小窟窿里即刻隐遁不见。

但在我那狭小的房间里居住，我觉得也有不便之处，当访客用深奥的字眼谈论大道理之时，我就很难与他保持合适的距离。你应有宽阔的空间来留给你的思想，让它可以起航，转上两圈，到达彼岸。你思想的子弹必须克服它的横飞乱跳的动作之后，才能直线到达听者的耳内，否则它一晃就会从他头脑的一旁掠过。另外，我们的言语也应有适当的空间，使它能伸展开，罗列起来。每个人如同一国的领土一样，要有适当而宽阔的自然边界，特别是在边界之间，需要有一个合适的中立地带。

我发觉我与湖对面的朋友隔湖交谈，那真是一种享受。可是在我房里，我们挨得太近，使得我们说话一开始便听不清楚，又无法说得更轻，又好像别人都听得清。这就像你在平静的水里扔进两个石头，由于间距太近，它们会相互破坏对方的涟漪。假如我们只是高声说话，言语不停的人，那么，我们可以彼此靠近，彼此气味相投。这倒不要紧，但如果我们说话含蓄又富有意味，那我们就应该双方离开点，以便我们已有的温热和潮湿的动物气息有机会散发。假如我们每人都有一些只可意会不可言传的话语，要很亲切的感受我们的交谈，只是沉默片刻还不行，还得彼此相隔远一点，无论在什么情况下似乎都听不见方才可以。由此可见，大声说论只是为了听力欠佳的人的方便，有许多美妙的事物，我们如果非要大声喊叫的话，那就不可能言传了。当谈话的调子越来越崇高、庄重时，我们就会将座椅缓缓后移，直至碰到背后两个角落的墙壁，在这时一般就感觉房子的空间不够大了。

诚然，我最佳的房间，便是我退隐的那间，那是用来随时准备接待来客的，但阳光却很少照在地毯上，这房间便是我屋后的松林。在夏季，有贵宾光临时，我便把他们请到那里，有一位难得的管家已打扫干净地板和家具上的灰尘，将一切都清理得井然有序。

宴饮就餐的问题

假如只来了一个访客，会分享我那简朴的便饭，一边交谈，一边煮玉米粥，或是看着面包在火上膨胀烤熟，而这不会影响他的交谈。如果一下来了20人，坐在我家里，至于吃饭之事便免提了，尽管我还有够两人吃的面包，在我这里大家仿佛已戒掉了吃饭的习惯，都在节制食欲，他们并不认为我这样做有何不妥，反而认为很合适，是一种考虑周全的解决办法。

肉体生命上的损害，一向是需要及时补救的，虽然此时被耽搁了，但生命的活力依然没减弱。如此这样，我招待的假如不是20人而是一千个人的话，也没问题，要是访客到我家里见到我后，却饿着肚子失望地离去，他们应该相信，我是一向都同情他们的，虽然许多管家对此表示怀疑，但显然建立起一个新规矩和良好的习惯来顶替旧的应该是容易的事情。你不需要用请客吃饭来博取你的声名，对于我，即使看守地狱之门的三个头的怪狗来到我的面前，我也毫不惧怕，但若是有人为了请我而大摆筵席，那足以吓得我避而不见，因为我会把这看成是过于客套，是拐弯抹角的暗示，要我以后别再去麻烦他了。因此，我再不会去这些地方了。我引以为荣的是，有一来客用黄色胡桃叶当作名片，并在上面写下了几首斯宾塞的诗，我把它当作我的陋室铭：

> 人们来到这里，充实了小屋，
> 从不需要虚有的娱乐；
> 休息如同酒宴，一切顺其自然，
> 最崇高的心灵，最能恬然自得。

当温斯罗（后来担任普利茅斯殖民地的总督）和一同伴去访问玛萨索特酋长时，他们徒步穿过丛林，又累又饿地来到了他住的棚屋，并受到了酋长崇高的礼遇，他每天没提吃饭之事。当天夜晚，用他们自己的话说，"他让我们和他的夫人同睡在一张床上，他们睡一头，我俩睡另一头，这是一张离地一尺高的木板床，床上只铺着一张薄薄的草席。他的两个头目，由于没地方睡，就只好挤着我们睡，这使我们觉得比我们在丛林中艰难行走更加辛苦和劳累。"

第二天一点钟，玛萨索特酋长"拿来他提的两条鱼"，它有三条鲤鱼那么大，"烧好的鱼，由四十多人来分食。还好，大部分人都吃到了。这是我们一天两夜当中能吃到的一点食物，若不是我俩其中一人看到了一只鷸鸪，此行真得食不果腹旅行了。"温斯罗他们很缺少食物，由于那野蛮的歌声（他们是用唱歌来为自己催眠），他们又缺少睡眠，他们担心自己体力不支，为了还能有气力回到家里，他们赶紧告辞了。很显然，在住宿方面他们没有得到好的接待，但是，使他们感到不方便的都是这种贵宾之礼，在食物方面，印第安人真是聪明绝顶。他们本来就没什么东西可吃，他们的聪明在于，懂得道歉代替不了食物，于是他们勒紧裤腰带，对此只字不提。温斯罗后来正好在他们粮食充足的时候去过一次，因此没有感到食物不足。

一个天真未凿的人

至于人，什么地方都有。而我在森林中的访客之多，是我一生中任何时期都不能与之相比的，这就是说，我在森林中还有些客人呢，我在这儿遇见他们，比我在其他的地方认识他们要好得多。他们可不会为了琐碎的事情来找我，由于我的住处是在离城市较偏远的乡村，仅是这段遥远的路程就使他们分别开来。我隐没在这孤独的大海已经很深，世上的河流尽管都汇聚在这里，按我的需求来讲，聚在我四周的都是最好的沉积物。此外，还有一些未被发现和未开垦的陆地，上面的各种征兆正乘浪而来。

今晨，我家来了一个人，并不是真正的荷马式，也不是帕菲拉戈尼（黑海边的王国）人。他具有一个与他身份匹配的富诗意的名字，很遗憾我不能把他的名字写在这里，他是个加拿大人，一个伐木工人，却专做木柱，每天可在五十个木柱上凿洞。他刚刚吃了一只他的狗捉来的土拨鼠。他也听说荷马这人，说"我如果没有这本书，那下雨天我真不知干什么的"，尽管已过去好几个雨季，或许他还一本都没读完过。在他那很遥远的教区里，有一位会读希腊文的牧师曾教他读过《圣经》里的诗。现在他手里拿着那本书，我得当他的翻译，打开书便看到帕特洛克罗斯满面笑容，而阿喀琉斯则责备他："帕特洛克罗斯，我为何像个小女孩似的哭泣了？"

> 你是否从毕蒂亚那里得到什么消息？
> 亚克托之子和依若斯之子，
> 在玛弥同都依然活着，
> 只要他俩活着，我们就不应悲恸。

他说："这诗写得真好。"他用胳膊挟着星期天早上采集的一大捆白桦树皮，是送给一个病人的。他又说："今天做这事总可以吧。"荷马在他心目中是位大作家，至于他写些什么，他一点也不知道。

他如何吃饭

要想我是一个比他更纯朴、自然的人，实在太难，使这个世界变得黯淡、忧郁的罪恶和疾病，在他看来几乎不存在。他约有 28 岁，他在 12 年以前便离开了加拿大，告别了他父亲的家，到合众国找工作，想挣点钱。大概想在自己的故乡买点田产，他那高大而呆板的身躯只有最粗糙的模型才能造出来，但对人却很文雅，他有一个晒得焦黑的大脖子，一头茂密的黑发，一双蓝色的睡眼，有时突闪出感情的光芒。一件污黑的羊毛大衣披在身上，头戴一顶扁平的灰布帽，脚穿一双牛皮靴。

他常用一个铁桶装饭带着，到离我的住屋几英里外的地方工作。整个夏季他都在伐木。他挺能吃肉，经常吃土拨鼠的冷肉，用石甄子装咖啡，再用绳吊在腰带上，有时他还请我尝上一口。他很早就来到这里，穿过我的豆田，但并不急着去工作，像北方人那样。他很爱护自己的身体。假如挣的钱只够吃住，人也无所谓。他常把饭桶留在灌木丛中，以便半路中他的狗咬着了土拨鼠，他好回走一英里半路将它煮熟，放在他的房屋的地窖里，但在此之前，他会呆想半个小时，土拨鼠能否安全泡在湖里，直至夜晚能否安全取回之类的事，他会思考很久很久。清早路过时总说："这鸽子可真多啊！假如我的职业不需要每天干活，那么我只需打猎就可以很轻易地得到我所需要的所有肉食：土拨鼠、鸽子、野兔、鹧鸪……哎呀！只需一天就够我一星期的食物了。"

116

他的劳作和休闲

他是一个技术熟练的伐木工人，沉醉于如何砍伐的技艺之中，他齐根砍下，以后从根上长出的树将会很粗壮，而这木头的雪橇也能从根上滑过。砍过一半的树木他无需用绳子来拉倒，而是将树木砍削成很细的一根或者薄片，最后他只需轻推一下，此树便倒下。

他是那么安详，那么寂寞，内心却又那般地快乐，我深深地被他吸引住了，他的双眼流露出愉快而又惬意的神情，他的快乐纯朴而又坦然。有时我去看他在林中伐木，他用一种无法形容的极为满足的爽朗笑声来欢迎我，用加拿大腔的谈话向我问候，实际上他的英语也说得不错。当我来到他的面前，他便放下手中的工作，一边想抑制住自己的喜悦，一边躺在已被他砍倒的松树旁，将树的内层皮剥下来，卷成一个圆球，笑着放进口中咀嚼。他是如此地富有生气，偶尔碰到一些需用大脑思考的事情，当触及他的兴奋点时，他便会乐得倒在地上，打起滚来。他望着周围的树木大声喊道："真是的，我在这伐木真爽啊！我不再需要更好的乐趣了。"有时，他清闲下来，他便带上小手枪，整天在森林中寻找欢乐，边走，边隔一会向自己鸣枪致敬。在冬天他生了堆火，中午用壶在火上煮咖啡，当他坐在一根木头上吃饭时，有时小鸟会飞过来，停在他的手臂上，并啄食他手中的土豆，他便说："我真喜欢我的身边多来一些小玩意儿。"

他如何看待命运

他的身上充满了勃勃生机，他体力上的那种坚韧和满足的特性，堪与松树和岩石相比。有一次我问他整天干活，夜晚是否感到劳累。他用真诚又严肃的目光看着我并回答："老天知道我这一生还没尝到劳累的滋味。"但是他的智力或灵性却还沉睡不醒，如同婴儿的灵性一样。他所受到的教育，是那么天真幼稚而无用。天主教的神父就是这样来教育土人的，因此学生们的意识境界不能提高，始终停留在信赖和尊敬的低层次。如同一个小孩没被教育成人，他依旧是个小孩。

诚然，大自然在造就他的时候，除了赐予他强壮的体魄，还使他对自己的命运很满足，在一片支持他的信任和尊敬的氛围中，他得以像个小孩一样活到 70 岁。他是那么纯朴，那么真诚，简单得无须介绍，就像无须对你的邻人介绍土拨鼠一样。

他干任何事都简单明了。他为别人工作，别人就给他工钱，这就等于给了衣服和食物，但他并不和别人交换见识。他是如此简单，天生的卑微——假如那种没有企求的人可称作卑微的话，那么，这种卑微在他身上并不突出，他也感觉不到，对他来说，稍稍聪明点的人，那简直就像天神，倘若你对他说，这么个人正要到来，他会认为这类重要的事情一定与他无关，这类事情别人自然会把它办好，就让他被人们遗忘吧。他从未得到过别人的赞美。他极为尊敬作家和传教士。他认为他们的工作是至高无上的，我跟他说，我也写过许多字，他呆想了一下，以为我写的只是书法，因为他也写得一手好字。我偶尔发现，在路边的雪堆上写着他故乡的教区名，并拆着法文的舌音符号，写得很清秀，于是我便知道他曾经到过这里。我曾问他，你想过没有将自己的思想写下来。他说他曾给文盲们谈过和写过一些信。但写下他的思想他从未想过，不，他可干不了这事，他连开头都不知怎么写，这会把他难死的，更何况写时还要注意拼音。

我曾听到一位著名智者兼改革家问他，你是否希望这个世界发生改变。他即刻惊讶地傻笑着，说从未想过这个问题，他用一口加拿大乡音回答："没必要，现在这样不是很好吗？我挺喜欢这个样子。"与他交谈，一个哲学家会受益匪浅。在不熟悉的人看来，他对一般问题的看法是一窍不通的，但我从他身上却看到了一个我从未见过的人，可是我不知道，他到底是像莎士比亚一样聪慧呢，还是如婴儿般没被启蒙？到底是他的言语具有诗意呢，还是笨蛋一个？有一市民对我说过，他有一次偶然见到他，头戴小帽，潇潇洒洒地穿过村庄，独自悠闲地吹着口哨，他那神态使人想到便装出游的王子。

他的自然智慧

历书和算术是他仅有的书籍，他对算术颇为精通。历书对他来说就像百科全书，他以为它是人类思想的精髓之所在，实际上，在某种特殊的限度内也确实如此。我总是试问他一些现代社会改革的问题，他从来就是很简单，如实地回答。这些问题都是他第一次听到。我问他，假如工厂没有了，他将怎样看待。他回答："我穿的是家庭手工纺织的佛蒙特灰布，这布不错。"我又问："你能不喝茶或咖啡吗？"他说道："这个国家除了水以外，还需要提供别的什么饮料吗？"他曾将杉叶泡在水里，天热起来比水还好喝。我问他没钱用了能行吗，他立刻证明给我看有钱是多么方便，就好像是哲学上有关货币起源的探讨一样，很能说明 pecunia（"银"的拉丁语根，本文是"牛"的意思）这个词的词源。倘若他的财产是一条牛，他此时到商店里买点针线，要他每次用牛的一部分去换取自己需要的物品，那可真是不方便啊。他能为许多制度辩护，他能使哲学家逊色不少，因为他举出的理由都与他息息相关，并说出这种制度能通行的实际理由，他根本不用去设想其他理由。一次，他听到别人谈说柏拉图给人所下的定义——没有羽毛的两足动物，于是有人拿出一只已拔光毛的公鸡说："看啦，这就是柏拉图所指的人。"他则说："人与鸡的主要区别在于膝盖的弯曲的方向不同。"有时，他也大声喊："我是多么喜欢闲聊啊！真的，我可以聊一整天！"

有一次，我一连好几个月没见他的人，遇见后，我问他在这个夏天里是否有了一些新见解。"天哪！"他说："像我这样有活干的人，假如忘记不了新见解，那就好极了。如果有人想和你来个耕地比赛，哈呵，你的心思只会放在这上面，你只会想到杂草。"在这种情形下，偶尔他会先问我，近来有何进展。在一个冬天，我问他是否常感到满意，我想在他心里找一个东西，以替代他们所依赖的那些牧师，在生活上有更高的追求目标。"满意！"他说，"有些人对这些事情满意，又有其他人对另一些事情感到满意。或许什么都有的人，他整天就会坐在面前有饭桌背后有火烤的炉子旁边，真的！"即使我用尽苦心，也找不出他对事物精神方面的看法，他认识万物的最高原则是"纯粹的方便"，和动物所喜爱的一般无二，就这方面来说，事实上大部分人都是这样。假如我向他提议，如何在生活方式上有所改变，他则回答：太晚了，但一点也不感到悔恨。他一贯到底地信奉诚实之类的美德。

从此人身上可见，他有可观的积极的独创性，尽管很少，我偶尔发现他在独自思考着如何表述他的见识，这是极少见到的情形，而我却愿从 10 英里外，随时跑到他那儿去观察这种情景。这相当于复习了一遍社会制度的起源。尽管他有些顾虑，对自己的意见或许不能明确表述，但他确有一些很正确的见解往往藏而不露。他的思想虽然这般原始，以至与他肉体的生命融为一体，但比起那些只有学问的人的思想，显然更为高明，却没能成熟到能够公开报道的地步。他曾说，在很卑微的人中，尽管生活在底层，又没文化，却有可能出一些奇人，他们一贯有自己的主见，从不认为自己无所不知，他们犹如瓦尔登湖一样深不可测，即使它或许是黯淡而又满是泥淖的。

所谓弱智之人

很多旅游者绕道想见我，看我的房屋内部，他们的借口常常是要一杯水喝。我则用手指着湖，对他们说我是直接舀湖里的水喝的，我愿借给他们一个小勺，尽管我住得很偏远，可每年 4 月 1 日左右，人们都来春游，而我也免不了成为造访的对象，我可真是吉星高照，来客中虽然有些特异品种。就是从救济院或其他地方的弱智者也来看我，我没法让他们放开展现出全部的才华，让他们畅所欲言，在这种情况下，才智便成了我们谈话的主题，如此我收获颇多，说真格的，我发觉他们比贫民管理员，甚至比城镇的行政管理员还要聪明，认为两者颠倒地位的时机已到。

至于才智，我认为愚者和智者之间没有多大区别。尤其是有一天，有一个并不使人厌烦的大脑简单的贫民来见我，并想和我一样地生活。在此以前我经常看到他和像他一样的人一起被人当作篱笆使用，在田野间立着，或在箩斗上坐着，看守着牛和他自己，以免丢失。他以极大的朴实和真诚以及远远低于一般所谓的谦卑对我说，他"在智力方面很欠缺"。他这样说着，是上帝如此造就他的，可他还以为，上帝关照他，就像关照别人一样。他说道："我从孩提时起，一直这样，大脑很不灵活，与其他孩子不一样，在智力方面我很脆弱。我想，这大概是上帝的意思吧。"而他本身就证明了自己的话。他对我是一个永远不变的谜语。我很难遇到一位像他这样有希望的人，尽管他的言语都那么纯朴、真诚、实在。他越是谦卑至极，他就越显得高尚。先前我还不知道这是一个聪明方法所收到的效果。由此可见，在他这个弱智的贫民所建立的朴实而又坦诚的基础上，我们的交谈反而比与智者交谈的程度更深一层。

所谓城市贫民

另有一些来客，通常谈不上是城市贫民，但他们实在应该算是城市贫民，无论怎样也可说是世界贫民，他们不在乎你的好客，而在乎你的亲切款待。他们盼着你的帮助，但却开口便申明，他们已下决心，绝不会让人帮助自己。我要求来客千万不要饿着肚子来看我，尽管他们或许有世界上最好的胃口，不管这种胃口是如何形成的。然而慈善事业的救济对象，不应称为客人。有的来客，全然不懂他的访问早该适可而止，我已在做我的正事，应答他们的问话越来越敷衍了事。具有不同智能的人几乎都在候鸟迁徙的季节来访过我。有些人的智能远超出他们的适用范围，还有些逃亡的奴隶，仍带着在庄园里的表情，时常竖起耳朵听着周围的动静，就像寓言中的狐狸时刻听到猎犬在追逐它，并用祈求的眼神望着我，仿佛在说——

基督教徒啊，你难道真的要送我回去？

他们当中有一个真正的逃亡奴，我帮他向北极星的方向逃去。有的人心眼只有一个，如同带着一只小鸡的母鸡，有的人却像一只小鸭，而有些人杂念丛生，头脑混乱不堪，宛若那些要照看上百只小鸡的老母鸡，为了追逐一只小虫，而在清晨的露水中将一二十只小鸡丢失，结果争得羽毛又脏又乱。另外有些不用脚而用聪明代步的人，犹如聪明的蜈蚣，令你全身不寒而栗。有人劝我用一个记事本记下所有来客的名字，就像白宫那帮人一样，真可惜！我的记忆力太强了，根本就不需要它。

还有其他品类的人

　　我总能发现我的访客的各种个性。男孩、女孩、少妇，一来到林中便欢快得不得了。他们时而望望湖水，时而观赏鲜花，感觉时光在欢快地流过。一些商人，只会感到孤独，因为还惦记着生意，于是感觉我的住处无论离哪儿都远，连有些农夫也有同感，他们虽说有时喜欢到林中漫游，事实上他们并非如此。他们这些烦躁不安的人啊，他们把时间都用在赚钱或维持生计上。牧师们满口都是上帝，仿佛这个话题是他们的专利，各种不同的意见他们一概回避；医生、律师、繁忙的管家妇则趁我离家时审视我的橱柜和床铺，否则某位夫人怎会知道我的床单没她的洁净。还有些已不年轻的年轻人，相信跟着职业界的老路走，是绝对可靠的方法，他们通常都会指责我的生活毫无益处。唉，问题的关键就在这里！那些年迈、病弱、胆小的人，不论他们的年龄性别，忧虑最多的还是疾病、意外和死亡。

　　在他们眼里，生命是充满危险的，可是，假如你不老去想它，担心它，那又何险之有？他们认为，小心谨慎的人应当认真地选择一个最安全的住所，那里可以将医术精湛的医生随叫随到。村庄对他们来说，不是一个村庄，只是一个共同防护的团体。他们在采摘越橘时也带着药箱，也就是说，一个活着的人，随时都有死亡之险，其实这种危险，鉴于他已是活着的死人而相应地减少了。一个人呆坐家中，与他在外奔跑是同样地危险。最后，还有一类人，他们自封为改革家，所有来客中，他们最令人厌恶，他们以为我在永远歌唱：

　　　　这房屋是我所建，
　　　　这个人生活在我所建的房屋内，

但他们哪里知道下面的两行是：

　　　　正是这些人，如此烦死人，
　　　　住在我所建屋中的人。

这是多么伟大的一天！尽管我在
森林空地里遥望天空，但它依旧
和每天那样永远无穷无尽，我看
不出有何不同。

我并不惧怕那捉小鸡的苍鹰，因我没养小鸡，但我很怕专捉人的鹫鸟。

　　除这最后一种人，我还有一些令人欣慰的来客。小顽童们来采摘浆果，穿着干净衬衣的铁路工人来此漫步，渔夫、猎人、诗人和哲学家，总之，所有这些诚实的朝圣者，为了自由之故而来到森林之中，把村庄全抛在脑后，于是我情不自禁地说："欢迎你们啊，英国人！欢迎你们啊，英国人！"因为我曾和这个民族有过交情。

青青豆叶

种豆的缘由

如果把我所种的豆子一行行地加起来，其长度至少有·7 英里吧，它们急需除草松土，因为先前一批已长得很好，而后一批还没种下去，此事刻不容缓。这样一件赫拉克勒斯举手之劳的事情，竟是如此费力、难办，究竟有何意义啊？我也不知道。我已喜爱上我所种的一排排豆子，虽然它们对我来说已供大于求。它们使我珍爱上了属于我的土地，我因此获得了力量，如同希腊神话中的巨人安泰一样，但我为何要种豆呢？这大概只有老天知道。这个夏季，我都去大地表面的这块妙趣横生的地上耕耘，在此以前，这上面长的是洋莓、狗尾草、黑莓之类的甜甜的野果和漂亮的花朵，然而现在却长满了豆子。我究竟能从豆子身上学到什么？从我身上，豆子又能学到何种东西？我爱它，我为它松土、铲除杂草，从早晨到夜晚不停地关照它们，这就是我一天的工作。宽大的叶片很漂亮。露水和雨水是我浇灌这干渴泥土的得力帮手，尽管土地本身大部分都十分贫瘠、干燥，而又没有什么肥料。我的敌人是害虫、严寒，特别是土拨鼠，它能将我四分之一英亩的豆子吃光。显然，我又有何种权利对狗尾草之类的植物大动干戈，而把它们自古以来的百草园给毁掉呢？幸运的是，存活下来的豆子即刻长得异常茁壮，足可以应对新的敌人。

我非常清楚地记得，在我4岁时，我的家从波士顿搬到这个镇上，曾路过这片森林和这块土地，还到过湖畔。这个情景深留在我童年的记忆里。今晚，我的笛声又在这同一片湖水声中回荡。比我年长的松树依然耸立在那里，或许有些已被砍掉，我则用其树根来烧火煮饭。四周已长满了新松树，将给新的一代人展现另一番景观。在这牧场的同一老树根上又长出相似的狗尾草，甚至后来还给我童年时的梦幻中，增添了一幅新的美景。要想了解我重返此地后所产生的影响，请看这些豆叶片、玉米的尖叶和土豆藤子。

我种了约有两英亩半的田地，这块地约在15年前被砍伐过，因而我挖取了二三考特的树根，我没有施加肥料，在这个夏季，我锄地时挖出了一些箭头，由此看来，在白人开垦这片土地之前，曾有一个已消失了的古代民族在这里生息过，可能种过玉米和豆子，因此，在某种程度上，他们已用尽了土地之力，而有所收获。

田中耕锄

就在所有土拨鼠或松鼠穿过大路，太阳升上橡树梢之前，当万物都披着晨露之时，我早在豆田里铲除杂草，并用泥土将它埋住，尽管有些农民警告我不要这么做，但我依旧要对你们说，尽量在有露水时将一切工作干完。清晨，打着赤足的我在田间干活，如同一个摆弄露水和泥土的雕塑家，正午时分，我的脚被烈日晒得起泡。我在太阳的照射下锄田，我在黄土地上，在那十五杆长的一行行绿叶丛中缓慢地来回行走，它的一头在一片矮橡树林中，我经常在它的树荫下歇息；另一头则到一块浆果地旁，每走一趟，我总发现青色浆果的颜色又加深了一层。我边除草，边在豆茎旁培新土，以利于我所种的作物生长，使这处黄土地不是以芦管、苦艾、黍粟，而是以豆叶和豆花来倾诉夏日情思——这是我每日的工作。

由于我没有牛马、佣工或小孩的帮助，也没有改进的农具，所以我的进度很缓慢，故而和豆子感到格外亲切。我用手劳作，其程度相

当于做苦役，但不会是懒惰的一种最低级的形式吧。这其间便有一个
永恒不灭的真理，对于那些学者来说，则具有古典哲学意味。与那群
向西穿越林肯山和韦兰德草地到不知名的地方去的旅游者相比，我就
成了辛劳的农夫。他们潇洒地坐在马车上，手搁在膝盖上，挂着花锦
物的缰绳松散着，而我却在田间辛苦劳作，是待在家中的劳工。但是，
我的房屋和田地很快远离了他们的视野和思想。由于大路两旁长长的
一段路上，唯有我的土地是耕种了的，所以格外引起他们的注意，偶
尔在此地劳作的人，听到他们评头论足。那是不愿让他听到的。"豆
子怎么种得这么晚！豌豆也种晚了！"——因为别人已开始除草松土
了，我却在播种。我这很不地道的农民从没思考过这些。"这些农作
物，我的孩子，只能喂家畜，是专给家畜吃的饲料！""他在这里住
吗？"那头戴黑帽，身穿灰衣的人说，因此那神态严厉的农民勒住他
那匹温顺的老马责问我："你在干什么？犁沟里怎么不放肥？"他要我
在沟里撒些碎垃圾，不论何种排泄物都行，也可以是灰烬或泥灰。可
这里只有两英亩半犁沟，一把代替马用的锄头，是靠两只手拖的——
我对马车和马都不感兴趣，而那些碎垃圾又很远。那些驾着马车而鳞
鳞经过这里的旅行者们，将我这片地与他们一路的所见粗声大气地进
行对比，这就使我知晓我在农业界中的地位如何了。这块地不在柯尔
门的报告中。

　　但是，顺便提一下，大自然在更蛮荒、未经人们开垦过的土地上
生产出来的庄稼，有谁又能测算出它们的价值呢？英格兰收割的干草
被仔细测算过，还算出了其中的硫酸盐、碳酸钾和湿度。但在任何山
谷、洼地、林地和沼泽地都生长着各种各样丰富的谷物，只是人们没
有去收割罢了。而我的，则恰好处在野生和开垦两者之间，正像有的
国家很开化，有的国家半开化，而另有一些则是野蛮国，我的农田可
称为半开化的农田，尽管这不是从坏的意义而言。我所种的那些豆子，
极为愉快地重返野生的原始状态，而我的锄头都在为它们高唱牧歌。
就在附近，有一棵白桦树，其树梢顶上有棕色的歌鸟——有人叫它红
眉鸟，它唱了一个上午，很喜欢和你做伴。假如你离去，它便会飞到
另一个农民的田间歌唱。在你播种时，它会唱着："丢，丢，快丢
啊——埋，埋，快埋起来——拉，拉，快拉上来。"但它不吃玉米，

因此，不会有像它一样的敌人来偷吃作物。你或许会感到疑惑，它那滑稽之歌，如同用一根琴弦或二十根琴弦而进行的很不专业的帕格尼尼式演奏，这与你的播种有何关系呢？但你却宁愿听它歌唱，而不想去准备灰烬或灰泥。而这确是我最值得依赖的、最价廉的上等肥料。

田野上的飞鸟

　　当我用锄头在耕地上翻出新土时，我则将远古时曾在此居住而未载入史册的民族所留下的灰烬翻了出来，使他人争战、狩猎用的土制武器也在如今的阳光下显露。它们和其他的自然天成的石头混杂一起，有些石头还遗留着印第安人用火烧过的痕迹，有些石头则被太阳曝晒过，还有些散乱的陶瓷器皿和玻璃，很可能是近代的开垦者们留下的物品。每当我的锄头碰击在石头上，便发出叮当的音乐声，回荡在森林和空中，我的劳动有了如此的乐声伴奏，立马产生了不可估量的收获。我此番种的已不是豆子，我也不再只是耕锄，此时我既自怜而又自豪地想起，假如我真的因此想起的话，我记得一些与我认识的人专门跑到城里去听歌剧。

　　但在这个阳光明媚的下午，在我头上的高空中，苍鹰在盘旋——有时一整天地盘旋，它就像我眼里的一粒沙，或是天眼里的一粒沙，它偶尔尖叫着斜冲下来，天空仿佛被它划为两半，好似撕开的两片破布，然而苍天依旧是天衣无缝。空中翻飞着许多小鸟，这些精灵似的小鸟在地面、黄沙或山岩上以及山峰上下了很多蛋，极少有人见过。它们漂亮又细长，如同湖面的涟漪，如同空中被风吹得飘升的树叶，在大自然中它们是那么地声气相融而又和谐。我有时望着在空中盘旋的一对鹞鹰，它们上下相对，近远皆宜，仿佛是我思想的化身。另外我有时又被一群野鸽吸引住，望见它们成群结队地从这片森林飞到那片森林，并夹带着嗡嗡的颤音急速越过。

　　我的锄头偶尔会从腐烂的树桩下掘出一条蝾螈来，它是如此地慵懒、怪异、丑陋得令人感到恶心，它却是埃及的尼罗河的遗物，但与我们同在。当我停靠在锄头上休息时，所有这些声音和景象，无论我站在耕地的何处，我全能听见和看到，这便是乡间田园生活中具有无穷情趣的一部分。

邻人的工作

在节庆之日，城里燃放的礼炮犹如气枪声传来，偶尔飘来一些军乐声。对于远在城外豆田中的我，轰隆的大炮声犹如尘菌的爆裂声一样。倘若有军队出外演练，而我又不知晓究竟是何事，我就会隐约感到地面几乎在微微地颤抖发痒似的，又好像快出风疹似的，或许是猩红热，或马蹄疫，待到后来，大地有股好风吹过，吹到韦兰德的公路上，把演练者的消息传给我。这时，远处传来蜜蜂乱飞的嗡嗡声，好似谁家的蜜蜂出窝了，邻居们则按维吉尔的方法，轻轻敲击声音最响的锅壶，叫它们马上回到蜂窝中去。待到声音停下了，那嗡嗡声也消失了。那轻柔的微风也不再讲故事了，此时，我已知道他们已将最后一只雄蜂顺利引回米德塞克斯的蜂房，现在他们正专心考虑那涂满蜂房的蜂蜜。

当我获悉马萨诸塞州和祖国的自由是如此安全，我深感荣耀。当我再回头耕耘时，我充满了不可名状的自信，并泰然自若地怀着对未来的希望，继续我的工作。

如果有几个乐队同时演奏，那么整个村庄就如同一个大风箱，所有的建筑便会在交织的喧嚣声中此起彼伏。但偶尔传到森林中来的却是高尚而愉快的乐章，还有吹颂荣誉的号声，我真想用刺刀痛快地把一个墨西哥人干掉——我们为何要忍受一些烦琐小事？我到处搜寻土拨鼠和鼹鼠，真想表现一下我的骑士精神。从遥远得像在巴勒斯坦一样的地方传来的军乐声，使我想起十字军在地平线上的东征，就像悬吊于村庄上空的榆树梢在轻摇和颤抖。这是多么伟大的一天！尽管我在森林空地里遥望天空，但它依旧和每天那样永远无穷无尽，我看不出有何不同。

农作物上的收获

自从我种豆以来，就与它相依为伴，时间一久，便获得很多经验，有关播种、耕地、收割、打谷、挑选、出售。最后一项相当难，我还得加上一个吃，我还品尝了豆子的味道。我已下决心了解豆子。在它的生长期间，我通常从清晨五点一直锄到中午，一般用下半天来应对其他事情。

试想一下，人和各种杂草竟相处得如此亲切，是否很怪异呢？谈起这事怪麻烦的，耕种的时候这些杂草已够麻烦的了。将一种杂草从根部摧毁，野蛮地铲除它的纤细的组织，用锄头把它们仔细分辨，为的是能培养另一类草。这是罗马艾草、这是猪猡草、这是芦苇草、这是酢浆草，将它拔起来，把根翻起来，不让它有一根茎秆藏在阴影下，使它在太阳下暴晒，否则，它就会侧身站起，不到两天，它就又会长得像韭菜般青绿。这是一场持久战，不是与鹤，而是与杂草作战，它们是一大群有着阳光和雨露相助的特洛伊人。这样，豆子就每天会看到我拿把锄头来助战，把豆子的敌人消灭掉，壕沟里到处都是杂草的尸体，有许多盔饰摇晃、彪悍强壮的赫克托耳（希腊神话中特洛伊城的主将），比它们的同伴高出一英尺，也全在我的武器面前倒入尘土中。

在这酷热的夏日里，我的同代人中有的在波士顿，或在罗马，热衷于美术，有的在印度苦思冥想，还有的在伦敦或在纽约做买卖，我则和新英格兰的其他农民们一样，献身于农业。我这般做，并非要吃豆子，我的秉性是属于毕达哥拉斯——即是希腊哲学家的一派，至少我在种豆子这种农事上是如此。不管是为了吃，还是为了拉选票，或者为了换大米，甚至仅是为了给未来、寓言一个用武之地，为了比喻或是象征，总得有人在田间耕耘。总而言之，这是一种很难得的快乐，这样持续长久了，也会使时光虚耗。

尽管我没为它们施肥，也没有为它们把杂草一次锄遍，也不曾松一遍土，但我还总是尽心尽力为它们除草松土，其效果很好。"这显然不错，"正如伊夫林说的，"无论什么复合肥或粪肥，都不如不停地挥锄动铲，让田土来个翻身有效。""土壤，"他又写道："尤其是新鲜的土壤，其间含有极大的磁力，能够吸住盐、能量，或良好的品德（随你如何称呼吧），来增强它的生命力，土地也是一切耕耘、劳作的对象，我们靠在它上面的耕种劳动来养活我们自己，任何粪肥和别的

发臭的东西仅是此种改良的代用品。"更何况，这片土地只是一些
"地力耗尽，闲置又贫瘠的土地"，或许像凯南尔姆·狄格贝爵士认为
的，已从空气中吸收了"生命力"。我总共收获了十二蒲式耳的豆子。

为了更详细可信，也因为有人对柯尔门先生所报告的主要是那些
富农们的奢华试验表示不满，所以我就把我的收支情况一一列表如下：

> 一把锄头 …………………………… 0.54 元
>
> 耕种犁地 ………………… 7.50 元（太贵了）
>
> 豆种子 ……………………………… 3.125 元
>
> 土豆种子 …………………………… 1.33 元
>
> 豌豆种子 …………………………… 0.40 元
>
> 萝卜种子 …………………………… 0.06 元
>
> 篱笆白线 …………………………… 0.02 元
>
> 耕马和 3 小时雇工 ………………… 1.00 元
>
> 收获时用马和车子 ………………… 0.75 元
>
> 共计 ……………………………… 14.725 元

我的销售收入（patrem familias vendacem, non emacem esse oportet，
意即"一家之主应勤于销售，不应只顾进货"）来自：

> 9 蒲式耳 12 夸脱豆子 ……………… 16.94 元
>
> 5 蒲式耳大土豆 …………………… 2.50 元
>
> 9 蒲式耳小土豆 …………………… 2.25 元
>
> 草 …………………………………… 1.00 元
>
> 茎 …………………………………… 0.75 元
>
> 共计 ………………………………… 23.44 元
>
> 收支相抵，正如我别处所提到的，尚有盈余 ……… 8.715 元

这便是我种豆经验所得的结果，大约在 6 月 7 日，播种那细小白
色的豆种，留着 3 英尺长 18 英尺宽的间距，种成一行行的，要精选那
新鲜的、圆满的、没掺杂的种子。还应注意虫子，再在那些没有长出

苗的地方进行补种苗。接着要提防土拨鼠，要是那片田地没遮盖好，它们就会把刚长出的嫩叶子啃个精光；还有在嫩卷须伸展出来后，它们也会留意到的，它们会直坐着，如同松鼠一样，将花苞和初长成的豆荚全都啃掉。特别重要的是，倘若你想避免豆子遭到霜冻和其他不必要的损失，你最好尽早收获，并将它卖掉。

经验的收成

我还取得了一些更好的经验。我曾对自己说，在下一个夏季里，我不需用那么多的苦力来播种豆子和玉米，匀出精力，用来播种如真诚、真理、朴实、信心、纯真等等，假如这样的种子还没有丧失的话，那么，我倒要看看它们能否在这块田地里生长，能否用极少的劳力和肥料，来维持我的生活，这是因为，地力肯定没到消耗到不能播种的地步。真是的，我对自己说过这些话，可如今一个夏季过去了，并且一个接一个地全都过去了，在此，我必须告诉你们，可爱的读者呵，我所种下的这些种子，假如它们是些美德的种子，很遗憾，它们全给害虫吃光了，或是已丧失生机，没有长出来。

一般人们只会像他们的祖先那样勇敢或懦弱。这一代人，每年所种的玉米和豆子，必然与几个世纪以前的印第安人所种的一样，那是因为最初来到这儿的移民都是他们教会的，好像命中注定，已难改变。一天我看见一位老汉，他使我惊诧莫名，他用一把锄头挖洞，至少挖了70次，但他却不预备自己躺在里面。为何新英格兰人不去尝试一下新事业，而去种植一些别的作物呢？为何偏偏如此关心豆种而丝毫不关心新一代人类呢？

我前面提到的那些品德，我们确信它们比其他产物要高尚，要是我们偶然见到一个人，并看出他具有那些品德，那些在天空飘散的品德正在他体内扎根生长了，那么，我们真应该为此感到快慰和喜悦。这里来了一种不可捉摸而又难以言喻的品德，比如真理或公正，尽管数量稀少，尽管还是一个新品种，但它却是沿大路而来。我们的大使应当接到指令，将一些优良品种寄回国内，而国会则将它们分配到全国各地去播种。我们在对待真诚时不应表现出虚伪作态。假如高尚和友情的精髓为我们所拥有，我们永不该用卑下的情感来相互欺骗、相互侮辱和相互排斥。因而我们不应匆匆见面。因为大多数人我根本就不认识，他们几乎根本就没有时间，应在忙着耕种他们的豆子呢。我们也不应和这样的忙人来往，歇息时他倚身在铲子或锄头上，就像倚身在手杖上，不像一只香菇，但有一部分是破土而出，并不完全挺直，就像燕子在大地上行走——

　　　　言语时，它的翅膀张合，
　　　　好似展翅欲飞，却又垂落收拢——

　　它哄骗我们，我们自以为是在和一位天使攀谈。虽然面包也许不能永远滋养我们，但总能对我们的身体有好处，甚至是我们自己还不知患了何种疾病之时，便将我们关节中的僵硬消除，令我们轻松、兴奋，使我们在大自然和社会中寻觅到慈爱，并享受到所有纯净而激烈的快乐。

农事诗

　　古代的诗歌和神话至少给人们以启示：农事曾是一种崇高的艺术，可我们却在匆忙中随意乱来，我们所追求的目的仅是大农场和大丰收。我们不但没有仪式，没有庆贺的队列和节庆日，而且连耕牛大会和感恩节也没有。农民们本就是用此种形式表示他这一职业的神圣意义，或是让人们追忆起农业的神圣由来。此刻吸引人们的是一笔薪金和一顿酒宴。如今他们供奉的不再是色列斯（罗马神话中的谷神）和人间的朱庇特（罗马神话中的主神），而是普鲁托斯（希腊神话中的财神）。由于我们全都具有贪婪、自私和卑贱的恶习，并把土地视为财产，或是谋取财产的主要手段，风景被破坏了，于是农事和我们一样变得低贱，农民们则过着最屈辱的生活。他所认识的大自然，就像一个强盗所认识的那样。卡托认为农业的利益是异常虔诚而正当的，按罗马人代洛的话说，古罗马人"将天地之母与色列斯一样称呼"，他们认为从事耕耘的人过的是一种虔敬而有益的生活，所以唯有他们才是农神的后裔。

我们时常忘记，阳光照在我们耕种过的土地上，和照在草原与森林上一样，毫无区别。它们既反射又吸引了光线，耕地仅是它每日可见的璀璨画卷的一小部分。大地在太阳看来，都被耕耘得像花园一样。因此，我们在接受太阳的光和热的同时，也受益于它的信任和慷慨。即使我注重豆种，直到秋天有了丰收的硕果又如何呢？我关照了如此之久的宽阔豆田，但它并没把我当作重要的耕种者，而是将我弃置一旁，去重视那时给它浇灌、令它变绿、宜于它生成的因素。这些豆子的成果并不单由我来收获。它们不是为土拨鼠生长了一部分吗？那么，麦穗，不仅是农民的希望，它的谷粒，或是谷物也不是它全部的产出。因此我们的作物怎会歉收呢？难道我不以杂草的丰收而喜悦吗？因为它们的种子却是鸟儿们的食粮。真正的农夫急切担心田地的粮产是否堆满地。粮库，相对而言是微不足道的小事，如同那些松鼠，对森林中今年是否生产栗子丝毫不关心，真正的农夫整日劳作，并不在乎田地的粮产是否归他所有，在他内心里，他不但应该奉献第一枚硕果，而且还应该奉献最后一枚硕果。

村民

闲言碎语

上午，锄地以后，时而再读一下书，写一会字，我一般再到湖水里洗个澡，游过一个小湾，这便是我运动的最大限度了，从我身上洗掉了劳动后留下的尘埃，或是洗去了我因阅读而挂在额头上的最后一道皱纹，下午我便很悠闲自在了。每天或者隔天我便到村庄里散步，去听听那永无休止的闲言碎语，或者是道听途说，或者是报上相互转载的新闻，假如用因势利导的方法来接受它们，也的确会感到轻松、愉快，就像树叶萧萧之声和着咯咯的青蛙声。正如我在森林中散步时喜欢看鸟儿和松鼠一样，我在村中散步，喜欢看一些本色男人和小顽童；我虽听不到松涛阵阵，但却听到了马车的辚辚声。从我的木屋望向河边的菜地，那上面有一个麝鼠的聚居地，而在另一边的地平线上，在榆树和悬铃木的华盖下面，有着一个忙碌的闲人村庄，令人产生了好奇，他们宛若是大草原上流浪的狗，不是在他们的洞口转圈，便是蹿到邻家闲聊去了。

我经常到村里去观察他们的生活习惯。在我眼里，村庄就像一个特大的新闻编辑室，为了在编辑室旁支持它，就像以前州政府大街上

134

的雷丁出版公司所做的那样，他们不但销售报纸，还销售葡萄干、坚果、食盐、玉米粉和其他的饮食杂粮。有些人对前一种商品，也就是新闻，胃口特大，消化能力也特强，因此他们能丝毫不动地坐在街道上直到永远，去打探那些新闻，犹如地中海翻涌的季风般私语着吹过他们，或者说，他们像吸入了少量的乙醚，意识虽然还是清醒的，但痛苦却被麻痹了，否则有些新闻，听到后会令人痛苦的。

当我漫步路过村子时，总是看到这些活宝们一排排坐在石阶上晒太阳，上身前倾，他们那满含欲望的色眼左顾右盼，否则身子便倚在一个谷仓上，双手插在裤袋里，像根支撑谷仓的柱子。因为他们通常待在露天里，任何风吹草动他们全知道。这是些最粗糙的磨坊，所有流言蜚语都得经过他们第一道碾磨后，再送进户内，倒入那更精致的漏斗进行更精细的加工。

我在村中观察到最具有活力的地方，当是食杂店、酒吧、邮局和银行；同时，还有像机器中的必要零部件，另外还有一口大钟、一尊大炮和一辆救火车，都放在合适的地方。房屋的规划设置与人类的特点结合起来，全都面对面地排成门当户对的巷子，所有游客都逃脱不了夹道鞭打，大人和小孩都可以揍他一顿。诚然，那些被安排在巷子口附近的人，他们最先见到别人，别人也最先看到他，谁首先动手揍他的，自然就要付最贵的房租了；而那些在村外的零散居民，到他们那儿有很长的距离，游客可以抄小路，也可翻墙而逃，他们付的地租或窗税，自然就很少。周围都挂上了招牌，诱惑他，有的勾住了他的胃口，如酒店或副食店；有的抓住了他的嗜好，如百货店和珠宝店，有的吸引住了他的头发，或他的脚，或他的衣裙，这就是那些理发店、服装店和皮鞋店，除此之外，还有一件更可怕的事要做，就是你要不断地挨家挨户地去寻访，而在这种场合，人却很多。

总的说来，所有这些危险，我全能巧妙地躲过去。或是，我即刻大胆向前，毫不犹豫地向我的目的地走去，而那些遭到夹道鞭打的人则应按我的方法做，或是我专心地思考着崇高的事物，就像俄耳甫斯"弹起那七弦琴，高歌赞颂诸神，并把魔女的歌声压过，因而没有遇难"。偶尔，我闪电般地瞬间过去，谁也不知道我的行踪，我这人不大拘泥于小节，如果篱笆上有个洞口，我会毫不犹豫地钻过去。我甚至喜好擅自闯进别人的家中，并告诉他们最精彩的新闻，于是我便快意地这样做了，在知道了刚平息下来的事情、战争与和平的前景、以后世界是否能长久的合作之后，我立马从后面几条路溜出，又隐没在我的森林之中。

村外迷宫

　　每当我在镇里待到很晚时，我兴奋异常地返回黑夜里，尤其是那些漆黑的、夹杂着风暴的夜晚，于是我从一座明亮的村屋或演讲厅里起航，将一袋黑麦或印第安玉米粉扛在肩上，驶向森林中我那恬然舒适的港湾，在我把外面的所有东西都捆好以后，带着愉快的情绪返回甲板下，让身躯去掌舵，如果风平浪静的话，我便干脆把舵用绳子来固定好，当我航行时，坐在舱中的炉火旁，我的大脑漂浮着许多愉悦的思绪。

　　无论何时，我都不会忧郁，也不会感到悲伤和难过，尽管遇到过好几个险恶的风暴。在很平常的夜晚行走，森林里要比你们所想象的更黑。我在最黑的夜晚，只能靠望着树梢之间露出的天空来一边走，一边认路，再来到一些没有公路的地方，也只能用我的脚来探索我踩踏出来的路，时而我用手去摸几棵熟悉的树，为自己引路，比如在森林中，从两棵松树之间穿过，其间的距离不过18英寸。有时，在一个漆黑而潮湿的夜晚，我很晚回返，我的脚探摸着看不清的路，我一路上如在梦中，心不在焉，陡然，我伸手开门，这才如梦初醒，我真不知道我是怎么走回来的，我想，也许是我那躯体，即使在它失去灵魂之后，也照样能在冥冥之中找到它的归途，就像手很容易摸到嘴，而无须帮忙一样。

　　有几次，有个访客碰巧待到很晚，而这天晚上又出奇的黑，我不得不把他从屋后送到东道上去，与此同时，我给他指明他要去的方向，劝告他不要凭眼睛而要凭双腿摸索着前行。在一个漆黑的晚上，我就这样为两个到湖里钓鱼的年轻垂钓者指路。他们的住地离森林约有1英里多的距离，他们对路径颇为熟悉。过了一两天后，他们中的一个告诉我，那天他们在自己住所附近转了大半夜，直到拂晓才回到了家，其间还遇到几场大雨，树叶湿淋淋的，他全身被雨淋得透湿。我听说这个林子里有许多人在伸手不见五指的夜晚，在大街上行走，结果都走迷了路，这样的黑夜，正像古人所说的，黑得可用刀子一块一块地将它切割下来。有些住在郊外的人，驾车到村里买货，遇到这样的夜晚，只好留在村里过夜了。还有一些先生和女士们，外出寻访，走离大道不过半英里路，便不得不小心翼翼地用脚来探摸人行道，在何时拐弯都不知道了。

　　无论何时在林中迷路都很惊险，刺激得令人念念不忘这宝贵的经历。在暴风雪中，即便在白天，在一条很熟悉的老路上，也会迷失方向，不晓得向哪里去才能通向村子。尽管他已上千次来过这条路，他如今却怎么也不认得了，它如同一条西伯利亚的路一样陌生。假如在夜晚，其困难会更大。在我们平常随意的散步中，我们经常像领航员一样，凭借某个灯塔，或凭借某个海角向前航行，假如我们走在不熟悉的路线上，便会依旧在大脑中搜寻附近的海角标记。除非我们已完全迷路，或是转了一下身子。在林中你只要闭上双眼，转一下身，你就马上迷了路。那时，我们才发现大自然是多么宽广无限而又奇异非常。不论是在睡梦中，还是心不在焉，每个人都应在清醒过来以后，常看罗盘上的方向。难道只有到了我们迷路，换言之，只有到了我们失去这个世界之后，我们才开始发现自己，才能认清我们的处境，才认识到与我们有着无穷无尽的种种关联的事物吗？

不抵抗的抵抗

　　一天下午，在头一个夏季即将结束之时，我到村里找鞋匠拿一只已修补好的鞋子，可是，我被逮捕了，被关进了监狱，因为正像我另一篇文章曾说过的，我不向国家纳税，而且还不承认这个国家的权力，因为这个国家在议会门前将男人、女人和儿童当牛马一样地买卖。我本是为别的事到村中去的。但是，无论一个人走往哪里，人世间的肮脏的政府机关总要跟他到哪里，并伸手抓住他，假如他们能做到的话，便会迫使他回到他那个共济会式的社会中。诚然，我本可以坚强地反抗一下，多少能有点结果的，我也可以发疯地反对社会，但我宁愿让社会发疯地反对我，因为它才真正是失望的一方。

　　然而，第二天我便被释放了出来，还拿了那只已修补的鞋子，回到森林中，越橘正当时，我便在义港山上饱吃一顿。除了这个国家政府的代表们之外，我没受到其他人的骚扰。除了存放我稿件的桌子以外，我再没有用过锁，我既不闩门又不闩窗，梢子上连一颗钉子都没有。我无论早晚都不锁门，即便我有时出门好多天。在上一个秋天，我去缅因的森林中住了半个月，我毫不例外地也没锁门。

　　然而我的屋子却比四周驻扎的大兵还受人敬重。疲惫的游客可在我火炉旁休息、取暖，我还特意在桌上放几本供文学爱好者阅读的书籍，或是，那些好奇的人，为了看我还剩下何种饭菜而打开我橱柜的门，还可以晓得我晚上将吃些什么，虽说有不少各个阶层的人跑到湖畔来，但我没感到有多大的不便，我没丢失什么，只不过少见了一本小书，那是一卷荷马的著作，也许因为封面镀金镀得过于奢华了，我想这极可能是兵营里的士兵拿走的。我确信，假设所有人都和我一样生活简单，那么偷窃、抢劫之事便不会发生。发生诸如此类的事，主要原因是世上有的人得到的太多，而另一些人又得到的太少。蒲伯所译的荷马的诗句应该广泛传播。

　　　　只有当所需仅是山毛榉的碗碟时，世人才不会争战。

　　　　子为政，焉用杀。子欲善，而民善矣。君子之德风，小人之德草，草上之风，必偃。

湖

垂钓湖上

有时候，我对世人及其胡言乱语，还有村子中的朋友都厌烦不已，于是就越过平常游玩的范围，向西挺进，进入人迹罕至的荒凉地带，到达新的林海和新的草原。或者当红日西沉之时，溜到义港山上，把那些黑浆果、蓝浆果一股脑地吞咽进去，又把满地浆果拣了起来，以备后几日享用。浆果可不会把它的香艳、美味奉献给那些只会花钱购买的人去品味，也不会为那些只是为了卖掉它们而栽种的农夫去牺牲自己。你要品鉴浆果的美味、香艳，就得请教满山乱跑的放牛娃和满处乱飞的鹧鸪。从未采摘过浆果的人，自以为已领略了它的精妙，这不过是井蛙之见。从未有一颗浆果进入波士顿，虽然波士顿旁的三座山上可谓浆果处处，但它们从未走下山岗。浆果的甘美和精华，在装上货车运往商店后，和它的香艳已随一缕香魂而归离恨天了。它只是些待食的水果罢了。只要永恒的正义主宰天地，那么就不会有一颗贞洁的浆果能从野外的山上进入大都会。

当我在地里劳作了一天之后，会偶然跑到一个厌世的友人身旁。他清晨就在湖上钓鱼，纹丝不动，就像一只野鸭，或漂在水上的秋叶，沉浸于纷至沓来的哲思之中，我到他身边时，他已自觉是一个入定的古僧了。还有一个老头儿，是个很棒的渔人，特别精通各种木器活，他惬意地把我的小木屋当作是为方便渔夫而建造的，这让我很是得意，他经常坐在我的门前摆弄他的钓丝。有时我们在湖中荡桨泛舟，他在船的一端，我在船的另一端，我们难得说上一句，因为他的双耳失聪，他有时唱起一首赞美诗，这与我的思想极为契合，让人回味无穷，这要比对话意味深长得多。我经常这样，无人可谈之时，就用桨叩击船舷，在四周的山林中激起串串回音，像马戏团中的驯兽师诱使他的兽群发出吼叫，我让每座青山，每座翠谷发出了怒吼。

在温暖的暮色中，我常在船中吹起晚笛，看鲈鱼围着我环游，好像沉醉于我的笛音，月亮徜徉在湖面的粼粼波光之上，湖底倒映着森林的丛丛幽影。很久以前，我一次又一次来湖上探险，在夏夜的湖岸上，和同伴燃起一堆火，把鱼群引到岸边，我们又在钓钩上穿上虫子，扯起一条又一条鳕鱼，直到夜半时分，把火棍高高地掷起，它们犹如飞火流星冲进湖中，嗞的一声便杳无踪影，一切陷入昏黑之中，我一边摸索，一边哼着小调，穿越黑夜，回到人类群居之处。不过如今我已在湖畔建立起自己的家园。

有时候，我歇息在村中的一个门厅中，当那家人都要上床睡觉，我就独自回到林中。那时节，也有为了明晚一餐的缘故，我把时间用在月夜垂钓之上，坐在一条空舟中，听猫头鹰和狐狸对月齐唱小夜曲，时不时还有无名的怪鸟发出锐利的长啸。这些景象一直珍藏在我的记忆深处。在水深 40 英尺处抛锚，离湖岸有二三十杆的距离，偶尔有几千条小鲈鱼和银鱼围着我打圈，它们的尾巴在泛银的水面搅起无数道涟漪。我用一根细长的亚麻钓丝与水下 40 英尺处的一些奇异的夜鱼建立了联系，有时我拉着 60 英尺长的钓丝，随着习习的晚风在湖上四处漂荡，我时不时感到钓丝在微微抖动，表明钓丝的另一端有一个生命在踯躅，对这不小心撞上的东西不知如何是好，不明白后面是什么在等着它。最终，你一把又一把，慢慢扯出钓丝，一些生龙活虎的鳕鱼便吱吱叫着被拉上水面。尤其在漆黑的午夜时分，你的遐思驰骋在浩渺的宇宙之时，这微微的抖动跌破了你的梦境，让你又回到大地上，这确实奥妙无穷。我好像把钓丝甩进繁星密布的夜空里去了，正如我把钓丝下垂到密度未必更大的水体中，这样我仿佛一钩钓上两条鱼。

湖水潋潋

瓦尔登湖风光秀丽，但并不雄奇，不足称道，偶尔一去之人、没有隐居湖畔之人未必领略到它的魅力。但这个湖以深邃和清澈而驰名远近，值得大书特书。这是一个清亮、深碧的湖，长约半英里，周边长 1.75 英里，面积约 61.5 英亩，是一个松林和橡树林环抱滋润的、终年不涸的湖泊，湖泊的进水口和出水口并无踪迹可寻，湖水的上涨和退落缘于雨水和蒸发。四周的峰峦从湖旁笔立而起，高度有 40 到 80 英尺不等，但在东南面上升到 100 英尺，而到了东边更跃升到 150 英尺之高，距湖岸线不到 1/4 英里及 1/3 英里，山上林木葱郁。

我们康科德所有湖泊起码有两种颜色，一种是远眺而见的，另一种是近观而见的，它更接近本色。第一种根据风云变幻，借助天光而成。在晴朗的夏天，从略微远处望去，特别是在波涛起伏之时，呈现一片蔚蓝，但从极远处望去，湖泊呈现一片蓝灰。在风暴之下，则显露一片蓝黑。海水却不同于湖水，变幻不已，今天是蔚蓝，明天可能是深绿，但从天空上我们却感觉不到任何变迁。我们这里的湖泊池塘，当白雪铺盖大地，水和冰几乎都呈现绿草的颜色。有人声称蓝"乃纯水之本色，勿论它是流水，抑或冰晶"。但从船上俯瞰我们的河流，它会呈现不同的色彩。而瓦尔登湖更为出奇，甚至站在同一点上，湖水也忽蓝忽绿。俯仰于天地之间，它同时兼备了两种颜色。从山顶看去，它呈现蓝天的色彩，走近湖边，看到岸边细砂浅水处，水泛着黄澄澄的水波，再远一点，呈现淡绿，愈远愈色泽加深，最后水波荡漾呈现一色的黛绿。但有时在阳光的映衬下，近岸的湖水呈现一片鲜嫩的碧绿。有人认为这是青翠山林的渲染。但铁路那边黄沙地带的湖水也是鲜绿一片，况且，春天，树叶才嫩芽初吐，何以解释？这或许是天空的湛蓝与地面的沙石的褐黄调和了的效应，这就是这里的湖水何以有虹霓之色的缘故。还是这个地方，春天降临以后，冰层为水底反射上来的太阳热能，还有地上传来的太阳热能所溶解，呈现出一条蜿蜒曲折的河流模样，而湖中还是寒光熠熠的三尺坚冰。像我们其他的湖泊一样，当晴空万里之时，而湖水又波涛汹涌，波涛以适宜的角度映衬蓝天，湖水揉进更多的光线，一片浮光耀金，较远一些的湖水比天空更为湛蓝。每逢此时，泛舟湖上，环湖四望，我看到一种罕有其匹、悠然心会、妙处难与君说的亮蓝，犹如浸水之后的色调变幻的丝绸，还像青锋刀刃，比之天空更为清新空灵，与波光另一面的黛绿色交替闪动，只是黛绿略显重浊点。在琉璃般明净的蓝中略呈浅绿，以我记忆所及，仿佛是冬日西沉之时，它上面的乌云露出的一角蓝天。

当你在玻璃杯中盛满水，举到光亮之处一看，却看不出任何颜色，如同装了一杯空气一样。大家知道，厚厚一块玻璃便幽幽带点烟绿，做玻璃的人说，这与玻璃的"块头"相关，同样一种玻璃，要是轻薄短小就现不出任何颜色。瓦尔登湖需要多大的体积才能泛出绿光，我从未做过试验。我们这里的河水直接下望则呈现黑灰或深棕，到河中游水的人，会像在其他湖泊的水中一样，躯体呈现黄色，但这个湖却如此晶莹清澈，潜泳其中，人犹如大理石一样洁白，更出奇的是，四肢放大了，扭曲了，形体怪异，很值得让米开朗琪罗去琢磨一番。

湖水之清

一泓湖水是如许清澈，以至于 25 英尺到 30 英尺的水底的东西历历可数。赤足涉游之时，可看见很远的地方有成群嬉戏的鲈鱼和银鱼，长约 1 英寸，连鲈鱼的横行条纹都清晰可辨，你会感到这种鱼是逃离尘世，到这清净世界定居的。很多年前的一个冬天，为了钓狗鱼，我在冰上凿了几个洞，上岸之后，我把斧子往冰上一扔，好像有个魔鬼要捉弄我一下似的，斧子滑过了四五杆之远，刚好溜进一个冰洞，那里水深 25 英尺，出于好奇，我趴在冰上，从冰洞往下张望，我看见偏离洞口一侧不远处，那柄斧子斧头朝下，斧柄竖直向上地栽在那里，随着湖水的轻轻晃动而微微摇动，如果不是我又把它吊上来，它会一直保持这个姿态，直到斧柄烂掉。我在斧子的正上方，用凿冰的凿子又钻了一个洞，又用我的刀，砍下附近的一个长长的桦树枝，做成一个活结的绳套，系在枝头，小心翼翼地慢放下去，套往斧柄，把桦树枝上的绳子一拽，就把那柄斧子钓了上来。

除了一两处短短的沙滩之外，整个湖岸由白润的鹅卵石铺就，它们很是陡峭，你纵身一跃，水没头顶。如不是湖水清澈之至，那你不可能见到湖底，你只能看到对岸的浅水湖底。有人觉得此湖深不可测，它没有一处是污浊的，匆匆过客会感叹道，居然连一根水草也没见到。至于见到的水草只是最近湖水暴涨而被淹灭的湖边草地而已，细细考察确也见不到菖蒲和芦苇，甚至连黄色或白色的睡莲也无处可寻，至多只能找到心形草和河蓼草，或许一两棵水眼菜，然而即使在湖中游泳的人也未必找得到它们，即便这些水草，也像它们生于斯长于斯的湖水一样清净无垢。洁白的鹅卵石在湖底延伸一两杆之后便是纯净的细沙，湖的最深处，大概不免有些沉积物，应该是那些腐烂的落叶。秋风阵阵，落叶盖满湖水，最后沉进湖底。最后是那些绿亮亮的水苔，深冬之时，从湖底拔锚起来，我们可见到它们的踪影。我们这里另外还有一个清清如许的湖泊，它就是位于九亩角的白湖，在瓦尔登湖西面约25英里处。不过以这里为核心，方圆12英里内，虽然还有不少湖泊，我可以说了如指掌，但找不出第三个湖泊有如许一泓清泉的纯洁之性。大概陆陆续续有不少部落在湖边饮用过湖水，赞叹不已并测试它的深邃，接着又随着世事的更替一个又一个消失了，但湖水依旧清纯、碧绿，一个春天也没遗失过！或许上溯到亚当和夏娃被赶出伊甸园之时，那个春天的早晨，瓦尔登湖也已经存在于天地间，甚至可能就是那个清晨，随着飘拂而来的蒙蒙细雾和习习南风，撒落下一阵金色的春雨，打破了宁静的湖面，成群结队的野鸭和天鹅在湖上遨游，它们并不知晓人被撵出乐园这码小事。它们只是沉醉于这纯净的湖水。就是那个时刻，瓦尔登湖涨落起伏，湖水变得晶莹，呈现各样光泽，拥有这一角天空，成就了举世无双的瓦尔登湖，它是天上露珠的升腾之处。谁知道呢？在多少已不再存在的各部落英雄史诗中，瓦尔登湖是他们的喀斯塔里亚灵感之泉。人类最早的黄金时代，又有多少山林水泽的仙女在这里嬉戏？这是康科德桂冠上最璀璨的一颗水晶钻石。

湖水涨落

　　最初发现这片湖泊的人们遗留下他们的痕迹。我惊讶地看见在险峻的山腰居然有一条高架桥似的小径，它像一条带子绕湖一周。在树木刚被伐倒的一块地方，我也看到了它的踪迹，它忽而攀升，忽而下旋，一会儿溜近湖岸，一会儿又向远处延伸，我想它和最早生活在这里的人一样岁月久远。猎人们用脚把它摸索出来，而此后的当地居民则无忧无虑地随后跟来。冬天站在湖中央，一目了然，一场小雪过后，那条山间小径犹如起伏飘舞的白线，衰草枯枝遮不住它，在 0.25 英里之外的一切东西历历在目，就像雪花用白色大理石浮雕——将它雕琢出来，而到了夏天，它又藏了起来，就是近在咫尺，你也找不到它。但愿后人建造山间别墅时，也别把这条早期人类的痕迹擦拭掉。

　　湖水时涨时落，并无规律可言。如有规律，周期又是怎样，无人知晓，尽管有人声称知道，那不过是信口开河。冬季的湖水要涨得高一点，夏天的水位要低一些，但水位与气候的干燥潮湿并不相关。我对住所边的湖岸涨落记得特别清楚，何时低了一二英尺，何时又涨了 5 英尺，了然于心。有个狭小的细砂半岛伸展到湖中，它的一边是深水，离湖岸约 6 杆，那大概是 1824 年，我曾在沙岛上煮开过一锅杂烩汤，之后 25 年，它沉到水下去了，我无法再在上面享受野炊之乐了。不过另一方面，当我告诉朋友们，几年之后，我会经常到现在山林中那个僻静山坳里泛舟垂钓，会从他们现在所见的湖岸向山林推进 15 杆之远，这地方现在是一块芳菲鲜美的草地，他们感到难以置信。这两年来，湖一直向外扩展，现在，1852 年夏季，比我早期居住之时已高出 5 英尺，接近于 30 年前的高度，那片草地之上又可以荡桨行舟了。

　　从表面上看，湖水已高涨了六七英尺，但山上流下的雨水并不多，涨水的原因一定是深处泉源在起作用。同一个夏季水又退了。值得注意的是，不管湖水是否涨落有致，它都需要许多年头才能轮回一次。我观察到一次涨，又部分地看到两次落，我想在 12 至 15 年后，水位又会恢复以前的位置。东面 1 英里处的费林治湖有山溪汇入，又从另一端流走，湖水涨落剧烈。而它俩中间的一些小湖沼都与瓦尔登湖同时涨落，它们现在也进入了最高水位。据我观察，白湖也是同一情况。

　　多年涨落一次的瓦尔登湖起码有这样一个影响：最高水位持续一年，环湖旅行自然不易，但上涨的湖水把沿岸生长的灌木丛、苍松、白桦、桤木、白杨全都洗刷掉了，水位下降后，就留出了一片洁净的湖岸。它不像那些别的湖塘和昼夜涨退的河溪，瓦尔登湖在水位降至最低时，湖岸反而最为洁净。在我的小木屋边的湖岸，一排 15 英尺高的苍松被淹死了，它们仿佛被杠杆撬起来似的俯倒在地，湖用这种方式赶走了树林的入侵。树龄的大小正好表明一次涨落用了多少年时间。

湖以如此涨落，保证了湖岸的权利，湖岸这样刮去了长出的胡须，森林无法统领这块飞地。湖的舌头舔个不停，让胡子无法形成气候。当湖水涨到极顶，桤木、柳树和红枫从它们淹在水里的根上伸出大量红根须，几英尺之长，离地三四英尺之高，它们这样保护了自己的生命。我还注意到，高处的蓝浆果灌木丛通常颗粒无收，但此种情况下，浆果累累，压缀枝头。

湖岸齐整

湖岸何以铺砌得如此整齐有致，让不少人惊诧莫名。镇上流传着这么一个故事，一个年龄最大的白头翁告诉我，这还是他作为一个毛头小伙时听来的——远古之时，一伙印第安人在一座小山上举行狂欢仪式，小山突然升到青天之上，就像湖现在深陷地中一样，据称他们做了不少渎神之举，其实印第安人从未有此罪孽，山忽然摇晃起来，沉陷下去，只有一个叫瓦尔登的老妪幸存下来，从此这湖因她而得名。人们悬想山峰摇撼之时，这些鹅卵石滚将下来，铺就了今天的湖岸。不论怎样，有一点可以断定，此处原本无湖，现在却有一泓碧水。

这个印第安神话与我前面说起的那位远古移民并无冲突，这位移民清楚地记得带来过一根探水魔杖，他看到草地蹿起一道袅袅的薄雾，而那根榛木杖直指其下，他决定在此挖出一口井。至于那些圆圆的鹅卵石，很多人认为这不太可能源于山中地震。我看到四周山上这样的石头不少，因此人们不得不在铁路经过的最靠近湖的两边筑起防护石头滚落的石墙，再者湖岸愈是陡峻之处，圆石就愈多。所以，圆石铺就的湖岸对我不再难以索解了。我知道是谁铺砌了这片湖岸。我想这湖不是由一个叫萨福瑞·瓦尔登的英国当地居民而来，就是由"石墙之湖"转化而来。

湖水寒暖

瓦尔登湖是我的天然水井。一年有 4 个月，它的水清寒冷冽，正如它的水一年四季清澈晶莹一样。我想，它即使不算镇上最甘甜的水，也不会输于其他地方的水。冬季中，敞露旷野的水，总比大地裹护的泉水和井水要冷一些。从下午 5 点到第二天，即 1846 年 3 月 6 日中午，我在屋子里静静地坐着，寒暑表刻度有时是华氏 65°，有时是 70°，变化的原因之一是太阳曾温暖了我的屋顶，而从湖中打上的一桶水，放在屋中，一直保持 42°，比村子里最冷的一口井中打上来的水还低一度。同一天内，泡泡泉是 45°，那是经我手测出的最暖和的水，但到了夏季，它又成了最砭人肌骨的冰水，这时表层水浮在上面，没有与它掺和。

夏季，因为瓦尔登湖深极了，所以也不同于一般阳光照耀下的水体，它没有那么热。在最炎热的时候，我经常从湖中提一桶水，放在地窖中。它夜晚冷了下来，那一天就冰凉凉的。有时我跑到附近的一个泉边去汲水，水放了一周，还像当天汲到的一样清冽，没有抽水机的味道。谁想在夏季到湖畔露营一周的话，只要在帐篷背阴的地方，几英尺的地下埋下一桶水，就不需要冰块这种奢侈品了。

湖中游鱼

在瓦尔登湖曾捕到一条 7 磅重的狗鱼，还有一条狗鱼更了不得，它飞速将钓丝扯走并拉断，渔夫没能看到它的身影，估计起码 8 磅重，还捉到鲈鱼和大头鱼，其中有的 2 磅重，还捕到过银鱼和鳊鱼（Leuciscus pulchellus），几条鲤鱼，两条鳗鱼，其中一条有 4 磅重——我记叙得如此琐细，是因为鱼的重量是这种鱼真正分量唯一的所在，至于这两条鳗鱼，是我在这里唯一听说过的鳗鱼——我还朦朦胧胧对一种大约 5 英寸的小鱼留有印象，两侧呈银白，背部呈墨绿，有鲤鱼的习性，在这里我提起这种鱼，是想把现实与寓言关联起来。然而这个湖的鱼的产量并不丰富。

湖中狗鱼不多，但很可以自豪一番。有一次我卧在冰上，观察到起码3种不同的狗鱼。一种又长又扁，呈钢灰色，和河中的狗鱼一样。一种呈光亮的金黄，带翠绿闪光，它们通常生活在深水下。最后一种呈淡金色，形态与前一种相似，两侧有墨褐或深色斑点，间或有几颗浅浅的血红斑纹，很像鲑鱼。"reticulatus"这个学名不能对上号，用"guttatus"比较恰当。这些鱼很结实，比之同体积的鱼要重。

　　银鱼、大头鱼，加上鲈鱼，所有生活在瓦尔登湖的鱼类比其他河、湖的鱼要健壮、洁净、优雅，因为湖水洁净，这些鱼看起来出类拔萃。或许鱼类学家们会从中培育出新的品类来。

　　这里还有一些喜爱清洁的青蛙、龟类和些许贻贝。麝鼠和水貂也在湖四周岸上留下了足印，偶尔还会有一只甲鱼漫游水中。有一个清晨，我把船推离湖岸，将夜里躲在船下睡觉的一只大甲鱼的好梦搅醒了。

　　野鸭和大雁春秋两季常常来到这里，白腹燕子（Hirundo bicolor）掠过湖水，翠鸟在湖畔发出尖叫，而斑鹬（Totanus macularius）整个夏天在白石成堆的湖岸上闲逛。我有时惊飞一只鱼鹰，它飞到一棵俯瞰湖面的白松上栖息。我不敢断定海鸥是否来过瓦尔登湖，就像它们曾结队飞到义港山一样。潜水鸟每年要飞来一次。现在这湖的重要动物常客都已登台亮相了。在水波不兴的天气中，坐在船上，会看到东边沙滩附近，水深8英尺或10英尺处，还有湖岸其他地方，有一堆堆圆锥物，约1英尺高，直径6英尺，堆的是比鸡蛋略小的圆石，圆石堆旁全都是黄沙。刚开始，你会惊讶不已，认为可能是印第安人有意在冰上玩的把戏，待到冰消雪融，它们就沉到湖底了。但即便如此，那还是堆放得太细致有序了，有些圆石显然太新鲜，它和河中的小圆石很相近。但这里并没有胭脂鱼或七鳃鳗，我不知道它们是哪种鱼的建筑物。或许它们是银鱼的巢。这样水下就更有了一种令人愉快的神奇感了。

风月宝鉴

　　湖岸千曲百回，毫无干瘪之处。我用心灵之窗扫视着：两岸是纵横交错的深水湾，北岸更为陡峭雄伟，南岸犹如精美的扇贝，玲珑剔透，一个岬角连着一个岬角，让人感到中间会有一些人类从未涉足的小湖湾。湖边，群山耸立。从这个山中小湖的湖中心放眼望去，山景如此令人目眩神驰，湖山清奇超凡。森林倒映湖面，湖水不仅使近景犹如仙山琼阁，而且湖岸蜿蜒曲折，形成一条洒脱明快的轮廓线。湖的边缘没有任何造作或遗珠之憾。没有那种斧钺伐出的林中空地和湖边开垦的耕地。在湖畔，林木有足够的自由空间生长，每棵树都把生气勃勃的枝条伸向湖水。大自然在这里编织出一幅挥洒自如的织锦，眼睛从湖畔低矮的灌木丛逐渐上移到最高的乔木上去。这里难得一见人工斧凿之处。湖水拍岸，千百年来从不停息。一个湖是自然风光中最美妙、生动的所在。它是大地的眸子，凝望着它的人可反省自我天性的深度。湖畔所生树木是睫毛一般的镶边，而四周苍翠的群山和峰峦叠嶂是它浓密突出的眉毛。

在9月一个岑寂的午后，淡淡的薄雾将对岸笼罩在一团朦胧中。我鹄立于湖的最东边的一片平沙之上，对"湖平如镜"一词可谓感悟透彻了。当你背转身，头朝下观看湖平面时，它像游过山林的一根细丝，远处的松林衬得它熠熠放光，将湖平面上的天空和湖平面下的天空一分为二。你会产生这样的幻觉：你可以从湖平面信步踱到对面山上去而滴水不沾，那些掠过湖平面的燕子歇息在上面，不会沉下去。有时它们真的潜进湖平面，似乎为幻影所惑，接着醒悟过来。从湖上西望，你须用双手遮护两眼，避免受到湖上的太阳和湖下的太阳双重的照射，这两个太阳都是那么炫目耀眼。如果你细细审视湖平面，它确实滑亮如镜。

一些在水面上滑行的长足昆虫星罗棋布地分散在湖面上，它们在阳光照耀的湖面轻盈飞快地滑动，撩起了想象不能穷尽的潋滟波光。偶尔有一只野鸭在湖上梳理羽毛，还有前面我已说过，一只燕子掠着湖面飞过，几乎碰着湖水。有时，远处一条鱼跃出湖面，闪起一道波光，在三四英尺的空中划个弧线，栽进湖水，又亮起一道闪光，有时会划出一整道亮闪闪的银弧，有时湖中漂浮着银白的蓟草种子，鱼儿向蓟草籽飞跃过去，荡起一阵涟漪。这像一泓玻璃溶液，已冷却了，但还没凝冻，中间夹杂着些许杂质，但仍显得洁净而又美妙，宛如玻璃中的细细气泡。你还常常见到一层更为滑溜墨黑的湖水，被一张肉眼无法看见的细密蛛网所分隔，成了水仙林妖在湖上歇息的水栅。

站在山顶俯瞰湖面，你会看到湖中任何一处跃出水面的鱼儿，在这一泓鲜碧的湖面上，只要一条狗鱼或银鱼捕捉飞虫，就马上会打破整个湖面的静寂。真是令人叹为观止，如此平平凡凡的细小举动，却如此精巧地显现出来——这水族世界的凶杀案——暴露在我的眼下。我站在远远的高处，可看到那扩大的涟漪，直径有五六杆长。我甚至看到水蝎（昆虫学上称 Gyrinus）居然在明镜般的水面一气滑了 0.25 英里，它们微微地犁出两道水面皱纹来，荡起浅浅的涟漪。而长足昆虫在水面上来去飘忽，难得一见些微痕迹。在湖水澎湃浩荡之际，我们就见不到水蝎和长足昆虫的身影了，只有在风和日丽的天气，它们才从避难的港湾里溜出来，冒险地一滑又一滑，从湖岸的一端短距离地冲刺，滑完整个湖面，奔向另一端的湖岸。这是如何地舒服惬意啊，秋日里，在这万里无云的晴空下，充分享受阳光的抚爱，坐在高地的一个老树墩上，湖景尽收眼底。——玩味那荡人心魄的湖中涟漪，涟漪一刻不停地在蓝色晴空和倒映山林的那个水平面雕刻着，又涂抹着，如果不是这些涟漪，水平面是觉察不到的。在这一大片水面上，略有一点扰动，马上柔和地化归一片宁静，就好像在湖边装上一瓶水，那水光潋滟荡回岸边，即刻波平无痕。鱼跃水面，虫落湖心，都用涟漪、用优雅的圆弧来倾诉，仿佛生命之泉在喷涌，轻轻的脉动，胸脯的起伏，究竟是欢乐的震颤，还是痛苦的痉挛，这一切无从知晓。

秋色下的湖光多么祥和醇美！人类在大地上劳作，又像在春天里闪着金光。看啊，每一片秋叶，每一根虬枝，每一粒圆石和每一张蛛网在午后闪着光芒，犹如春天的清晨缀满露珠一样。每划一下桨或每一只小虫的飞舞和爬动都能闪出一道光辉，而欸乃一声，又荡起何等精妙甜美的山水清音！

仲秋 9 月或金秋 10 月，这样秋色浓郁的一天，瓦尔登湖是莽莽林海中一面尽善尽美的镜鉴，它用一粒一粒白石给自己镶上镜框，我看那是一些稀世珍宝。再不可能有其他什么会如这个仰卧天地之间的湖泊一般，如许纯美，如许贞洁，又如许壮阔。落霞、孤鹜、秋水、长天。它无须围栏，一个民族隆隆来了，又悄悄去了，玷污不了它的贞洁。这天地间的镜鉴，石头击不碎它，它的水银永远揩拭不掉，历久弥新，它的外框花饰，大地总在为它辛勤更换。风暴、灰垢无法使它清新姣好的面容蒙羞。这面风月宝鉴，如果污垢落到它的脸庞上，马上就会沉淀。太阳用蒙蒙的薄雾——这是光的拭尘布——时时勤拂拭，勿使惹尘埃，吹气其上，也了无痕迹，水汽蒸腾，直上青天，成为白云，马上又把自己映衬在湖的胸襟里。

上天的玄机常在这片湖水中泄露无遗，它不断从上天接受新的灵气和旨意。就其本质而言，它是上天和尘世的灵媒。大地上草木迎风而舞，但湖水因风而生波澜或涟漪。我从粼粼水纹或片片波光中知晓轻风的一举一动。我们俯视湖面，里面奥妙无穷。或许我们还应该细细揣摩水中的云天，看是不是有难以察觉的精灵和天使悄悄飞过。

鲈鱼戏水

10月月中以后，长足昆虫和水蝎再也看不见了，木叶尽脱，白霜在地。11月中任何一个艳阳天气，不再有任何东西在湖面上搅起波纹。11月的一个午后，绵绵雨水不再降落，天空还是阴云四合，浓雾氤氲，湖水奇静，简直觉察不到湖面。虽然不再有10月金秋的醇厚浓艳掩映其中，但也反映了11月山林的黯然冬色。我轻轻地泛舟湖上，船尾荡起的微波一直延伸到远方，湖中的倒影颤颤巍巍。

我眺望水面，看见远处到处微光颤动，仿佛躲过霜冻之劫的长足昆虫召开了欢庆集会，大概是湖面太静的缘故，湖底涌动的泉水都能显露出来。划到那里，我才惊讶地发现自己被无数条小鲈鱼团团包围，都只有5英寸长。绿水中满是斑斓的古铜色的小鲈鱼，它们嬉戏不已，时不时浮到水面，弄出些小水涡，有时还吹出些小泡泡，漂在水面上。在这样空明无依、映衬云天的水面，我就像坐着氢气球飘浮在天空里，游动的鲈鱼就像在云天间翱翔、盘旋，它们是一群鸟儿，与我同处一个高度，左旋右绕，它们的鳍像帆一样张挂着。湖中的水族在冬天拉起冰幕、遮蔽天光之前，需要在这短暂的时刻好好在水面上翔舞一番，有时被它们激起的水波，犹如一阵微风掠过，有时又像轻轻的小雨滴落湖上。等我无心接近它们，它们一片慌乱，尾巴横扫，激起水花，好像有人用一根树叶婆娑的树枝击打湖面，它们一下潜到湖底去了。后来，风起云涌，浓雾下坠，浪涛滚滚，鲈鱼奔跳，把半个身子都露出水面，有3英寸长，形成数百个黑点。

有一年甚至晚至12月5日，当时我看见湖面有圈圈涟漪，浓雾四合，以为暴雨就要来临，我赶紧跑到桨座上，往家里快划而去。雨点似乎越来越密，尽管我没感到冰凉的雨点打到脸上，但我做好了淋成落汤鸡的准备。突然，湖中涟漪全都消逝了，原来这都是鲈鱼戏水引起的，我的桨声惊扰了它们，它们全溜到湖底去了，我影影绰绰地看见鱼群向下深潜而去。就这样，那天下午，我衣衫干爽，滴水未沾。

湖底老树

差不多60年前，有个老人经常在夜幕笼罩山林之时来到湖畔。他多次告诉我，那个时代，他常常看到湖里到处是野鸭和其他水禽，湖的上空有许多老鹰在盘旋。他是来钓鱼的，他在湖岸上找到一只老独木舟。它是用两棵白松树剜空，钉在一起的，两头削成正方形。独木舟很粗重，但用了不少年头了，舱中已泡烂进水，现在大概已沉到湖底去了。他不知道这是谁家的船，它的所有权应属瓦尔登湖。他常常把山核桃皮一条条地捆扎起来，做成锚索。另外有一老翁，是一个陶工，独立之前住在湖畔，有一次曾听他讲，在湖下面有一只大铁箱，老翁曾亲眼见过。有时，它随波浪漂到岸边，当你走上前去，它就又回到湖中，消失在水下。

听到老人说起独木舟，我兴致盎然。这条独木舟替代了另一条印第安式的独木舟，同样的白松，但造型优雅得多。早先它大约是湖边的一棵树，后来大概倒进湖中，从一代人出生到死，它就一直在湖上游荡，对瓦尔登湖来说，它是最好的独木舟。记得我初次凝望湖水下面时，隐约见到许多大树干横卧湖底，如不是狂风吹倒它们，便是伐木工砍倒之后，堆放在冰层上，那时木料太廉价了，但现在，这些树干大部分已无影无踪了。

湖上轻梦

当我初次泛舟在湖上时，它四面全部由挺拔而密集的松林和橡树林包围，一些小湖汊中，葡萄藤攀缘上湖边树木，搭起一座座凉棚，一叶小舟完全可以悠然而过。湖岸上的那些山峰陡峭，树木高大，从西岸望去，整个地方犹如一座圆形剧场，水面可以表演山林舞剧。年青时代，我在此度过了不少时光，我像清风在湖上游荡，先将小舟划到湖心，然后舒展四肢躺在座位上，就在这样一个夏日的上午，我似梦非梦地任船遨游，直到小舟撞上沙滩，才惊醒过来，我坐起身，看看命运把我送到哪里。

那种日子里，闲适是最诱人的，也是最多产的。许多这样的上午，我一个人"偷得浮生半日闲"。尽管"一日之计在于晨"，但我总是把这珍贵的时光浪掷掉。因为我富裕得很，当然并非指金钱，但阳光灿烂的日子和盛夏的时光倒多得是，我把它们挥洒自如。我没把很多时间用在工作室或教师的课桌上，对此我不觉得有什么遗憾。但我别离瓦尔登湖之后，伐木工居然开始乱砍滥伐。许多年以后我再也不可能在林间小径踯躅了，不能从林中随意一瞥而见湖光山色。我的缪斯不再吟诵，她是情有可原的。百灵鸟的寓所已被伐倒，你还能指望她那婉转的歌喉唱出曲调？

湖畔诗哲

现在，湖底的大树，苍老的独木舟；四围墨绿的林子，都消逝了。村夫们连湖在何方都弄不明白，他们没有到湖中游泳或饮水，却想到用一根铁管来把湖水引到村中去洗杯盘碗碟！这恒河一样的圣水，他们却想转动一个枢纽，拔起一个塞子就使用瓦尔登的清水！还有那魔王般喷汽吐雾的钢铁之马，那尖厉刺耳的汽笛声嚷得整个地区都听得见，它那肮脏的铁蹄让泡泡泉变得混浊不堪，正是它吞噬了瓦尔登湖边的林木。这"特洛伊木马"，肚中驻扎着千百个人，这是那帮精于算计的希腊人动的脑筋！哪里有这个国家的勇士，摩尔王府的摩尔，何时来这已遭毁灭的大地创痛之处，投掷出复仇的长矛，刺到这张牙舞爪的恶魔的肋骨上？

在我见过的特异个性之物中，或许瓦尔登湖最为奇崛，一直坚持着自身的纯洁。许多人被喻作瓦尔登湖，但当之无愧者不多。尽管伐木工砍倒了一片又一片树林，爱尔兰人已在湖的附近搭盖起猪栏，火车也侵入湖界，冰块商曾在湖上采割冰块，但湖仍保持着自己的天性，还是我青年时代所见的那个湖泊，所有的变化只是我自己。波痕处处，但没有一条永恒的皱纹，湖依然青春长驻，我笔立湖畔，一只燕子像往昔一样飞掠湖面，叼起一只小虫。今夜，它深深地触动了我，仿佛这20多年来我并没有与它长相厮守——一切为何？因为它是瓦尔登湖！多年以前我邂近的森林之湖。去冬，一片树林被伐倒了，但今春，另一片树林又在春风中顽强地喷涌出来。同样的万千思绪又像当年一样从湖上喷薄而出。这对它自己和它的造物主是同样清澈水灵的欢乐和幸福。唉，这可能是我自己的狂想。这湖应是一个大英雄的鬼斧神工之作，没有丝毫的伪饰！他用巨灵之掌围起了这一泓清泉，在他的思绪中——纯化，进入澄明之境，然后作为遗产馈赠给康科德。我从湖的面容里探知这一切，我几乎忍不住要说，瓦尔登，是这样吗？

> 我并没有在梦乡
> 让一行诗显得荣耀，
> 我生活在瓦尔登湖，
> 再没有比这里更接近上帝和天堂。
> 我是它的石岸，
> 是它掠过湖心的一阵清风；
> 在我的手心里，
> 是它的碧水，是它的黄沙，
> 而它最深隐的泉眼，
> 高悬在我的哲思之上。

神灵水珠

火车们从来不会歇息下来欣赏湖光山色，但是火车驾驶员、司炉工、掣动手和那些买了月票的旅客常常会看到湖泊，这些湖景是为了这些更好的人们。司机夜里也没有忘怀，或者说他天性不能忘记，白天他至少瞥见过那宁静、纯洁的山光水色。只是一瞥而过，但已洗净州议会街和机车上的尘垢。有一伙人提议称瓦尔登湖为"神灵的水珠"。

我曾经说过，瓦尔登湖没有明显的进水和出水处，但一边与费林治湖遥遥地暗中相连，费林治湖地势较高，两者之间有一连串湖沼遥相呼应。另一边它显然又与康科德河有着关联。康科德河地势低洼，两者之间也有一些小湖沼横陈其间。在某一个地质年代，流水或许泛滥其间。只要稍加开掘，它们便会相互流贯，但神灵禁止这种开掘，如果说湖由于像隐士遁入林中那样长久修炼，这种自律而又简朴的生活，让它获得了令人叹为观止的洁净，要是让费林治湖中那不太洁净的湖水掺入进来，或者让瓦尔登湖那甘冽的绿水浪掷到海波中，谁不会为之扼腕叹息呢？

沙湖浅滩

费林治湖或称沙湖，在林肯郡，是我们最大的湖泊或内海，位于瓦尔登湖以东约 1 英里处。它大多了，据称有 197 英亩，鱼类更多，但水较浅，且水质不太纯正。从林中远足到那里，是我的消遣之一。即使只是为了让旷野的风潇洒地扑面而来，即便只是为了看看水天之间的滚滚浪涛，畅想一下水手的海洋生活，那也是值得一试的。

秋天，风起云涌的日子，我到那里去拣拾栗子，那时节栗子落在水里，又让浪涛卷到我的足下。一次我在芦苇丛生的湖岸匍匐前进，清新的浪花在我的脸上嬉戏，我碰到了一只船的残骸，船舷不知去向，四周长满灯芯草，只剩余船底，但外形模样还是看得很清楚，下面看上去是一块巨大的腐朽了的垫板，木板的纹路还十分清晰。它就像海这儿成了一个个七彩虹光的湖泊和沼泽，须臾之间，我更像一头生活在其中的海豚。

边遇难的沉船一样让人惊心动魄，并且有着同样惨痛的教训可吸取。现在完全成了一块腐质土壤和难以辨认的湖岸，灯芯草和菖蒲在里面已长得很茂密了。我常常沉醉于湖北岸沙质湖底上的一道道沙质波纹，由于水的力量让沙底坚实起来，涉水者可在上面放心行走。湖底变得坚实有力还有灯芯草的功劳，它们一行行地生长着，随着波浪摇晃，与湖底的波痕一一对应，就好像是波浪把它们培植起来的。

在那里，我还寻觅到不少奇异的球茎，显然是细草或草根团成的，大概是谷精草，直径从 0.5 英寸到 4 英寸不等，浑圆完美的球体。这些球茎在浅水沙岸中随波滚动漂移，有时冲到岸上来。它们不是团成一体的草球，就是中间含有些许沙粒。刚开始，你会说，它是波浪造就的，就像鹅卵石。但最小的球茎 0.5 英寸长，其质地却同样粗糙，并且一年中只有一个季节见到它们。再者，我想，波浪既造就不了又破坏不了那些具有持久生命力的东西。那些球茎在出水干燥的情况下，很长一段时间还保持原样。

湖名乱弹

费林治湖沼！我们人的命名是何等地糟糕。这个将农庄建于水天之滨的村夫，浑身秽气逼人而又长着个榆木疙瘩的脑袋，他把湖岸弄得一塌糊涂，他又有何功德将湖冠上自己的姓氏？大概逃不了是个吝啬鬼，他更喜欢那亮晃晃的银毫子或白花花的美分，那光可鉴人的银币镜面可照见他那张厚黑老脸。连野鸭飞来湖上都认为是不请自来的入侵者。他已完全沉浸于贪婪残酷地攫取一切，手指已虬曲如鹰爪，这个湖名让我倒胃口。我到湖上来，可不是去看费林治的，也决不想听人说起他。他从来没有欣赏过这个湖，从来没在里面凫水，从来没有爱意温情，从来也没有当过护湖使者，从来没有为它说过一句好话，也从来没有因上帝的创造而感恩。这湖名真还不如取自湖中那些游来游去的鱼儿。常在湖上飞来飞去的鸟儿。常在湖岸跑来跑去的走兽，以及在湖畔摇曳生香的野草闲花，或者什么原始人和野孩子的尊姓大名，他们的生命与这个湖水乳交融，密不可分。不用那村夫的名字，除了那伙臭味相投的邻人和立法机构发给他的一纸契约，没人认可他的所有权，他满脑子算计的只是这湖值多少美金，他的到来，让湖岸遭受一场浩劫。

他要榨尽湖边沃土的膏腴，他恨不得排干湖水，把湖变成长满英吉利干草或浆果的牛羊牧场。然而，他也清楚，这不过是想想而已，面对这片大水，他不得不望洋兴叹。湖底的淤泥可以换钱，他不惜把湖弄个底朝天。湖水不能推动他的磨粉机，这让他烦恼不已。对他来说，观赏秋水长天有何荣幸可言？我瞧不起他的劳作，他的农场到处已明码标价。他会把他的湖景、他的上帝全都拖到集市——拍卖。如果能为他自己捞到一点好处，那么他就会为他的上帝跑到集市上去。在他的农场里，没有什么能自由生长。田里没有绿苗，牧场没有野花，果园没有鲜果，生长的只是叮当作响的美金。他品鉴不到果实之美，除非换成金币，才算成瓜熟蒂落。

让我去过那真正富裕的简朴生活吧。越淳厚的农人，我越会向他发生敬意，给予关心！这居然称为模范农场！农舍像粪堆上挺立的菌类，人、马、牛、猪拥有洁净或污秽的房舍，但却相互连成一气！人犹如牲口蜗居其间！油腻、大粪和奶酪五味俱全！如此发达的文明里，心灵和大脑成了大粪似的肥田之物！好像你要在教堂墓地里去种土豆！呜呼，所谓模范农庄也。不，不，如果最美妙的风光应冠以人名，那就采用那些最高尚、最雄健的人的姓氏吧。我们的湖起码应该以伊卡洛斯坠海而死，由此得名的伊卡里亚海来做楷模，在那里，"海涛声声，仍然传诵着一次大无畏的探险"。

鹅湖水面窄小，就在我去费林治湖路途上。义港是康科德河膨起的河湾，据称水面有 70 英亩，位于西南 1 英里处。这里是我的水乡泽国。所有这些，再加上康科德河，就构成我的水上王国。昼夜交替，岁月轮转，当我云游其间，它们是如许地摇曳多情。

白湖黄松

自从伐木工、铁路和我本人亵渎了瓦尔登湖之后，所有这些湖中最可人意的，如果不算最优美的，就数白湖了，它是森林之瑰宝。它楚楚可怜，源于一颗平常心，冠以此名大概源于水质清澈，或许是细沙的颜色。这些方面同其他方面一样，与瓦尔登湖一比就像一对孪生子，不过稍逊风骚。它们如此相近，它们一定在地下暗暗相通。同是圆石的湖岸，同样的水色，如同在瓦尔登湖上。在盛夏酷暑之间，透过树林俯瞰一些不太深的湾汊，由于湖底反光，波浪涂染上了一派氤氲的蓝绿色，或者说蓝灰色。

多年以前，我经常往返其间，拖回一车又一车沙子，制造砂纸，后来我习惯于不断前去游玩。那一次又一次沉醉湖畔的人称它为翠碧湖。由于下面的情况，我们还可以称之为黄松湖。约莫15年前你可以看见一株北美油松的树冠，从距湖岸许多杆的深水中探出来，这一带人把这种松树视为黄松一类，即便它不算珍稀树种。有人推断此湖很早以前水位不高，而这株松树就是以前长在早期湖畔原始森林中的。我发现，早在1792年，一位本地公民在其所编撰的《康科德地理志》（收藏于马萨诸塞州历史学会）中谈过瓦尔登湖和白湖之后，又说："在白湖中间，当湖水骤降，可见一树，似甚早就长在此处，虽根处于水面50英尺下。且此树顶部已断，经测，折断处直径14英寸。"

1849年春天，有个人住在萨德伯里，他的住所最邻近白湖，在一次交谈中，我得知10年或15年前，正是他将湖中的那棵树拖出水面。据他回忆，此树距湖岸12至15杆，水深三四十英尺，那年冬天，他上午到湖上割冰，下午在邻人的协助下，要将老树从湖中取出。他割开一长条冰，直通湖岸。驱赶一群牛来拔取，把它拖到冰上。可没弄多久，他惊讶不已，他拔起的是树的下半部，那些枝丫朝下，深深地插进沙质湖底。树干最粗处有1英尺，他原指望捞到一些可用板材，但树芯烂得只能劈柴烧，这是说要把它当柴火的话。他把一部分带回了家里，粗的一端有斧砍和啄木鸟啄过的痕迹。他认为这是湖岸上的一棵死树，被大风吹进湖中，树冠浸满水，而树干还是干的，相对较轻，倒入水中反而倒插进湖底。他那80岁的老父也记不起这棵黄松是什么时候离开原处，栽进湖中。湖底还可看见几根巨大的树干，水波颤动，就像湖底有几条巨型的水蛇在游动。

大地水晶

这湖极少被船只轻薄，这里没有什么让渔夫感兴趣。没有白色睡莲，它需要淤泥。也没有白菖蒲，清水中只是偶尔点缀几朵蓝菖蒲，从多石的湖底冒出来，6月里蜂鸟们前来探视它们，蓝菖蒲那淡淡烟蓝的花叶和花蕊，和它那翩翩起舞的倩影，与浅浅的蓝灰的湖水交相辉映，融为一体。

白湖和瓦尔登湖是大地之上的巨型水晶，是荧光四射之湖。如果它俩凝冻起来，且小巧玲珑，可握掌心，大概早被臣仆们拿去，像翡翠钻石一样，镶嵌在帝国君王的皇冠上。但它潋滟不定，且如许宏大，所以永远属于我辈和子孙后代，但我们却弃之如敝屣，满世界去寻觅可希诺大钻石。它俩太圣洁了，市场的价格容纳不了，它俩没受到羞辱。比起我们苟且偷生的人类，它俩纯美之至；比起我们混杂不堪的性格，它俩纯净之至！我们对它俩无可挑剔。比起农舍小院里鸭子凫水的池塘，它俩超逸绝伦！有洁癖的野鸭只在这里歇息。世人如何能感受到大地？鸟儿披着它们的霓裳，婉转的歌喉与似锦繁花浑然一体。可哪位少男少女能与大地的奔放多彩融为一体？大地在远离都市之处，孤寂地自我丰茂着。谈什么天堂！你正在践踏大地。

松林奇景

偶尔我到松林里漫步，它们好似高耸的庙宇，又像整装待发的舰队，树梢像碧波般此起彼伏，还像涟漪般熠熠生辉，眼见这如此柔和、翠绿的浓荫，即便是古时凯尔特人的巫师德罗依德也会抛开他的橡树林而跑到这儿来顶礼膜拜。

偶尔我又跑到费林治湖旁的杉树林里，那些披满灰白色茸毛的蓝浆果的参天大树，它们越长越高，就是移植到北欧神话中沃丁神接待英灵的殿堂伐尔哈拉去也毫不逊色，而杜松的藤蔓上果实累累，铺于地上。我偶尔还到沼泽地去，那儿的松萝地衣像彩带一般从云杉上悬挂下来，还有些野菌子，它们是沼泽诸神摆在地面的圆桌，更加艳丽的香菇像蝴蝶或是贝壳装饰在古树根上。那里生长着水红的石竹和山茱萸，通红的桤果像女妖的眼睛一般地闪光，蜡蜂在攀缘时，在很坚硬的树木上刻下了深深的沟痕而损坏了它们，而野冬青的浆果更是美得使人恋恋不舍，另外还有许多无名野果将使你目眩神迷，实在太美了，这简直不是世人应该品尝的。

我并没寻问哪位学者，我访问的只是一棵棵奇特的树和附近一带的稀有林木，它们高耸在林场的中央，或是生长在密林和沼泽的深处，或生长在小山峰上。例如黑桦木，我就见到直径为两英尺的好标本；还有它们的表妹黄桦木，它散发一种就像前面说的那样的香气，又好似穿着一件宽松的黄袍；又如山毛榉，它那洁净的树干如同绘着艳丽的苔藓之色，处处妙不可言，除了散在其他地方的一些标本外，在这城镇一带，我只知晓有这片小树林，树的直径已相当粗大了，据说这是被附近山毛榉的果实吸引来的一些鸽子所播下的种子。当你将这种树木劈开时，那闪闪发光的银色小粒子，真是明亮可鉴。还有角树、椴树，还有名为 Celtis occidentalis 的假榆树，其中只有一棵长得较粗壮，有一种适合于做桅杆和木瓦的较高的松树，还有比普通松树更赏心悦目的铁杉，仿佛一座宝塔一样高耸在森林中，还有我所说出的许多其他树种。这便是那些我在夏季和冬天所拜访过的神庙。

湖沼虹光

一次，我刚好站在一道彩虹的桥墩上，这道彩虹笼罩在大气层的下面，把四周的草叶都染上了色彩，令我眼花缭乱，如同我在观看一个有许多彩色晶片的万花筒。这儿成了一个个七彩虹光的湖泊和沼泽，须臾之间，我便像一头生活在其中的海豚。倘若它保持得更长久一些，那七彩之色或许就永远染在我的事业和生命之中。当我在铁道旁行走时，我时常会惊喜地发现我的身影周围有一圈光环，于是我不免自以为也是一个上帝的宠儿。有一来客对我说，他面前的那些爱尔兰人的身影周围就根本没有这种光环，只有本地人才有这独特的标识。

班文钮托·切利尼在他的回忆录中写到，当他被禁闭在圣安琪罗宫堡中时，就在他做了一个惊恐噩梦或产生幻觉之后，便见一个光亮的圆圈罩在他身影的头上了，无论是黎明或是黄昏，也无论他在意大利或是在法兰西。特别是在草上有露滴时，那光轮会更明显。这大概与我所说的现象相同，它不仅在清晨显得特别清楚，而且在其余时间，或是在月光下，都能看见。尽管经常都是这样，却并没被注意到，但对切利尼那样极具想象力的人，就足以构成迷信的依据。此外，他还说，他只愿指给少数人看，但是，那些知道自己头上有光环的人，难道真的是卓尔不群吗?

溪边遇雨

有天下午,我穿过森林前往义港山钓鱼,以弥补我的蔬菜所不具备的营养。我沿路经过那片与贝克田园紧密相连的欢快草地,有个诗人曾经歌咏过这块幽静之地,他开头写道:

> 步入一片快乐的田野,
> 点缀着一些生苔的果树,
> 涌出一条红闪闪的小溪,
> 麝香鼠却在水边窜逃,
> 还有那银色的鳟鱼啊,
> 也在水中穿来游去。

在我还没居住在瓦尔登之前,我曾想到那儿生活。我曾经去"钩"过草果,还跳越过那溪,恐吓过麝香鼠和那小小的鳟鱼。就在这么一个显得格外漫长,又有许多事情发生的下午,当我正在思考怎样把绝大部分的时间用于大自然的生活,而决定出发时,这个下午的时间已用出一半。我在路途中便遇到了阵雨,赶紧在一棵大松树下躲了半小时。这时,我在头顶上放了些树枝,再用手巾遮挡。我后来干脆下到水深及腰的溪水中,在梭鱼草上垂下钓丝。忽然我发现乌云压顶,雷声开始隆隆作响,我只有认命,没别的法子了。我想,天上诸神真是威猛神气,专用这些耀眼的闪电来加害手无寸铁的渔人,接着我便跑到最近的茅屋中躲避,这茅屋离任何一条路都有半英里距离,但它离湖泊就近多了,这儿已很久都没人住了:

> 这屋为诗人所建,
> 饱经沧桑的他,
> 望着这小小的木屋,
> 它时刻有倒塌的危险。

这便是女神缪斯的寓言。

雨中布道

但是，现在我发现那里住着一位名叫约翰·斐尔德的爱尔兰人，还有他的妻子和几个孩子，大的一个有着宽阔额头，现在已帮他的父亲做工了，这时，他也从沼泽中跑回家来避雨，小的婴儿满脸皱纹，像个先知先觉的圣徒，有个圆锥形的脑袋，坐在他父亲的膝盖上，就像坐在皇宫中一样，从他那个潮湿又饥饿的家中好奇地观望着陌生人，这原本就是这个婴儿的权利，但他还不知道自己是贵族世家的最后一代，他是世界注目的中心，是世界的希望，绝不是什么约翰·斐尔德的又可怜又挨饿的小子。

我们一块儿坐在不漏水的那部分屋顶下，而外面却是雷雨交加。先前我在这里就坐过好多次，那时，载他们一家漂洋过海到美国来的那艘船还没造好呢。显然，这个约翰·斐尔德是一位憨厚、勤劳而又无奈的人；他的妻子却异常顽强，持续不断地在高炉边做饭。她的脸圆圆的、腻腻的，露着胸，还在梦想着有能过上好日子的那一天呢。拖把始终抓在手中，但没有一处地方值得一拖。那些小鸡躲雨躲进了屋里，它们也像家人一样大模大样地走来走去，简直与人像极了，我想它们即使烤起来也不会好吃的。它们站在那儿先望望我的眼睛，然后便采取行动，故意来啄我的鞋子。

这时，我的主人将他的身世讲给我听，他怎样为一个附近的农民艰苦地在沼泽地上干活，怎样用铲子和锄头翻一大片草地，每英亩的报酬是十元钱，并利用土地的肥料一年，然而他那个有着宽大脸庞但身材却很矮小的大孩子在父亲的身边非常愉快地工作，他并不知道自己的父亲和别人做了一笔多么窝囊的交易。

我试图用自己的经验帮助他，告诉他，我是他的一个最好的近邻，我是来这里钓鱼的，我的外表像个流浪汉，但也和他一样，是靠自己的双手来养活自己的人。我住在一座很小但清洁明亮的屋子里，那造价并不比他租用这种破屋子一年的租金贵。假如他愿意的话，他就可以在一两个月内，为他自己建造起一座皇宫来；我这人既不喝茶、牛油、牛奶、咖啡，也不吃鲜肉，所以我没必要为它们而劳作；没必要拼命工作，我也不必拼命地吃，因此，我的饮食费用很少。但是，他因为一开始就要喝茶，喝咖啡、牛油、牛奶，吃牛肉，所以他就不得不拼命地劳作，来弥补这笔支出费用。因为他想拼命工作，就想要吃得多，以补充身体的损耗。其结果是开支越来越大，天数越长，开支就越大，由于他得不到满足，所以他的一生就如此消耗在里面了。然而，他还庆幸自己能够来到美国，因为在这里每人可以喝茶、咖啡，吃鲜肉。

可是，真正的美国却是这样一个国家，在这个国家里你可以自立地选择一种生活方式，没有这些吃的依然过得好。在这里，不会迫使你去支持奴隶制度和战争，也不会要你直接或间接由于这类事情而支付额外费用。我特意把他当作一个哲学家或是未来的哲学家来交谈。假如这大块草地全都返回自然生态，假如人类开始警醒而有这样的结果，那我会感到无比欢欣。一个人无须在研读历史后，方知什么东西最适合于他自己的文化，噢！真是的，一个爱尔兰人的文化，就是用一柄开垦沼泽地的锄头安心来开发的事业。

我耐心说给他听。诚然，你在沼泽上干得如此辛苦，又必须要有双厚皮靴子和耐磨的衣服，而且它们很快又会被磨破，但我却只穿很便宜的薄底鞋和薄衣服，价钱比他穿的便宜一半。在他眼里我穿得像位先生，实际却并非如此，而我则很轻松地像消遣一般花一两个小时就干完活了。倘若有兴趣的话，再去捕捉够吃两天的鱼，或是弄回供我一星期清晨消费的钱。假如他和他的家庭如此简朴地生活的话，那么，他们就可以在夏季一齐去采摘越橘，其乐无穷。

听完这话，约翰长叹一声，他的妻子则两手叉腰，两眼圆瞪，看来他们似乎都在考虑，有没有足够的资本来确保过上这样的生活，或是用学到的算术能不能把这种生活坚持（或算计）到底。他们认为，光依靠测程和推算如何能够到达他们的彼岸，正如我所想到的，他们依旧会勇敢地用他们自己的方式生活，面对生活，全力拼搏，却无法用任何一只尖锐的楔子楔入生活的高大柱子，并将它裂开，然后精雕细刻。他们想到艰难困苦地对付生活，就像人们对付满身是刺的蓟草

163

一样。但是他们都是在险象环生的情形下作战。哎，约翰·斐尔德呵！不作算术生活，你败局已定。

"你曾钓过鱼吗？"我问。"哦，是的，当我休息的时候，在这湖边钓过，并钓到过极好的鲈鱼。""你现在应该去了，约翰。"他的妻子很兴奋，满怀希望地说。可是约翰却犹豫不定。

田园诗情

现在阵雨已过去，东面的森林上出现了一道彩虹，会有个晴好的黄昏，这时我就起身告辞。当我走到门外时，我又向他们故意要杯水喝，以此顺便看一下他们这口井的底部，并完成我这一次的调查。可是，哎呀！这井却很浅，尽是细流沙，断绳一根，破桶一个，已无法修了。这段时间，他们把厨房用的杯子找了出来，这水像是蒸馏过的，几番商量，再三拖延，终于将它递到口渴的人的手中，但水还是没凉下来，且十分混浊。我心想，竟是如此脏的水在维持这几条生命。接着，我便巧妙地把尘沙晃到一边，然后微闭双眼，为了那真诚的款待干杯、畅饮。至于礼节方面的问题，我丝毫不在意。

雨过天晴，当我告别了爱尔兰人的房屋后，便跨步来到湖边，我踏过田野上的积水、泥坑和沼泽地的凹坑，以及荒凉的旷野，突然，我一下心血来潮，真想去捕捉梭鱼，但回头一想，这对我这个上过中学、读过大学的人来说，未免有失身份。于是我下山，朝着霞光万道的西方奔去，我身披一道彩虹。

隐约的钟声通过清澈的空气飘入我的耳中，我又仿佛在云雾中听到我的守护神的声音在绿野回荡——你要每天都到遥远的地方去捕鱼，地方越远越好，水域越宽广，精神越爽朗，你可在好多的溪水边，和许多人家的火炉旁休息，你可以完全放心。要记住你青年时代的创造力。在黎明之前毫无忧虑地起来，即刻出发探险。正午来时，你要在第一个湖旁。夜晚降临时，可四处为家。没有比这更广阔的土地，也没有比这样更有意义的游戏。依照你的秉性而豪放地生活，就像那芦苇和羊齿草，它们却永不会变为英吉利的干草。让雷霆怒吼，即使对稼穑有害，这又有什么要紧的呢？这并不是给你的音讯。纵然，他们可躲在车下、屋下，但你却可以躲在云层下。你大可不必再以手艺为生，应该游戏人生。尽管去欣赏大地，但不可将它占有。因为缺乏进取心和信心，人们便在买卖中，如同奴隶一般地过活。

啊，贝克田园！

一道道灿烂的阳光
是最富丽堂皇的大自然风景。……
农场的四周围起的栅栏，
谁也不会跑去歇斯底里地狂欢。……

你不曾和谁争辩，
也不会为疑惑困扰，
当初见你是那般地驯顺，
还穿着一件褐色斜纹的普通衣裳。……

爱者来，
恨者也来，
神鸽之子，
和政府的老坏蛋戈艾·福特斯，
将一个个叛逆者
吊挂在牢固的树枝上！

命运何为

黑夜来临时，人们总是不约而同地从附近的田间或街上，驯服地回到家里，平凡的声音总在他们家中回荡，他们用生命来化解忧郁，因为他们不断地进行自身的循环呼吸，即吐出又吸进，从早晨到黄昏，他们的影子比他们每天的脚步跑得还要远。我们应该每天从远方的探险、猎奇和新发现中，将新经验、新性格带回家来。

我还没到湖边，而在新的冲动下的约翰·斐尔德却先跑到了湖边，他的思路有所改变，决定今天不去沼泽地劳作了。但是，这可怜的人，今天却只钓到一两条鱼，而我却钓了一大串，他说这是他运气不好，于是，后来我跟他换了下位置，那运气也跟着换了位。可怜的约翰·斐尔德！想必他是不会读这段话的，保证他读后会有所启发、醒悟及进步——他依旧想在这野性的新土地上用传统的老方法来生活，用银鱼作饵来钓鲈鱼。偶尔，也承认这是好钓饵。

　　尽管他的地平线全归他所有，但他依然是个穷人，且生来就穷，并继承了他那爱尔兰血统的贫困或是贫困的生活，而且还继承了那位亚当的老祖母的拖泥带水的生活方式，他或者是他的后代在这个世界上都不能飞黄腾达，除非他们那深陷在沼泽中长了蹼的双脚，穿上了商业之神那有翅膀的飞靴。

回归野性

当我提着一大串鱼，拖着鱼竿穿过树林回家时，天色已黑，我瞥见一只土拨鼠正在偷偷地横穿我的小路，心里突然涌出一阵新奇、刺激的颤抖和野性的惊喜，我即刻被强烈地吸引住了，只想将它一把抓住，并活活吞下，这倒不是由于我肚子饿了，而仅是因为它代表的是野性。

我在湖上生活期间，有一两次发现自己在林中狂奔，好似一条半饥饿的猎犬，以奇异而又放纵的心情，在寻找一些可以吞食的兽肉，那时，任何兽肉我都能吞下。如此狂野的一些景象都莫名其妙地变得熟悉起来。我在内心中发现，而且还在不断发现，我在追求一种更高尚的生活，或者说是在探索本能的精神生活，并且好多人都有同感，但我却另外还有一种追求返璞归真和野性生活的本能，这两者我都十分崇敬。我爱善良，但更爱野性。钓鱼中的那种野性和冒险性，使我特别爱好钓鱼。有时我很喜欢粗野生活，尤其是像野兽那样度过我的每一天。这一种嗜好，或许，还得归功于我年轻时钓过鱼和打过猎，使我和大自然亲切和熟悉地交往。渔猎使我们很早就接触大自然的风采，并使我们和它友好相处，要不然，在我们那样的年龄，是没法熟悉野外风光的。

猎户、渔夫、樵夫等人，一生在野山树林中度过，在某种意义上，他们已是大自然不可分割的一部分，他们在工作的闲暇时光，要比诗人和哲学家都更适合于观察自然界。这是因为后者总带有某种目的地前往观察。大自然不会害怕向他们展现她自己。旅游者在原野上很自然地竟成为猎手，他们在密苏里和哥伦比亚上游成了捕兽者，而在圣玛丽大瀑布那儿，又成了渔夫。但仅是旅游者的那些人，得到的只是二手的片面知识，是冒牌而可怜的权威。最值得我们感兴趣的事是搞科学研究报道的那些人，他们通过实践或靠本能已经发现了一些真理性的东西，只有这样有价值的报告才真正属于人类，或是记载了人类宝贵的经验。

狩猎之妙

有的人说北方汉子极少游玩，因为他们的公休假很少，大人、小孩的游戏也没有像英国那样多。这话大错特错，这是因为在我们这里，极原始、更寂寞的渔猎之类的娱乐活动，还没让位给那些游戏呢。每个和我同时代的英格兰儿童，几乎在 10 岁至 14 岁之间都扛过猎枪。而他的渔猎场地，也不像英国贵族那样划出一个私有界限，甚至比野蛮人宽广得多。因此，他不常到公共娱乐场所游戏也用不着大惊小怪的了。现在的形势已发生了根本变化，这不在于人口的增加，而是在于猎物的逐渐稀少，或许猎人反而成了猎物的好朋友，这还包括保护动物协会在内。

何况，我在湖边的时候，有时只是想换一下我的口味才捕捉鱼类。而我确实像第一个渔夫一样，为了生活需要的缘故才捕鱼的。虽然我曾以人道的名义反对捕捉鱼类，但那全是虚伪的谎言，我从哲学方面的思考更多于我在情感方面的考虑。在此，我只谈到捕鱼方面，由于很长时间以来，我对于猎杀飞禽鸟类有着不同的看法，在我来森林中之前，就已卖掉了我的猎枪。我一点也感觉不到我有何恻隐之心，这倒也不是由于我比别人更冷酷无情。我不但不可怜鱼类，也不可怜虫饵。我在这方面已养成了习惯。

关于猎取野禽，在我找着那把猎枪的最后几年里，我的理由是我在研究飞鸟学，我找的鸟是非常稀少和独特的。但我得承认，现今我找到的一种研究飞鸟学的方式比这种更好。那就是，保持如此严密细致地观察飞鸟的一切习惯，就凭这个理由，足以使我不需要猎枪了。但是，不论人们如何依据人道来加以反对，我依旧怀疑，是否具有同等价值的娱乐，可以来代替狩猎。我有一些朋友犹豫不决地探问我，可不可以让孩子们去打猎，我依旧回答，可以，因为我回想起这是我所受教育中最可贵的一部分。将他们培养成为猎人吧，也许他们先前仅是个运动健将，其后假如有可能的话，他们才能成为好猎手，这样他们将会知道，无论在哪个野山林园里都没有足够的鸟兽来供给他们打猎。

在此，我仍然赞同乔叟转述的那个修女的意见，她说：

> 难道你没听被抓住的母鸟说
> 猎人并非不是圣洁之人。

在民族和个人的历史长河中，都曾有一个时期，猎人被人们赞颂为"最优秀和勇敢的人"，阿尔贡金族的印第安人就曾如此称赞他们。我们应该为一个没有放过一枪的孩子感到可怜，并同情他的教育被忽视，他已是一个没有人情味的人了。对那些整天沉溺于狩猎的少年，我也曾说过类似的话，我坚信他们在未来完全能超越这一阶段，从没有一人无忧无虑地度过他的童年时代以后，他还会随意灭杀任何生灵，因为生灵和他一样具有生存的权利。兔子到了生命的最后时刻，呼喊得极像一个小孩。我在此警告你们，母亲们，我的怜悯并不只是撒向人类。

垂钓之乐

年轻人常常通过狩猎来接近森林，这积淀为他淳良的天性。他先作为一个猎者，一个垂钓者到那里去，乃至到了后来，倘若他身体内已种下更善良的种子，他就会蓦然发现，他真正追求的目标，也许是诗人，或是成为一名自然科学家，从此，那猎枪和钓竿就会抛在脑后。在这方面，大多数人依旧而且永远是年轻的。在某些国家，喜欢狩猎的牧师不常见。这样的一个牧师或许可以成为好的牧羊犬，然而他绝不会是一个善良的牧羊人。我还感到好奇怪呢，那些伐木啊，挖冰啦，这一类事提都不用提了，显然，现在仅剩下一件事，依旧能把我的同镇老乡们，不论男女老少，都吸引到瓦尔登湖来，逗留一整个半天，那就是钓鱼。

通常来说，他们还不觉得自己很幸运，或者时间花得值得，除非他们钓到了一大串鱼，实际上他们已经得到了好机会，能够一直观赏瓦尔登湖迷人的风光。他们得到湖上垂钓一千次，才能使钓鱼这种陋习沉没湖底，他们的目标才算得到了净化。毋庸置疑，这样的净化过程时时刻刻都在继续着。州长和议员们对于湖泊和沼泽的印象早已模糊不清了，因为他们曾在儿童时代钓过鱼，他们现今已是年迈体衰，一本正经的样子怎会去钓鱼？因此他们已永远不会知道垂钓之乐了。然而，他们还满怀希望最后到天堂中去呢。假如他们来订立法规，则主要是规定此湖核准能放多少钓钩。显然，他们还知道这钓钩能钓上来最好的湖光山色，而立法也成了鱼饵。由此可见，即使在文明社会里，处于启蒙状态下的人，也必须要经过一个渔猎者的发展阶段。

素食之洁

最近几年来我多次发现，我每次钓鱼后，总感觉我的自尊心又低落一层。我再三尝试，我有的是钓鱼的技巧，和我的伙伴们一样，天生就有垂钓的爱好，不断促使我去钓鱼，但是，等我这样做了以后，我就发觉还是不钓鱼更好一些，我觉得我并没有错，这是一个微妙的暗示，仿佛黎明的微光一样。毋庸置疑，我这种与生俱来的嗜好，是归于造物中比较卑贱的一种，然而我的渔猎兴趣却在逐年递减，而人道意识和智商却依然照旧，未见任何增长。

现在我已不再是垂钓者了。但是，我清楚地知道，假如我生活在原野上，我依然会被诱惑，去做一名忠诚的渔猎者。何况，这种鱼肉和任何肉食品，基本上是不洁净的。而且我已开始明白，何处来的那么多的家务，何处出现的那些非做不可的事，每天要注意仪表，每天要穿戴整洁而可敬，每天要将房屋管理得洁净美观，没有一切恶臭难看的景象。要做到这些，代价很大。好在我身兼杂役、屠夫、厨师，又身兼品尝那一盘盘菜肴的老爷，因此，我能根据不同凡响的所有经验来评说。我之所以反对吃兽肉，是由于它不洁净，此外，哪怕是捉住、清洗、煮熟，我再将鱼吃下，也不认为它能给我何种贵重的营养。这既不值一提，又没有必要，损耗却很大。

一个小小的面包，几枚土豆就足够了，既简单，又干净。我和很多同时代人一样，已有许多年很少吃兽肉，或者喝茶、喝咖啡等等，这并不在于我找出了它们身上的缺点，而是在于它们和我的观点不相符。我对于兽肉的反感不是由于经验造成的，而是出于本能。在许多方面，贫贱的清苦生活显得更美。尽管我未曾做到，至少也是做到了令我的想象感到满意的程度。我坚信，每个极想把自己更高级和更富有诗意的官能保持在最佳状态的人，都会格外地避免吃兽肉，避免多吃任何食物。

昆虫学家认为这是个值得人们深思、考究的事实。我读过的柯尔比和斯宾塞的著作中谈到："有些昆虫处在最完好的状态中，尽管有饮食器官，但并不使用它们。"他们把这归结为"一个普遍规律，认定在成虫期前的昆虫比它们在蛹期中吃得要少得多，而贪吃的蛹摇身一变成为蝴蝶、贪食的蛆虫一变而为苍蝇之后，仅有一滴蜜汁或是一点别的甜液便满足了。"蝴蝶翅膀下面的腹部却还是蛹的形态。即是这点东西便引诱食虫动物杀死它们。贪吃的人便是处在蛹状形态中的人，某些国家的人民全处于此种状态，这些民众已丧失幻想和想象力，仅有一个将他们出卖的便便大腹。

诚然，要准备烹调既简单，又纯净，又不触犯你的想象力的一餐饮食是个棘手之事。但是，我认为当我们的身体需要营养时，我们的想象力也需要营养来补充，三者同时都应该得到足够的补充，这或许能够办到。有节制地吃些水果，不会因此而替我们的胃口感到惭愧，也绝不会妨碍我们最值得做的事业。如果你要在自己的盘中多加一些不需要的调料，那么，它就会毒害你。要靠山珍海味、美酒佳肴来生活是没有什么意义的。有很多人，若是让人看见他们在亲自烹调一餐美食，无论荤素，他们的脸上都会露出羞惭之色，而实际上每天都有人在为他煮此种美食。如果此种情况没有转变，我们岂有文明可言，就是绅士和淑女，也不应算是真男人和真女人。这方面如何改变的建议当然已经提出。不要问我们的想象力为何不喜欢兽肉和肥肉。晓得它不喜欢就行了。

说人是一种食肉动物，岂不是一种谴责吗？真是的，在很大程度上将其他动物当作牺牲品，却能够使他活下来，实际上也确实活了下来，但是，这却是一个悲惨的模式，所有捕捉过兔子和斩杀过羔羊的人全知晓。假如有人教给人类更无罪过、更具营养的饮食模式，那他便是人类的恩人。不论我自己实践得出的结果怎么样，我丝毫不怀疑，这是构成人类命运的一部分，人类的发展进步必定会逐步把吃肉的习惯抛掉，如同野蛮人和比较文明的人结交久了以后，逐渐把人吃人的习惯抛弃掉一样。

节食之美

要是一个人倾听了来自他自身天性的建议，此建议虽微不足道，但却持久不变的话——它理当是正确的——那他也不会知晓此建议将会把他引导到何种极端上去，乃至会引导到疯狂之中。但是，当他转变成为一位更坚强、更有自信心的人时，摆在他面前的便是一条康庄大道。一个健全的人，受到来自内心中最微弱又坚定的反对，却能够战胜人世间的各种雄辩和陋习。人们极少听从自己的天性，却恰恰在被它引入歧途时，又听命于它。其结果必然是肉体的衰败，然而，或许没人会为此悔恨。因为这遵循了更上一层的生活。

假若你愉快地迎来了白昼和黑夜，生活便像鲜花和香草似的芳香四溢，而且更具活力，更像繁星，更加永久——那就是你的成功！而整个大自然都在为你而庆贺，此时你也理当为自己祝福。最大的好处和价值却常常得不到人们的赞许。我们很容易便怀疑它们是否真的存在，而且会很快将它们忘掉。它们是至高无上的存在。或许那些最令人惊讶和最真切的事实，从没在人们之间互相交流过。我生命里的每一天最实在的收获，也好像朝霞暮霭般的不可捉摸，不可言喻。我所能得到的仅仅只是一丁点沙尘，我抓住的仅是一抹彩虹。

然而，我这个人绝不斤斤计较，若是有此必要的话，一只油煎老鼠，我也能津津有味地吃进肚里。很久以来，我都是喝的白开水，其理由如同我喜爱大自然的天空远胜过吸食鸦片烟鬼们的吞云吐雾一般。我宁愿时常保持清醒，要知道陶醉的程度是无穷尽的。我相信，白开水是聪明人的唯一饮品，酒算不上什么贵重的液体，试想，一杯热咖啡足以将一个早晨的希望毁灭，一杯热茶又能将夜晚的美梦化为乌有！啊，每当我受到它们的诱惑之后，我曾堕落到何种地步，乃至音乐也能令人醉倒。就是这些微小的缘由，竟然将希腊和罗马也毁灭掉，将来还会毁灭英国和美国。所有醉人的事物中，谁不愿自己因呼吸新鲜空气而陶醉呢？

我坚决反对长时间拼命干活的理由，就是它会反过来迫使我不得不拼命地大吃大喝。但是，实话实说，在这些方面，近来我也不再那么挑剔了。我极少将宗教礼仪带上饭桌，我也不祈求祝福，这倒不是因为我比别人更聪明，我不得不承认，不论多么遗憾，我也年复一年地越来越粗俗了，心境更加淡漠了。或许这类问题只有年轻人关心，犹如他们关心诗歌一样。我的实践在随波逐流，我的意见却写在这儿。然而，我并不认为我是《吠陀经》上说的那种特权阶层的人。它说"对万物的主宰持有大信念者，可食所有存在之物"，这意思是说他能够不用问吃的是什么东西，或是谁为他准备好了食物。然而，就是在他们那种情况下，也应该提起，正如一个印度的注释家评说过的，《吠陀经》是将这一特权限制在"遭难时期"里的。

谁不曾吃得有滋有味过？难道我们的肠胃真的一点收益也没有？我曾经兴奋地想到，由于所谓的很普通的味觉，我在精神上有了一种感悟，并通过味觉而受到启迪。坐在小山坡上吃的一些浆果滋补了我的天性。"心不在焉，"曾子说："视而不见，听而不闻，食而不知其味。"能品尝到食物的真味的人决不会是一个老饕了；反之，则是老饕。

一个清教徒有可能狼吞虎咽他的面包皮屑，就像一位议员狂咬甲鱼。食物入口并不会玷辱一个人。然而，他贪吃这种食物的肠胃却足以玷辱他。关键不在量，而在质，而在贪味的嗜好上。此时吃的不是为了我们生命的需要、激励我们精神生活的食物，而是那么一条在肚子里缠住了我们的蛔虫。一个狩猎者喜欢吃乌龟、麝鼠或其他野生食物，一位美妇爱吃乳牛蹄做的冻牛肉，或是海外的沙丁鱼，他们都是一个德行。他来到他的磨坊池塘边，她则拿上她的储藏罐。令人吃惊的是他们，也是你我，怎能过这种卑贱的野兽般的生活，整天只知吃喝。

节欲之高

我们的整个很感性的生命，善良与邪恶之间的较量，从未有一刻停息过。善是永不言败的、被人类永远赞颂的胜利者。在全人类为之鸣奏的竖琴的音乐声中，善的主题给我们以振奋、以激昂。这个竖琴就像宇宙保险公司的奔走各处的推销员，到处演讲它的条例，我们的微小善行是我们各自投保的费用。尽管最后青年人总会淡漠下去，但宇宙的永恒规律却永不会淡漠，并且永远和灵敏的人站在一块。洗耳恭听一下西风中的谴责之辞吧，听不到的人是非常不幸的。我们每弹一根琴弦，每移动一个音栓之时，那生动亲切的寓意沁人心脾。有好多令人厌恶的声音，却传得很遥远，听来好似乐声，这对于我们卑劣的生活，真是个绝妙的讽刺。

我们都知道在我们的身体内，有一头野性的动物，每当我们崇高的天性昏然欲睡时，它便醒了过来。这像一条毒蛇似的官能，或许很难驱除得一干二净。就像一些害虫，它们甚至在我生活得很健康的时候也寄生在我们体内。我们或许能够躲避它，但却永远改变不了它的秉性。也许它本身相当健壮，我们能够活得很健康，但却永远不能是纯洁的。有一天，我拾到一头野猪的下颚骨，它有着一副完整的牙齿和长牙，还有一种与精神方面不同的动物性的健康和精力。显然这种动物是用节欲和体质以外的方式来兴旺发达的。

"人之所以异于禽兽者几希，"孟子说，"庶民去之，君子存之。"假如我们慎守纯洁，谁能知道我们将会得到什么样的命运？倘若我晓得有这么一个智者，他能教给我一些修身养性的方法，我定会去找他。

"能控制我们的七情六欲和身体之外的感官，且能专做善事，按《吠陀经》的偈语，是与神贴近的心永不可缺少的要素。"然而精神能够瞬时浸透身体的每个官能和部位，而将外在的最粗俗的淫欲转变为内心的纯净和虔诚。我们生殖的精力，一旦得到放纵，将会使我们荒淫无度；节制了它，则会令我们精力旺盛并得到振奋。贞洁是人类的花朵；而创造力、英雄主义、神圣等等，则仅是它的各种果实。

当贞洁之门訇然洞开，人们就会即刻奔涌到上帝面前。我们时而为纯洁所激励，时而又因不法而懊丧。已自知身体内的野性在日复一日地消亡，而神性却在日重一日地生长的人是有福之人，但当人和卑劣之兽性融合时，便只有羞辱。我真担忧他们只是那种半人半兽的农牧之神和森林之神相结合的妖怪，是贪食又好色的野兽。我担忧，在某种程度上，我们生命的自身就是我们的耻辱——

> 这人多么欢快，斩除了脑中的原始丛林，
> 将内心的野兽驱赶到合适的地方。
> …………
> 能利用他的羊、马、狼和所有野兽，
> 自己和其他兽类相比，还不算是蠢驴。
> 然则，人们不仅仅是放牧一群猪猡，
> 并且也是群魔，
> 令它们疯狂失性，愈来愈坏。

纵欲之下

所有的淫欲，尽管形象各异，都只是一种东西，所有的纯洁也仅是一种东西。一个人狼吞虎咽，男女混居，或是纵欲酣睡，也只是一回事，它们属于同一种欲望，我们只要看一个人做其中的一件事，便知他是何等的纵欲之徒。不法和纯洁是不能相提并论、同起同坐的。我们在洞穴的一头打一下蛇，它就会立马在另一头出现。假如你想要贞洁，你就必须得节制自己。何为贞洁？一个人怎会知道他是贞洁的

呢？他不会知道。

我们对贞操只有所闻，但不知它是何等模样。我们只有依据传说来解说它。智慧和纯洁出自于身体力行，无知和淫欲出自于懒惰。拿一个学生来说，淫欲是他的心智堕落的结果，一个不纯洁的人常常是一个懒惰的人，他整天坐在炉旁烤火，他躺在阳光下，他休息，不是因为疲倦。倘若要避开不洁和所有罪恶，你就热衷于工作吧，就是打扫马厩也行。天性难于节制，但必须节制。假如你不比异教徒更纯洁，假如你不比异教徒更能节制自己，假如你不比异教徒更虔诚，那么你即使是基督徒又能怎样呢？我了解许多不同宗教制度，它们的教规令读者感到羞惭，并鼓励他去做更大的努力，尽管需要努力的只不过是执行仪式罢了。

我很不想说这些话，但绝不是因为主题——我并不害怕我的用语是多么的亵渎——只是因为说这些话就表露出我自身的不洁。关于一种淫欲的形式，我们经常可以无所顾忌地畅所欲言，而关于另外一种又缄口无言。我们已相当堕落了。所以不能浅薄地谈说人类本性的必要活动。在早期的某些国家里，对人类每一次活动都能很正常地谈论，且也都在法律许可的范围内。而印度的立法者们是决不会嫌其烦琐的，虽然近代人不以为然。他教人们怎样饮食、居住和如何大小便等等，把卑劣提高到冠冕堂皇，而不将它们视为烦琐之事，对他们避之不及。

我们每个人都是一座神庙的建筑师，他的圣殿便是他的身体，在殿里，他用自己独有的方式来祭拜他的神，哪怕是另外雕琢大理石，他也要有属于自己的圣殿和尊神。我们每人既是雕刻家，又是画家，其材料源自于我们的血、肉和骨骼。所有高尚的品质，当初便使一个人的形态有所完善，但任何一种卑俗或是淫欲即刻使他堕落为禽兽。

9月的一个黄昏，当一位农夫做完了一天的苦工后，他坐在自家门口，心里却还在思考着他的工作。他沐浴完后，便坐下来休息一会儿。他开始想一些问题，这是一个极为寒冷的黄昏，他的一些邻居在为会有霜降而担心。他深思不久，便听到了悠扬的笛声，和他此刻的心情十分和谐。他依旧想他的工作，尽管他痴呆地想着，并在身不由己地计划、设计着，但他对这些事已漠不关心了。这充其量不过是皮屑，随时可以扔掉。而笛声，是从不同于他那个工作环境的地方吹出来的，要他沉睡的官能快起来工作。那轻柔的乐音吹走了街道、村子和他居住的国家。有个声音提示他，在可能过着荣耀的生活之时，你为何还是在这里，过这种贫贱的艰苦生活呢？同样的星光却偏照那边的大地，不光顾这边。但是，怎样才能从这种恶劣境况中跳出，而真正迁移到那边去呢？然而，他所能想到的只是去领略一种新的艰苦生活，就让他的心智降入他的体内去解救它，然后以与日俱增的敬意来对待他自己。

邻居：野性未驯

隐士和诗人的对白

有时在我的垂钓生活中会有一个伙伴，他从镇子的那一头，穿过林子，来到我的屋前。宴请宾朋固然是社交，而一起钓鱼佐餐更是交际活动。

隐士：我想知道现在世界正在干什么。都3个小时了，我居然没听见一声香厥树上的夏蝉的长鸣。鸽子都挤在鸽棚上，翅膀一动不动。此时，哪个村夫的正午的号角在树林外轰鸣？雇工们会对煮好的腌牛肉和玉米粉面包狼吞虎咽一番，把苹果酒猛灌一气。人们为何这样自讨苦吃？人不贪吃、贪喝，就不用苦干实干。我不知人们得到了什么。谁愿意受那俗人的拘束，让狗叫得人心慌意乱？哎呀，还有家务！如此大好天气里，还得把河东狮吼的铜把手擦拭得锃光瓦亮，然后再把自己的澡盆擦洗干净！没有家室之累，真是一身轻松。还不如住空心的树洞，就不会有不期而至的清早门铃声和礼仪烦琐的晚宴！只有啄木鸟敲击树洞的声音。啊，城镇里人们挤成一团，那里的太阳让他们心浮气躁，对我而言，他们偏执于世俗。我渴饮清泉，饥餐粗粮。注意听！我听到灌木丛的叶子窸窸窣窣作响。是村子中饿极了的狗在追

178

寻猎物？还是据说迷了路的小猪来到了林中？雨后，我还看见它的蹄印。行走声由远而近。我的黄栌树和蔷薇花开始抖动了。呃，诗人先生，你在干吗？你感到今天如何？

诗人：瞧瞧，那些云，它们是何等精彩地悬在天上！这是我今天遇到的最伟大的事物。在古画中看不到这样的云，在外国也见不到，除非我们站立于西班牙海岸之外。这是正宗的地中海天空。我想，既然我得养活肉体，而今天又没有进食，那我该去湖上垂钓了。这是诗人的正式营生，也是我唯一的谋生之道。来吧，我们同去。

隐士：我无法推辞。我的粗粮已吃光。我乐意马上前去，可我得等一下才能从沉思冥想中走出来。我想快了。请你让我再独处一会。为了两不耽误，你可先掘些鱼饵。这一带作鱼饵的蚯蚓不多了，土壤没有施肥，这个品类已难以为继。挖掘鱼饵的把戏，跟钓鱼一样有滋有味，特别是胃口不开的时候。这个差事你今天一个人大包大揽了吧。我劝你带上铲刀，到那边花生地里试试。我保证，在狗尾巴草摇晃的地方，看准草根掘去，就当是你在为花生去除杂草一样，每翻开三块草皮，包你捉到一条蚯蚓。或者，你想走得远一点，那也很明智，因为我发现一个定律，鱼饵的多少，是与所走的距离的平方成正比。

隐士独白：让我看看，我到了哪里？我还套在思维的框框中。我还是从这个角度观看世界的。我应该是进天国还是下湖钓鱼？如果我中止冥思，我能否再次获得这样美妙深沉的体验？刚才近乎物我两相忘，融入万物的本源，这种体验今生还是第一次。我担心天歌难再。假如吹口哨能唤回他们，那我就要吹了。当我思接千载之时，说一句，我们再考虑考虑，这明智吗？思如春梦了无痕，我找不到我的思想小径了。我还想什么呢？今天是个非常暧昧不明的日子。我反省一下孔夫子的三句语录，或许能重新找回思路。我不知道那会是堆垃圾还是神灵启示的澄明之境。切记，机缘决不光临二次。

诗人：你怎么啦，隐士，它是否稍纵即逝？我已弄到了 13 条蚯蚓，另外，还有些断头去尾的，或者太小的，钓些小鱼还能凑合，不会让钓钩显得太臃肿。这村子的蚯蚓个头太大了。银鱼饱餐一顿还碰不到钓钩。

隐士：算了，也罢，让我们走吧。我们去康科德河？如果水位不太高，那里倒能好玩个尽兴。

为何我们明确关注的那些事物构造了一个世界？为何正是这样一些禽兽成为人的左邻右舍，仿佛只有一只老鼠可以填补空虚？我想那专写动物寓言的皮尔贝之流太善于驯服禽兽了，他们把禽兽调教得太好了。他们笔下的动物都善于负重，它们都背负一些我们思想的使命。在木屋碰到的老鼠，并非我们在家中常见的那种，平常所见的老鼠据说是从外地带到这野地的，而在我家跑来跑去的是村子里看不到的土生野鼠。我送了一只给一个著名的博物学家，他对它产生了浓厚的兴致。我建房子时，就有一只这种老鼠在我的地板下安了家，地板还未完全铺好，刨花还堆在屋里，午饭时间一到，它就溜到我的脚边拣食面包屑。或许它从未见过人，我们很快亲密无间，它跳上我的皮鞋，沿着我的衣服攀缘而上。它轻而易举三窜二跳就奔上屋顶，像松鼠，连姿态都相近。一天我趴坐在板凳前，双肘拄在上面，它顺我的衣服攀缘而上，沿我的衣袖，溜上板凳，围着我包食物的纸转了一圈又一圈，我把纸拉过来，避开它，又突然把纸推到它的面前，和它玩起躲猫猫的游戏。最后，我用拇指和食指拈起一片干酪，它跑上前来，坐在我的手掌中，一口一口地吃完食物，像苍蝇一样把爪子在嘴上洗了洗，然后扬长而去。

深林见鹧鸪

没过多久，就有一只月亮鸟在我的屋檐下建起了鸟巢。一只知更鸟在我屋旁的一棵松树上搭起了窝巢，寻求我的保护。初夏6月连鹧鸪这种羞于见人的鸟儿都从屋后的林中带着雏儿掠过我的窗前，落到我的屋前，像只老母鸡咯咯地叫着带着她的婴孩散步，她的所作所为表明她确是林中的老母鸡。

当你接近幼雏，母亲就一声警号，雏鸟一哄而散，像一阵旋风将它们卷裹而去。鹧鸪的羽毛就犹如林中的枯枝败叶，经常有些旅行者，一脚踏进幼雏里，只见鸟妈妈振翅而去，发着凄凉的号叫，它扇动着翅膀，吸引着旅行者的视线，让他不去察看脚下和四周。母鸟在你们面前翻滚、旋转，弄得羽毛一片蓬乱，让你搞不清面前是个什么样的鸟。幼鸟们悄悄地、紧紧地趴在腐烂的落叶中，将它们的头钻进一片叶子下，只听母亲远处传来的叫唤，你靠近它们，它们会一动不动，因此它们不会暴露。甚至你的脚踩着它们，眼睛还瞪视了一会儿，可你还弄不清你到底踏上了什么。

有一次我随手把它们放在摊开的手掌，因为它们只听命于母亲与本能，一点也不畏惧，也不战栗，它们只是照旧蹲着。这种本能是如此纯粹，我把它们又再放进枯叶堆中，其中一只不小心滚出窝外，可10分钟之后，我发现它又和别的幼鸟一起原封不动地蹲着。鹧鸪不像其他鸟类的幼雏那样不长羽毛，比起小鸡，它的羽毛长得很快，成熟得也快。

它们睁起幽静的眸子，显然已知世事，但仍一派天真，让人难以忘怀。这种眼睛仿佛蕴含了全部智慧。不仅有童真，还有经验升华之后的智慧。这样的眼睛并非是在幼鸟出生时生的，而是与它眼睛映照的天空同时出现。山野从未诞生过像它们的眼睛这样澄澈的宝石。通常的旅游者也望不到这样清纯的古井。愚昧而粗鲁的猎夫常在哺育幼雏的时节射杀它们的父母，让这群孤苦伶仃的幼雏成为猛禽恶兽的腹中美味，或渐渐与满地的枯枝败叶融化一体，成为尘垢。据称，这些幼雏如是由老母鸡孵出来，稍受惊吓，便四散而去，再也无法寻觅，因为它们再也听不到母鸟的召唤声。这便是我的母鸡和雏儿。

山鹬的狡计

让人惊奇不已的是，莽莽森林里，多少动物隐蔽地生活着，但行动又是那么放任天性、率真而不羁。它们就在城镇边上四处奔忙，但只有猎人明白它们藏身何处。水獭生活得何等幽静！它已身长4英尺，像个小孩子，或许还从没有人看见过它的真身。以前我还看到过浣熊，就住在我屋后的森林中，现在午夜时分我仿佛能听到它们嘤嘤鸣叫。

一般我早上耕地，中午在浓荫匝地的大树下睡一两个小时，用过午餐，便在一道溪流边读书，那道清泉是从距我的田园0.5英里远的勃立斯特山上流出来的，不远的一片池沼和小溪也以它为源头。到泉水边，须纵穿过一连串水草丰茂的洼地，洼地长满细小的苍松，最后进入池沼旁的一座大林子，林中有一片僻静而荫凉的树荫，一棵高耸云天的白松下有一片洁净而坚实的芳草地，宜于或坐或卧。我找到泉眼，掘成一口井，井中涌出甘洌的银灰水流，打出一桶水，而井水仍清澈如故。盛夏时节，当湖水太热了，我几乎天天在此打水。

山鹬带着幼雏也跑来了，它们在地里翻掘蚯蚓，母鸟又在泉水一侧幼鸟的上空约 1 英尺处飞来飞去，幼鸟在下面拉帮结伙，四处奔跑。老鸟发现了我，便从幼鸟身旁飞开，围着我周旋起来，越转越近，在四五英尺处，假装折翅瘸脚，诱使我注意，让她的孩子趁机溜掉，那时，幼鸟们已发出细细的、尖尖的鸣叫，按她的计谋，排成一队跑过池沼。有时我听到幼鸟尖细的叫声，却看不到母鸟身在何处。斑鸠也在泉水边蹦来蹦去，或在我头顶上的巨松的枝丫间跳来跳去。而褐红的松鼠从最近的枝丫盘旋而下，对我既好奇又热乎。用不着在山林风光之处坐多久，便看见它的各类成员依次粉墨登场，对你献艺。

蚁群大决战

森林并非总是一片歌舞升平的和平景象，我还是一场战争的见证人。一天，我出门到我的木柴堆去，更准确地说，堆树根之处。我瞥见两只蚂蚁，一只红的，另一只是黑的，后者比前者大得多，差不多有半英寸之长。两只蚂蚁缠斗不已。一交上手，谁也不退却，推搡着，撕咬着，在木片上翻滚起伏。放眼远望，我惊叹不已，木柴堆上到处都有这样奋力厮杀的勇士，看来不是单挑决斗，而是一场战争，两个蚂蚁王国的大决战。红蚂蚁与黑蚂蚁誓不两立，通常是两红对一黑。木柴堆上都是这些能征善战的弥尔弥冬军团。地上躺满已死和将死者，红黑混杂一片。这是我亲眼看见的唯一一场大决战，我亲临激战的中心地带。相互残杀的恶战啊，红色的共和党和黑色的帝王派展开你死我活的拼杀，虽没听到声声呐喊，但人之战却从未如此奋不顾身。

在一束阳光照射下的木片"小山谷"中，一对武士相互死死抱住对方，现在正是烈日当空，它们准备血拼到底，或斗到魂归天国，或斗到红日西沉。那精瘦的红色斗士，像老虎钳一样紧紧咬住死敌的额头不放。尽管双方在战场上翻来滚去，但红色斗士却一刻不停地噬住对手的一根触须的根部，另一根触须已被咬断。而胖大的黑色斗士，举起对手撞来撞去。我凑近观战，发现红蚂蚁的躯体好些已被咬掉，它们比斗犬厮杀得更惨烈。双方都不让分毫，显然他们的战争信念是"不战胜，毋宁死"。

在小山谷顶上出现一个荷戟独彷徨的红蚂蚁，它看来斗志正盛，不是已击毙一个对手，就是刚刚投入战场，大概是后者，因为它没有缺胳膊少腿。它的母亲要它举着盾牌凯旋，或者躺在盾牌上由战友抬回故里。也许它是阿喀琉斯一般的猛将，独自在热火朝天的战场外生闷气，现在来救生死之交的帕特洛克罗斯了，或者为这位不幸战死的亡友来报仇雪恨，它从远处瞅见这场势不均力不敌的搏斗——黑蚂蚁比红蚂蚁庞大近一倍——便驰奔过来，离开那对生死之搏的战斗者约半英寸远，看准战机，奋不顾身地扑向黑武士，一下咬住对方的前腿根，不管对手会在自己身上哪一块反咬一口。三个战斗者为了生存黏一起，好像已产生出一种新的粘胶剂，让任何锁链和水泥相形见绌。

这时，如果看到它们各自的军乐队，在各方突起的木片上排成方阵，威武雄壮地高奏国歌，以振奋前仆后继的前线将士，激励起那些奄奄一息的光荣斗士，我不会感到诧异。我自己也是热血沸腾，仿佛它们是人。

你越深究下去，越觉得它们与人类并无两样。暂且不谈美国历史，起码在康科德的地方史志中，一定没有一场战争能与之并驾齐驱。无论投入的总兵力，还是所激发的爱国主义和英雄主义，都无法相提并论。就双方参战数量和惨烈程度，这是一场奥斯特利茨大决战，或鏖兵于德累斯顿的大血战。嘿！康科德之战！爱国志士死了两个，而路德·布朗夏尔受了重伤！啊，这里的每一个蚂蚁都是一个波特林克，大呼着："开火，为上帝而战。开火！"千百个生命像戴维斯和胡斯曼一样杀身成仁。没有一个雇佣兵，我不怀疑，它们是为真理而斗争，正如我的父辈一样，并非为了区区3便士茶叶税的缘故，当然，这场决战对双方来说是何等重大，将载入史册，永志不忘，犹如我们的邦克山战役一样。

我特别关注3位武士的混战，便把它们决战其上的木片端进小木屋，放在我的窗台上，罩上一个反扣的玻璃杯，以观战况。我用放大镜观察最初提到的红蚂蚁，看到它狠狠咬住敌方的前腿上部，且咬断了对方剩下的触须，可自己的胸部却给黑武士撕开了，露出了内脏，而黑武士的胸甲太结实，无法刺穿。这痛苦的红武士暗红的眸子发出战争激发出的凶光。它们在杯子下又缠斗了半小时，当我再次观战时，那黑武士已使敌人身首异处，但那两个依然有生命的脑袋，挂在它身体的两侧，犹如悬吊在马鞍边的两个恐怖的战利品，两个红蚂蚁头仍死咬住不放。黑蚂蚁微弱地挣扎着，它没有触须，且剩下的唯一的腿也已残缺不全，浑身伤痕累累，它用尽力气要甩掉它们。这件事半小时后总算完成。我拿起罩杯，它一瘸一拐爬过窗台。经过这场恶战，它能否活下来，能否把余生消磨在荣军院中，我并不清楚。我想以后它不能再挑起什么重担了。我不清楚谁是胜利的一方，也不知大战的起因。但因目击这一场大血战，而整天陷入亢奋和失落的情绪之中，就像在我的大门前经过了一场惊心动魄的战争。吉尔贝和斯宾塞告诉我们，蚂蚁战争长久以来就受到人们的敬重，彪炳史册，战争的日期也有明确的记载，尽管据他们声称，近代作家中大约只有胡贝尔曾考察了蚂蚁大战。"依尼斯·薛尔维乌斯，"他们说，"对发生在一棵梨树树干上的蚂蚁大战有过描述，这是一场大蚂蚁对小蚂蚁的难度极大的攻坚战。"之后他们加上注解——"'这场苦战发生在教皇尤琴尼斯四世治下，目击者为著名律师尼古拉斯·毕斯托利安西斯，他的记录忠实可信。'另有一场规模相当的大蚂蚁和小蚂蚁之战由俄拉乌斯·玛格纳斯记录在案，结果蚂蚁以弱胜强。据说战后它们掩埋了自己的烈士，让大蚂蚁的尸首曝尸荒野，任飞鸟去啄食。这场战争发生于残暴的克利斯蒂安二世被逐出瑞典之前。"至于我目睹的这场大决战，发生于总统波尔克任内，时间在韦伯斯特制订的逃亡奴隶法案通过前5年。

回到林中的猫

有一头乡间常见的那种牛，行走不便，只适宜于在堆粮草的地窖中去追赶乌龟，现在却拖带它笨重的身躯到林中撒起欢来，它的主人对此一无所知，它拱一拱老狐狸的洞窟，嗅一嗅土拨鼠的小穴，一无所获。大概是些精瘦的恶犬在给它引路，恶犬们在林中敏捷地窜东窜西，林中鸟兽对这帮恶犬望风而逃。现在老牛已被那帮向导远远甩在后面，老牛引颈向树上的松鼠狂吼，那些松鼠躲在树上正定定地观察它，老牛困难地挪动身子，缓缓跑开，那笨重的身躯把树枝都挤弯了，它自以为在追逐一些慌不择路的鼠类。

有一次，在湖边的石岸上，我惊奇地看见一只猫在散步，它们很少会跑到这么远的地方来。我和猫都很惊奇地看着对方。然而，就是一天到晚慵懒地趴在波斯地毯上的最温驯的猫，一溜到森林就像回到了故乡，就她狡黠而又隐秘的举止而言，她比常住林中的禽兽更有野性。有一次，我在林中拣浆果，邂逅一只猫，她率领一群小猫，那些小猫全都未脱野气，像它们的母亲弓起背脊，向我凶恶地吐口水。在我移居林中之前几年，林肯郡靠湖最近的吉利安·贝克庄园内，有一只"长翅膀的猫"。1842年6月，我专程去探望她（我不能断定这只猫是雄还是雌，所以我采用通常称猫为女性的代名词），她已像往常一样，到村中觅食去了。据她的女主人称，她是一年多前的4月间来到这里，在宅子附近徘徊，后来女主人收养了她。全身深棕灰色的猫毛，喉部有白斑点，四只白爪，尾部蓬大，毛茸茸如狐狸。一到冬天，全身的毛浓密起来，披垂下来，形成了两条10至15英寸长，2.5英寸宽的毛带，她的嘴巴下面像挂着一个暖手筒，上面的毛发蓬松，下面像毯子一样绞在一起，春天来了，这些冬季挂在身上的棉被就掉落了。主人送了我一对她的"翅膀"，我至今还保存着。翅膀外面好像并没有膜。有人认为这猫的祖上有一个是飞貂，或别的什么禽兽，这并非不可能，据动物学家说，貂和家猫通婚，会产生许多变种。如果我能拥有这样的一只猫，我会很兴奋，为什么不呢？既然诗人的马能生出彩翼，为何他的猫就不能拥有一对翅膀？

潜水鸟之戏

潜水鸟（学名 Colymbus glacialis）像以往一样又来了，在秋天的湖里换毛和洗浴。黎明，我还没起床，林中已回荡起他那潇洒奔放的狂笑。一听到潜水鸟来到湖上，群集于磨坊水闸的业余猎人们全都开始向新的狩猎中心转移，有的坐马车而来，有的步行而来，三三两两，背着猎枪，挎着子弹，胸前挂着望远镜。他们犹如秋风中秋叶簌簌，穿过林中，一只潜水鸟起码有 10 个猎手在围猎。有的在这边湖岸观察，有的在另一边湖岸窥视，这可怜的鸟不可能四处露面，如果他从此处深潜下去，就必然从那边浮水上来。

　　但慈爱的 10 月让秋风乍起，吹得秋叶飒飒作响，吹皱一泓秋水，猎手再也听不清鸟鸣，再也看不清鸟的身影。虽然鸟儿的对头们用望远镜在湖面望来望去，枪声轰鸣，山野震荡，鸟儿踪影全无。碧波涌起，惊涛拍岸，他们与水禽同仇敌忾，我们的业余猎人只好空手而返，重操旧业，不过，他们干起正当活计倒是手到擒来。天色微明，我到湖上提水，我常看见这种帝王气象的潜水鸟缓缓驶出我的小港湾，相距不过数杆。如果我想坐船追逐去观察他的话，他就潜入水底，再也不见踪影，有时下午才露出水面。可是他停在水面，我还是有法可想的。他常常在一阵滂沱大雨中飞离湖面。

　　在 10 月一个静极了的午后，我沿北岸划行。这样的日子，潜水鸟会像乳草上的绒毛在湖上漂游。我放眼四望，不见潜水鸟，忽然有一只从湖岸下来，向湖心游去，离我仅有几杆，一阵大笑，拉住了我的视线。我划船追击，他一下子潜入水中，又重新浮出水面时，我已更靠近他了。他再次潜入水中，这次我对他的去向猜得南辕北辙，他再次浮出水面，已有 50 杆之远。这样的距离是我自己的错误弄成的。他长长地大声讥笑起来，这笑得当然合情合理。

　　他如此敏捷灵活，我无法靠近到五六杆之处。每一次，他浮出湖面，便四处瞭望，观察湖面和湖岸。显然他在选择行进路线，以便浮起来时正是在湖的最中间，又是离船最远处。令人赞叹的是，他判断迅速，立马施行，一下把我诱入湖水最深处，我却不能把他赶到湖湾去。他的脑子正在思索着，我则揣测他在动什么脑筋。这是一场美妙的游戏，在宁静的湖泊上，一人一鸟展开较量。他总是在你的船舷下面神出鬼没。糟糕的是，当我判断他应在此处露面，他却在彼处出现。显然他是从船底穿过。他运气真长，不知疲惫为何物，他游到远处，又马上潜入水下。

　　任何人的理智都无法相信，在波平如镜的水面下，他能在如许深

最后冬天气喘吁吁地赶来了。

的湖底犹如鱼一样泅泳，有能力、有时间到湖的最深处去探访。据称在纽约湖中，湖水下 80 英尺处，潜水鸟曾被钓鲑鱼的钩子钩住。但瓦尔登湖就深邃得多了。我想水中的鱼儿一定惊叹不已，从上面世界下来的这个不请自来的家伙居然能在它们中间来去自如！看来他的水性极好，水下行动与水上一样良好，而且在水下泅泳异常迅捷。

有一两次，我看到他即将浮出水面激起的水花，他脑袋在水面探一下，马上又潜下去。我猜测他下一次浮出的地方，便停桨观望。但一次又一次，我朝一个方向把秋水望穿了，他却在背后怪笑一声，吓我一跳。他为何如此狡狯地耍弄我之后，一钻出水面就开怀大笑，暴露自己呢？他白色的胸脯够明显了，肯定是自鸣得意的呆鸟。我通常能听见他出水的声音，所以能了解他在哪里。这样玩了一个小时的游戏，他仍生龙活虎，兴致盎然，不减当初，游得比开头还远。他蹿出水面，庄严地游来游去，胸羽仍整整齐齐，他是在水下就用脚蹼抚平了胸羽。

他通常笑起来像魔鬼大笑，但还是有点水鸟特有的叫声。但有时，他甩下了我，在很远处露出水面，就发出一声长长的啸叫，比起其他的鸟叫，他的声音最像狼嗥，犹如狼群杵地而嗥的声音。这是潜水鸟的鸣叫，如此狂放不羁的声响在瓦尔登湖还从未有过，整个山林都震撼了。我想他是用笑声在讥笑我枉费精力，为自己诡计多端在自鸣得意。

此时天空阴森，湖面寂静，我看他从水中浮出，却未听到任何声响。他浑身雪白，水面平静，没有一丝风儿，这一切对他不妙。最后他在离我 50 杆处，长长地一声啸叫，好像呼唤潜水鸟的神灵保佑他似的，瞬间从东方刮来一阵大风，湖水翻涌，天地一一笼罩在雾雨朦胧之中。我感到，大概潜水鸟的祷告获得了他的上帝的垂怜，他的神灵对我感到讨厌，于是我驶离了他，任他在波涛间翱翔远去。

在落叶满天的秋日里，我经常待上几个小时，观看野鸭怎样机灵地在波浪中出没，躲开猎人，始终不离湖心。这套谋略，在荒凉的路易斯安那湖汊地带就完全用不着了。它们有时不得不从湖面飞走，在极高处不停盘旋，犹如天空的黑色斑点。它们处于如此高度，肯定能看到其他湖泊和长河。当我以为它们迁移他处时，它们却疾驰而下，飞行约 1/4 英里，降落在湖面静僻之处。它们飞到瓦尔登湖来，除了安全、安静，是否还有其他缘故？我不太清楚，或许它们也爱这片湖光山色，理由和我移居湖畔没什么两样吧。

温
暖
的
木
屋

秋末觅果

10 月里，我到河边草地采摘葡萄，满载而回，我欣赏葡萄的颜色和芬芳，并不只是为了品尝它的甘甜。在那里，我也赞赏覆盆子，那小小的蜡宝石垂悬在草叶上，红艳艳地放着晶莹的光泽，我却并不采摘它们。农夫用耙收集它们，平整的草地变得乱糟糟的，他们只是漫不经心地用蒲式耳和美元来计算，把草地上的劫获出卖到波士顿和纽约，命定了制成果浆，以满足那里的野果子爱好者的口腹之欲。同样地，小贩们在草地上到处耙野牛舌草，不顾那被撕伤了和枯萎了的植物。光灿灿的伏牛花果也只供我眼睛去鉴赏。我只稍微采集了一些野苹果，拿来煮了吃，这地方的业主和旅行家还没有注意到这些东西呢。

栗子熟了，我藏了半蒲式耳，为冬天做好准备。这样的季节里，徜徉在林肯郡一带一望无涯的栗树林中，真是兴高采烈。现在，这些栗树却长眠在枕木之下了。那时我肩上扛了一只布袋，手中提了一根棍棒，来敲开那些有芒刺的果子，因为我总等到不到霜降之时，在枯叶碎裂声中和赤松鼠跟鹣鸟聒噪的责怪声中漫游，有时我还偷窃它们已经吃了一部分的坚果，因为它们所选中的有芒刺的果子中间，一定有一些是较好的。偶尔我爬上树，去摇撼栗树，我屋后也长有栗树，有一棵大得几乎把我的房屋盖得严严实实。开花时，它是一个巨大的花朵，四处都飘满了它的芳香，但它的果实大部分却给松鼠和鸫鸟吃掉了。鸫鸟一大早就成群结队地飞来，在栗子落下来之前先把它从果皮中啄出来。这些树我让给了它们，自去找寻远处的栗树林。这种果实，我看可以作为面包的优良替换品。也许还可以找到别的许多种替换品吧。

有一天我挖地找鱼饵，发现了成串的野豆（Apios tuberosa），是土著人的土豆，一种怪怪的食品。我不禁奇怪起来：究竟我有没有像他们告诉过我的，在童年时代挖过、吃过它们？何以我又不再梦见它们了？我常常看到它们的皱皱的、红天鹅绒似的花朵，给别的植物的梗子支撑着，却不知道便是它们。耕田耕地差不多让它们绝种了。它有甜味，像霜冻后的土豆，我觉得煮熟着吃比烘烤着吃更好。

这种块茎似乎是大自然为以后的时代预备的，将来会有一天，它就要在这里简朴地抚养自己的孩子，就用这些来喂养它们。目前崇尚膘肥体壮的耕牛，麦浪翻滚的田地。在这种时代里，卑微的野豆便被人遗忘了，顶多只有它开花的藤蔓还能看到，曾经有一度，它还是印第安部落的象征呢。其实只要让狂放不羁的大自然重新在这里统治，那些柔弱而富贵的英国谷物说不定就会在无数仇敌面前消灭殆尽，而且不要人的帮助，乌鸦会把最后的一颗玉米种子再送往西南方，到印第安之神的大玉米田野上去，据说以前它是从那儿把种子带过来的。那时候，野豆这现已几乎灭了种的果实或许春风吹又生，并且四处扩张繁殖，不怕那霜冻和蛮荒，证明它自己是土生土长的，而且还要恢复古代作为游猎部落的一种主要食品时的那种重要地位和尊严。必定是印第安的谷物女神或智慧女神发明了它，而后赐予人类的。当诗歌的统治在这里开始时，它的叶子和成串的坚果将在我们的艺术作品中得到体现。

黄蜂过冬

9月1日，在湖对岸一个伸入水中的岬角上，我看到两三株小枫树的霜叶红透了，它的上方耸立着三棵枝杈纵横的白杨树。啊！它们的颜色倾诉着如歌的往事。慢慢地，一个又一个星期，每株树的个性都显露了，它临水鉴照着湖中水镜里自己的丰姿。每个清晨，这一荒野画廊的经理大人取下墙上的旧画，换上一些新的画幅，新画更明艳，或者色彩更亮眼，清新恬静，迥异尘世。

10月中旬，黄蜂飞到我的木屋来，有几千只，好像是来过冬的，住在我的窗户里边，我头顶上方的墙上，有时还把访客吓跑了呢。每天早晨都冻僵几只，我就把它们扫到外边，但我不愿意麻烦自己去赶走它们。它们肯惠临寒舍避冬，我真是不胜荣幸之至哩。虽然它们跟我一起睡，但从来不严重地触犯我。逐渐地，它们也消失了，我却不知道它们躲到什么隙缝中间，去躲避那冬天和难以言传的寒冷。

到11月，就像那些黄蜂一样，我在躲避冬天之前，也先到瓦尔登湖的东北岸去。在那里，太阳从苍松林和石岸上映照过来，成了湖上的一座火炉。趁你还能做到的时候，晒晒太阳，暖和暖和，这样做比生火取暖更加愉快，也更加干净。夏天像猎人一样从林子里走掉了，我就这样烘烤着它所留下来的还在发光的篝火。

建造烟囱

当我造烟囱的时候，我研究了泥瓦匠的手艺。我的砖头都是二手货，必须用瓦刀刮干净，这样我对砖头和瓦刀的性质有了超乎寻常的了解。上面的灰浆已经有 50 年历史，据说它愈久愈坚。就是这一种话，人们最爱以讹传讹，不管它们对不对。这种话的本身也愈久而愈坚了，必须用瓦刀一再猛击之，才能粉碎它，使一个自鸣得意的智叟不再言语。美索不达米亚的许多村子都是用从巴比伦废墟里拣来的质地很好的旧砖头造的，它们上面的水泥也许更老，也该更牢。但事实并非如此，不管怎么样，那瓦刀真厉害，用力猛击，丝毫无损于钢刃，简直让我吃惊。

我砌壁炉用的砖，都是以前一个烟囱里面的砖头，虽然并未刻上巴比伦大帝尼布甲尼撒的名字，我尽量拣。有多少就拣多少，以便减少工作和浪费，我在壁炉周围的砖头之间填塞了湖岸上的圆石，并且就用湖中的白沙来做我的灰浆。我为炉灶花了不少精力，把它作为木屋最要紧的一块。真的，我工作得很精细，虽然我是一清早就从地上开始工作的，到晚上却只垒起了离地不过数英寸高，我睡地板刚好用它代替枕头，然而我并没有睡成硬颈子，我的硬颈子是从前睡出来的。大约是这时候，我招待一个诗人来住了半个月，这使我腾不出地方来。他带来了他自己的刀子，我却有两柄呢，我们常常把刀子插进地里，这样来把它们擦得光亮。他帮我做饭。看到我的炉灶，整整齐齐，顽固坚强，渐渐升高起来，高兴得手舞足蹈，我想，虽说进展很慢，但据说这就可以更坚固些。在某种程度上，烟囱是一个独立建筑，脚踏坚实的大地，穿过屋子，升上天空。就是房子烧掉了，它有时候还屹然矗立，它的独立性和重要性是显而易见的。当时还是快近夏末。现在却是 11 月了。

北风已让湖水生凉，虽然还要不断地再吹几个星期才能结冰，瓦尔登湖太深了。当我第一天晚上生了火，烟在烟囱里畅通无阻，心里甜美异常，因为墙壁有很多漏风的缝隙，那时我还没有给板壁涂上灰浆。然而，我在这寒冷通风的房间内过了几个愉快的晚上，四周尽是些有节疤的棕色木板，而椽木是连树皮的，高高的在头顶上面。后来涂上了灰浆，我就格外喜欢我的房子。我不能不承认这样格外舒适。

人住的每一所房子难道不应该屋顶很高，高得有些朦胧之感吗？到了晚上，火光投射的影子就可以在椽木之上跳跃不休了。这种影子的形态，比起壁画或最昂贵的家具来，应该是更适合于幻觉与想象的。现在我可以说，我是第一次在我自己的房子里安享，第一次避风挡雨，并且温暖起来了。我还用了两个旧的薪架以使木柴脱空，当我看到亲手造的烟囱的背后积起了烟炱，我很欣慰，我比平常更加有权威、更加惬意地拨火。

固然我的房子很小，无法引起回声；但作为一个单独的房屋，和邻人又离得很远，这就显得空旷一点了。一幢房屋内应有的一切都集中在这一个房间内：它是厨房、寝室、客厅兼储藏室。无论是父母或孩子，主人或仆役，他们住在一间房子里所得到的一切，我统统享受到了。

卡托说，一个家庭的主人（patrem familias）必须在他的乡居别墅中，具有 "cellam oleariam, vinariam, dolia multa, uti lubeat caritatem expectare, et rei, et virtuti, et gloriae erit," 也就是说，"一个放油放酒的地窖，放进许多桶去防备艰难的岁月，这是于他有利的、有用的、荣耀的。"在我的地窖中，我有一小桶的土豆，大约两夸脱的豌豆，连带以它们为食的象鼻虫，在我的架上，还有一点儿米，一缸糖浆，还有黑麦和印第安玉米粉，各一配克。

巨屋之梦

我有时梦见一座较大的容纳众人的房屋，矗立在神话中的黄金时代中，材料经久耐用，屋顶上也没有浮华俗丽的装饰，可是它只有一个房间，一个阔大、简朴、实用而具有原始风味的厅堂，没有天花板，没有灰浆，只有光光的椽木和桁条，支撑着头顶上的较低的天棚——这是用来抵御雨雪的。

在那里，在你进门向一个躺卧的古代农神致敬之后，你看到桁架中柱和双柱架在接受你的致敬；一个空旷晦暗的屋子，你必须把火炬绑在一根长竿顶端，伸上头顶方能看到屋顶；在那里，有人可以住在炉边，有人可以住在窗口凹洞，有人睡在高背长椅上，有人躺在大厅一头，有人在另一端，有人——如果他们愿意——可以和蜘蛛一起住在屋梁上；这屋子，你一打开大门就到了里边，不必再拘泥形迹，完全可以放浪形骸；在那里，风尘仆仆的旅客可以洗尘、宴饮、闲谈、做梦，不须继续旅行；正是在暴风雨之夜你愿意到达的一间房屋，一切应有尽有，而凡是人所需要的都挂在木钉上；同时是厨房、餐厅、客厅、卧室、栈房和阁楼；在那里，你可以看见木桶和梯子之类有用的东西和碗橱之类的便利设备，你听到壶里的水沸腾着，你能向煮你的饭菜的火焰和焙你的面包的炉子致敬，而必需的家具和用具是主要的装饰品；在那里，洗涤物不必晒在外面，炉火不熄，女主人也不会生气，也许有时要你移动一下，让厨子从地板门里走下地窖去，而你不用蹬脚就可以知道你的脚下是虚是实。

这房子，像鸟窠，内部公开而且明显。你可以前门进来，后门出去，而不看到它的房客。就是做客人也可以享受房屋中的全部自由，并没有八分之七是不能擅入的，并不是把你关在一个特设的小房间中，叫你在里面自得其乐，实际是使你孤零零地受到囚禁。现在通常的主人都不肯邀请你到他的炉边去，他叫来泥瓦匠，另外给你在一条长廊中造一个火炉，所谓"招待"，便是把你安置在最远处的一种艺术。关于做菜，自有秘密的一套，好像要在你的碗里下毒似的。我只觉得我到过许多人的宅邸，很可能会给他们合理合法地轰走，可是我从不觉得我到许多人的什么家里去过。如果我走到了像我所描写的那种巨屋里，我倒可以穿了粗布土衣去访问过着俭朴生活的国王或王后，可是如果我进到一个现代宫殿里，我希望我学会那倒退出门的本领。

看起来，仿佛我们的高雅辞令已经失去了它的全部活力，堕落成无聊俗气的废话，我们的生命已经这样地背离了言语的指向，隐喻与借喻来得是那么的牵强附会，要用送菜升降机从下面送上来，客厅与厨房或工作场所隔得太远。甚至连吃饭也一般只不过是进食的比喻，仿佛只有野蛮人才跟大自然和真理比邻而居，能够向它们借用譬喻。远远住在西北的疆土或马恩岛的学者怎么知道餐厅里的沙龙式清谈是什么呢？

充当泥瓦匠

只有一两个宾客还有勇气跟我一起吃玉米糊。可是他们看严冬临近就立刻逃掉了，好像它可以把屋子都震坍似的。煮过那么多玉米糊了，房屋还是好好地站着呢。

我是直到天气真的很冷了才开始泥墙的，为了这个缘故，我驾了一叶小舟到湖对岸去取来更洁白的细砂。有了这样的交通工具，必要的话，就是旅行得更远我也是高兴的。在这期间，我的屋子已经四面都钉满了薄薄的木条。在钉这些板条的时候，我能够一锤就钉好一只钉子，这使我很高兴。我更雄心万丈，要熟练潇洒地把灰浆从木板上涂到墙上。

我记起了一个夸夸其谈的家伙的故事。他靓衣华服，常常在村里荡来荡去，指手画脚。有一天他忽然想用躬行实践来代替他的空口理论，他挽起了袖子，拿了一块泥瓦匠用的木板，放上灰浆，总算没出娄子，于是得意洋洋地望了望头顶上的板条，用了一个勇敢的动作把灰浆糊上去，马上丢人现眼，全部灰浆掉回他那华美的胸襟上。

我再次欣赏灰浆，它能这样简洁、这样便利地击退寒冷，它平滑又漂亮，我懂得了泥瓦匠会碰到怎样一些事故。使我惊奇的是，我在泥平以前，砖头那么饥渴地吸入了灰浆中的全部水分，为了造一个新的壁炉，我用了多少桶水。前一个冬天，我就曾经试验过，用我们的河流中学名 Unio fluviatilis 的一种贝壳烧制成少量的石灰。所以我已知道从什么地方去取得材料了。如果我高兴的话，也许我会走一两英里路，找到很好的石灰石，自己动手来烧石灰。

初次上冻

这时候，阳光照不到的背阴处和浅水湖湾中已经结起了薄薄的一层冰，比整个湖结冰早了几天，有些地方早了几星期。第一次结成的冰特别有趣，特别完美，因为它坚硬，发暗，晶莹，借以观察浅水地方的湖水，机会再好不过，因为在一英寸厚薄的冰上你可以躺下来，像水上的长足昆虫，然后惬意地研究湖底，距离你不过两三英寸，好像玻璃后面的画片，那时的湖水当然一直是平静的。

沙上有许多沟槽，若干生物曾经爬过去，又从原路爬回来。至于残骸，那儿到处是白石英细粒形成的石蚕壳。也许是它们形成沟槽的吧，因为石蚕就在沟槽之中，虽然单凭它们，那些沟槽又显得太宽大了。

不过，冰本身是最值得玩味的东西，你得利用最早的机会来研究它。如果你就在冻冰以后的那天早晨仔细观看它，你可以发现那些仿佛是在冰层中间的气泡，实际上却是附在冰下面的表层的，还有好些气泡正从水底升上来。因为冰块还比较结实，微微发暗，所以你可以穿过它看到湖水。这些气泡的直径大约从 1 英寸的 1/80 到 1/8，非常清晰而又非常华丽，你能看到你自己的脸反映在冰下面的这些气泡上。1 平方英寸内可以数出三四十个气泡来。也有一些是在冰层之内的，狭小的、椭圆的、垂直的，约半英寸长，还有圆锥形的，顶朝上面，如果是刚刚冻结的冰，常常有一串珠子似的圆形气泡，一个顶在另一个的上面。但在冰层中间的这些气泡并没有附在冰下面的那么多，也没那么明显，我常常投掷些石子去试试冰层的承受力，那些穿冰而过的石子带了空气下去，就在下面形成了很大、很明显的白气泡。

有一天，我过了 48 小时之后再去老地方看看，虽然那窟窿里已经结了 1 英寸厚的冰了，但是我看到那些大气泡还很满，我从一块冰边上的裂缝里看得很清楚。可是由于前两天温暖得仿佛小阳春，现在冰不再是莹澈透亮的，透出湖水的暗绿，看得到水底，却是不透明的，呈现灰白色，冰层已经比以前厚了一倍了，却不比以前坚固。热量使气泡大大扩展，凝集在一块，却变得不规则了，不再一个顶着一个，往往像一只袋子里倒出来的银币，堆积在一起，有的成了薄片，仿佛只占了一个细小的裂隙。冰的美感已经消失，再要研究水底已经来不及了。我很好奇，想知道我那个大气泡在新冰那儿占了什么位置，我挖起了一块有中型气泡的冰块，把它翻得底朝天。

在气泡的下面和周围已经新结了一层冰，所以气泡是在两片冰的中间。它全部是在下层中间的，却又贴近上层，扁平的，也许有点像扁豆形，圆边，深 1/4 英寸，直径 4 英寸。我惊奇地发现，就在气泡的下面，冰溶化得很有规则，像一只倒置的茶杯，在中间 5/8 英寸的高度，水和气泡之间有着薄薄的分界，薄得还不到 1 英寸的 1/8。在许多地方，这分界中的小气泡向下爆裂，也许在最大的那个直径 1 英尺的气泡底下完全是没有冰的。我恍然大悟，我第一次看到的附在冰下面的小气泡现在也给冻入了冰块中，它们每一块都不同程度地溶化、溶解着冰块，像凸透镜一样。溶冰爆裂有声，全是这些小气泡耍的把戏。

上冻记录

最后冬天气喘吁吁地赶来了。刚好我把墙泥完，那狂风就在屋子的周围嚎叫起来，仿佛它憋了很久，这时才大发淫威了。一夜夜，野鹅在黑暗中呼啸而来，悲号着拍动着翅膀，直到大地上已经铺了白雪，有的停在瓦尔登湖，有的低飞过森林，飞向义港，准备往南迁徙到墨西哥。好几次，夜里 10 点或 11 点光景，从村里回到了家，我听到了一群野鹅的走动声，要不然就是野鸭。在我屋后，它们踩在洼地边林中的枯叶上，在那里觅食，我还能听它们的领队低唤着急行而去。

1845 年，瓦尔登湖首次全面冻结是在 12 月 22 日的晚上，早十多天，费林治和其他较浅的湖沼早就全部冻上了。1846 年是 16 日那一夜冻的，1849 年大约是 31 日夜里，1850 年大约是 12 月 27 日。1852年，1 月 5 日；1853 年，12 月 31 日。

自 11 月 25 日以来，白雪已经在地面上积起来了，突然间，冬天的景象展现在我的面前。我越发深深地躲进我的小窝里，希望在我的屋子和我的心中都有一团火焰。现在我的户外工作便是到森林中去找枯枝，抱在我手中，或者放在肩膀上，把它们拿回来，有时还在左右两臂下各自挟了干枯松枝，把它们拖回家。曾经在夏令用作藩篱的茂密松树现在却够我拖的了。我用它们祭了火神，因为它们已经祭过土地之神。这是多么有趣的事，到森林中去猎取，或者说，去偷窃燃料，煮熟一顿饭菜！我的面包和肉食都很香。我们大部分的乡镇，在森林里都有足够的柴薪和废木料可以生火，可是目前它们却没有给任何人以温暖，有人还认为它们阻碍了幼林的发展。湖上还有许多漂浮着的木料。

夏天里，我曾经发现了一个苍松的木筏，是造铁路的时候，爱尔兰人钉起来的，树皮都还保留着。我把它们的一部分拖上了岸。已经浸过两年之久，现在又躺在高地有 6 个月，虽说还饱和着水没法晒干，却是最上等的木料。这个冬天里的一天，我把木头一根根拖过湖来，以此自娱自乐，拖了半英里路，木头有 15 英尺长，一头搁在我肩上，一头放在冰上，就像溜冰似的溜了过来；要不我就把几根木料用红杨的纤枝捆上，再用一枝较长的红杨或桤木丫枝钩住它，钩了过湖。这些木头虽然饱和着水，并且重得像铅，但是不仅经烧，而且火温度很高。我还觉得它们浸湿了更好烧，好像浸水的松脂，在灯里烧起来格外长久。

燃料问题

吉尔平在他的英格兰森林居民记录里面写道："一些人侵袭了土

地，在林中就这样筑了篱笆，造了屋子"，在"古老的森林法规中，这是被认为很有害的，而且要以强占土地的罪名重罚的，因为 ad ter-rorem ferarum——ad nocumentum forestae 等等"使飞禽恐惧，使森林受损。可是我比猎人或伐木工更关心野兽和森林保护，仿佛我自己便是护林官一样。假若它有一部分给烧掉了，即便是我自己不小心烧掉的，我也要大为悲伤，比任何一个林地主人都要哀痛得更长久，而且更无法安慰。

我希望我们的农夫在砍伐一座森林的时候，能够感觉到那种恐惧，好像古罗马人在使一座圣林（lucumconlucare）里的树木更稀疏些，以便放阳光进来的时候所感觉到的恐惧一样，因为他们觉得这片森林是属于一些神灵的。罗马人先赎罪，后祈祷，无论你是男神或女神，这森林是因你而神圣的，愿你赐福给我，给我的家庭和我的孩子们，等等。

甚至在当今时代，这新大陆上的森林也还是极有价值的，有一种比黄金更永久更普遍的价值，这真是很惊人。我们已经发明、发现了许多东西，但没有人能经过一堆木料而不为之怦然心动。它对我们非常宝贵，正如对我们的撒克逊和诺曼祖辈一样。如果他们是用它来做弓箭，我们则是用它来做枪托。植物学家米萧在 30 多年前说过，纽约和费城的燃料的价钱"接近于巴黎最好的木料的价钱，有时甚至于更加昂贵，虽然巴黎这座大城市每年需要 30 万考德的燃料，而且周围300 英里的土地都已砍伐过了"。

在本乡镇上，木料的价钱几乎日夜在涨，唯一的问题是今年比去年涨得多少。亲自到森林里来的机械师或商人，如果不是为了别的事情，一定是为了林木拍卖，甚至有人愿出很高的价钱来取得在砍伐者走了以后拣拾木头的权利。多少世代了啊，人类总是到森林中去找火炉和艺术的材料：新英格兰人、新荷兰人、巴黎人、凯尔特人、农夫、罗宾汉、戈底·勃莱克和哈莱·吉尔。世界各地的王子和乡下人，学者和野蛮人，都要到森林里去拿一些木头出来，生火取暖、煮饭。便是我，也肯定是少不了它的。

冬雪炊烟

　　每一个人看见了他的柴火堆都非常欢喜。我喜欢把我的柴火堆放在窗下，细木片越多越能够使我记起那愉快的工作。我有一柄没人要的旧斧头，冬天里我常常在屋子向阳的一面砍那些豆田中挖出来的树根。在我耕地时，我租用的马匹的主人曾预言过，这些树根给了我两次温暖，一次是我劈开它们的时候，一次是在燃烧它们的时候，可是再没有燃料能够发出更多的热量来了。正是如此。至于那柄斧头，有人劝我到村中的铁匠那里去锻一下，可是我自己锻了它，并用一根山核桃木给它装上柄，可以用了。虽然它很钝，但至少是修好了。

　　几块多油质的松木就是一大宝藏。不知道现在还有多少这样的燃料藏在大地的腹内。几年前，我常常在光秃秃的山顶上寻寻觅觅，那地方曾经耸立着一个大松林，我找到过一些油质的松根。它们几乎是不能毁坏的。至少三四十年的树根，芯子里还是完好的，虽然外表的边材已经朽烂了，那厚厚的树皮在芯子外边四五英寸的地方形成了一个环，和地面相齐。你用斧头和铲子去探索这个矿藏，沿着那黄黄的牛油脂似的、骨髓似的储藏，或者仿佛找到了金矿的矿苗似的，一直深入到地里去。通常我用森林中的枯叶来引火，那还是下雪以前，我在我的棚子里储藏起来的。把青苍的山核桃木精巧地劈开，那是樵夫们在森林中生篝火时所用的引火。每隔一阵，我也把这种燃料预备下一些。正如村中的袅袅炊烟一样，我的烟囱上也有一道浓烟喷溢出来，让瓦尔登湖的许多野性的邻居知道我是醒着的——

　　　　羽翅闪亮的轻烟，伊卡洛斯之鸟，
　　　　向上飞腾，翅散翼融，
　　　　默语而歌的云雀，启明星呀，
　　　　盘旋在村落群居的上空，那是你的家园；
　　　　或许你是了无痕迹的梦境，午夜幽灵之形。
　　　　飞升飘舞着千娇百媚的衣裙，
　　　　给夜星披上轻纱，让晨光柔和淡远，

将白日驱逐出境；快去吧，我的熏衣香，

从炉火中升天，

请求诸神宽恕这清亮的火焰与热情。

虽然我只用很少的、坚硬的、青郁的、刚刚劈开的树木，它却比任何别种燃料更适合我。有时在一个冬令的下午，我出去散步的时候，留下了一堆旺旺的火。三四个小时之后，我回来了，它还熊熊地燃烧着。我出去之后，房中还并不是空洞的，好像我留下了一个愉快的主妇在里面。住在那里的是我和火：一般说来，这位主妇真是忠实可靠。

然而，也有过一天，我正在劈木头，我想到我该到窗口去看看，这座房子是否着火了；在我的记忆中，就是这么一次，我在这事儿上突然焦虑奔涌而至，所以，我去张望了，我看到一粒火星烧着了我的床铺，我就走了进去，把它扑灭，它已经烧去了我手掌那么大的一块。

既然我的房屋处在一个这样阳光充足，又这样挡风的位置上，它的屋脊又很低，所以在任何一个冬天的中午，我都可以让火熄灭。

温暖出艺术

鼹鼠住在我的地窖里，每次要啃去三分之一的土豆，它们利用我泥墙以后还剩下来的麻绳和几张牛皮纸，做了它们的巢穴。因为就是最野性十足的动物，也像人类一样地爱舒服和温暖，也正因为它们是这样小心地保护自己，它们才能活过了一个冬天。

我有几个朋友，说话的口气好像我跑到森林里来，是为了要把我自己冻僵。动物只要在隐蔽的地方安排一张床铺，它以自己的体温来取暖；人却因为发现了火，在一个宽大的房间内把空气关了起来，把它弄得很温暖，不靠自己的体温，然后把这暖房做成卧室，让他不穿许多笨重的衣服就可以跑来跑去，在冬天里保持着夏天的温度，更因为有窗子，依然能邀入光明来，再用一盏灯火，就把白昼拉长。就这样，他超出了他的本能，一步或是两步，节省下时间用来从事纯粹的艺术。虽然每当我长久置身于狂风之下，我的全身就开始麻木，可是等到我回到了温暖如春的房屋之内，我立刻恢复了灵敏的意识，延长了我的生命。

　　就是住在最奢华的房间里的人在这方面也没有什么可以夸耀的，我们也不必费神去猜测人类最后将怎么毁灭。只要从北方吹来一股稍为凶猛一些的狂风，任何时候都可以结果他们的生命，这还不容易吗？我们往往用"寒冷的星期五"和"大雪"这种说法来计算日子，可是一个更寒冷的星期五，或更大的雪，就可以把大地上的人类彻底终结掉。

　　第二年冬天，为了节约起见，我用了一只小小的炉灶，因为森林并不属于我。可是它并不像壁炉那样能让火焰保持旺盛，那时候，煮饭多半不再是一个诗意的工作，而只成了一种化学反应的过程。在用炉灶的日子里，大家很快都忘记在炉灰中像印第安人似的烤土豆了。炉灶不仅占地方，熏得房间里一股烟味，而且看不见火，我觉得仿佛失去了一个伴侣似的。你常常可以在火中认出一个面孔来。大地上的劳作者，在晚上凝望着火，常把白天蓄聚起来的混乱而粗浅的思想，都放到火里去粗取精。可是我再不能坐着凝望火焰了，有一位诗人的直指人心的诗句让我生出许多感触：

　　　　决不要拒斥我，清亮的热情之火，
　　　　哦，亲爱的生命幻象，缱绻的柔情，
　　　　为何我的希望向上升腾得如此灿烂？
　　　　为何我的命运在夜中如此百折低回？
　　　　为何艺术会从炉边和大厅里放逐出去？
　　　　而人们都那么欢迎和挚爱艺术。
　　　　难道他们的存在，对我们日常生活的光芒而言，
　　　　过于奇妙精美？究竟是谁迟钝无趣？
　　　　这光亮的语言闪烁其词，微言大义，
　　　　与我们的灵魂情投意合？或谜底过于无耻？
　　　　好了，我们现在安适、强健，
　　　　因为我们坐在炉边，没有幽灵掠过，
　　　　那里既无欢乐又无悲伤，
　　　　只有一团火焰温暖手与脚——夫复何求？

这简洁实用的浓厚惠施，
现在人们可以安坐和就寝，
不用畏惧阴暗之处徘徊的幽魂，
只与老树的火花喁喁低语。

前代居民；冬日访客

前代小径

我体验了几场愉快的暴风雪，在炉边度过几个快乐的冬夜，那时，雪花在屋外狂冲乱舞，连猫头鹰的叫声也被呼啸声湮没。有好几个星期，我在散步时除了碰到那些偶尔来伐木并用雪橇把木头运到村里去的人外，谁也没遇到。不过，大自然的力量却帮助我在林中最深的积雪里辟出一条路来，因为我一走过，风就把橡树叶吹进我踩出的小径，树叶铺在那里，吸收阳光，使雪融化，这样，不仅我的脚可以踩到干燥的树叶上，而且在夜里，树叶形成一条黑线，还可以为我指路。

谈到与人交往，我眼前禁不住浮现出这一带林中以前的居民。在许多乡民的记忆中，我房子附近的那条路上，曾回荡着林中居民的闲谈和笑语，道路周围的树林里，他们的小花园和房屋到处点缀其间，尽管当时道路周围的森林要比现在密集得多，我自己也记得在有些地方，松树会同时刮擦一辆轻便马车的两侧。不得不只身从这条路步行去林肯镇的女人和小孩都畏缩不安，大部分的路程他们常常是一路跑过去的。尽管这条路只是一条通往邻村的简陋小径，或者只是伐木工走的小道，但是道路变化多端，曾给旅行者带来比现在更大的乐趣，

203

而且在他们的记忆中存留更久。现在在那地方有一整片空旷的原野，从村子一直延伸到林中，当时道路在那地方穿过一片枫林沼泽，路基是原木做的，毫无疑问，残留的原木仍然筑成今天这条尘土飞扬的公路的基础，这条公路从斯特拉顿家——现在的济贫院——一直通到布里斯特山下。

黑人男女

卡托·英格拉哈姆曾住在我的豆田东面，在那条路的对面。他是康科德乡绅邓肯·英格拉哈姆老爷的奴隶，邓肯为他的奴隶建了一间房子，并允许他住在瓦尔登山林里。我讲的这个卡托不是尤蒂森的那位，而是康科德的那位。有人说他是几内亚黑人。有几个人还记得他在胡桃林中拥有一小块属地，他的胡桃林是为他养老用的，但最后还是被一位年轻的白人投机家买下了。不过，他现在也是住在一间同样狭窄的房子里。卡托那个残留一半的地窖还在，不过由于周边围着松树，旅行者看不到它，所以知道这个地窖的人寥若晨星。现在这里长满了黄栌树（Rhus glabra），黄色紫苑（Solidago stricta）最古老的一个品种也在那里长得很茂盛。一个黑女人济尔发的小屋就在我豆田的拐角离镇较近的地方，她在小屋里织细麻布卖给乡民，她边织边唱。她的嗓音洪亮悦耳，整个瓦尔登森林回荡着她女高音的歌声。最后，在1812 年的战争中，她不在家里，她的小屋被英军士兵——一群获假释的战俘放火烧了，她的猫、狗和母鸡全都被烧死了。她过着十分艰苦、近乎是非人的生活。有位以前常到这片森林里的人还记得一天中午，当他经过她的小屋时，听见她对着扑扑作响的水壶絮絮低语："你们全是骨头，全是骨头！"在那里的橡树林间我还看到一些砖头。

顺路而下，在右边布里斯特山上，布里斯特·弗里曼曾住在那里，他是一个"心灵手巧的黑人"，当过乡绅卡明斯的奴隶。布里斯特培植的苹果树仍长在那里，现在已经又高大又茂盛了，可是其果实在我吃起来仍是一种野生苹果味。不久以前，我在旧林肯墓地看到他的墓，有点歪斜，靠向几个无名的英军士兵的墓，这些士兵是在从康科德撤退时战死的。墓碑上他被称作"西皮奥·布里斯特"——人们曾称他为西比奥·阿非利加努斯——"一个有色人种"，似乎他的肤色已经变淡了。墓碑上一个十分醒目的位置告诉我他去世的时间，这只不过是以间接的方式告诉我他曾经活在世间。他那位殷勤好客的妻子芬达和他长眠在一起，她替人算命，不过很讨人喜欢，她高大、肥胖、黝黑，比任何夜间生的孩子都黑，如此黑油油、圆胖胖的肉球在康科德是绝无仅有的。

被焚的布里德小屋

从布里斯特山再往下走，往左边的林中老路上还有斯特拉顿家宅的废墟。他们家的果园曾经盖满整个布里斯特山坡，但果树早都被北美油松消灭了，只剩下几根树墩，其老根上又长出许多枝繁叶茂的野生小树丛。

走到离镇子更近些的地方，在道路的另一边，就在森林的边缘，你会看到布里德那一带，那地方因一妖魔作祟而出名，这个妖魔尚未单独名列古代神话，他在我们新英格兰的生活中扮演了一个惊骇莫名的角色，理应像其他神话人物一样，有朝一日让人给他写部传记。他先乔装成一个朋友或雇工来到你家，然后趁你不备就抢劫一空，将你全家杀得一个不留——号称新英格兰烈酒。但历史还不必把这里所发生的一切悲剧都写出来。多少让时间来冲淡悲剧色彩，给它们添上宁静愉悦的色彩。据说这里曾有一家小酒馆，但这个传说是最含糊不清，无可稽考的。那口井还是老样子，井水给旅行者以甘甜，使他的马重焕活力，那时，男人会在这里互致敬意、互相传递消息，然后又各奔东西。

布里德的小屋早就没人住了，但是仅在12年前，这间小屋还是完好的。小屋的大小和我的房子差不多。如果我没弄错，那是在一个总统大选之夜，几个顽劣的小孩放火把屋子烧了，那时我住在村子边上，正打起精神读戴夫南特的《根迪伯特》，那年冬天我为昏睡病烦恼不已。顺便说一下，我根本不知道是否应该把这种病看作是祖传的毛病，因为我有位叔叔会边刮胡子边进入梦乡，而且为了在安息日保持清醒，星期天他得在地窖里给马铃薯拔掉嫩芽。或者是由于我想一首不漏地读完查默斯的诗集所造成的恶果。我的神经简直无法忍受。正当我把头低垂到这本书上时，火警钟声响了。救火车赶紧朝那里开去，前面是一群男人和小孩在乱跑，我跑到最前面，第一个跃过了小溪。我们以为火灾是远在森林的南端——我们这些人以前都救过火——有时是谷仓、商店，有时是住宅，有时全都成了一片火海。有一个喊道："是贝克的谷仓。"另一个又以肯定的口气说："是科德曼家。"接着又一阵火花升到森林上空，好像屋顶塌了。我们都喊道："康科德人来救火呀。"马车狂奔疾驶，上面坐满了人，其余的人中说不定有保险公司的代理人，不管火灾在多远之外发生，他是一定要到场的。救火车的铃声不时在后面响着，越来越慢，越来越稳，后来人们都私下谈论说，跑在最后面的那些人就是放火报警的人。我们就这样继续往前跑，像一些真正的理想主义者，全然不顾耳闻目睹的事实，直到这条路的一个拐弯处，我们听到火焰的噼啪声，而且事实上感觉到了墙那边火焰的咄咄逼人，这才明白过来，哎呀！我们到了火灾现场。然而走到火边，我们的热情也降温了。

　　起初，我们还想把一池塘的水都泼上去；但后来决定还是让它烧吧，这屋子已经烧得那么多了，而且一文不值。于是我们就站在救火车旁，挤来挤去，用大喇叭来表达我们的意见，或者低声谈论世界上曾发生过的大火灾，包括马什科姆商店的那次大灾。我们私下想，要是我们能及时带着"桶"到那里，而且附近又有一口池塘的话，我们就可以把那次最终惨绝人寰的大火化为一次冲绝一切的大洪水。最后，我们什么坏事也没做便回去了——回去睡觉，去看《根迪伯特》。说到《根迪伯特》，序文中有一段关于机智是灵魂的粉饰的话——"大部分人不懂机智，正如印第安人不懂化妆一样。"对这段话我不敢苟同。

　　第二天晚上，大约在同一时间，我恰巧从那条路上走过田野，听到火场上有人低声喘息，黑暗中，我走近前去，发现了我所认识的那家人的唯一幸存者，他对家族的优点和缺点照单全收，只有他才关心这场火灾，这时他趴在地上，眼朝地窖墙那边，一边看着下面仍在冒烟的余烬，一边喃喃自语，这是他经常做的事。他整天一直在远处的河边牧场干活，自己一有时间就来看他祖辈和他自己青年时住过的家。

他依次从各个方面，各个角落注视地窖，身子总是要躺到上面，好像他还记得在那除了一堆砖和灰以外一无所有的地方有什么宝物藏在石头中间。房子已经烧掉了，他望着残余的东西。仅仅我的出现便意味着对他的同情，而且使他大感宽慰。

他尽可能地在黑暗中指给我看井被盖住的地方，谢天谢地，井是永远不会被烧掉的。他在墙边摸索了好久，找到他父亲砍来并装上的木桶升降装置，用手触摸着铁钩，或者叫 U 形钉，以把重物系在重的一端——这就是他所能抓到的一切，还要我相信那绝不是普通的"升降装置"。我摸了那东西，每天散步还注意到它，因为那上面悬挂着一个家族的历史。左边能看见井和墙边的丁香花，现在是一片旷野，纳丁和莱格罗斯曾在那里住过。但他们回到林肯镇去了。

林中比上述这些地方更远，在道路最靠近池塘的地方，陶匠怀曼拥有一块土地，他为乡亲们提供陶器，还留下子孙作为继承。经济上他们并不宽裕，他们在世时，只能勉强守住土地，治安官来收税，常常是白跑一趟，为了摆摆样子，"捎带走一些小东西"，我看过他的账目，那里是无物可取的。

仲夏一天，我正在锄地，一位运着一车陶器上集市的人在我田边勒住马，问我小怀曼的情况。很久以前这人向他买了一个陶匠用的转轮，很想知道他现在怎样。我曾在《圣经》里读到制陶的泥和轮子，但我从未想过，我们所用的罐子并不是以前的罐子完好无损地传下来的，或者是像葫芦一样长在某处的树上，而且我很高兴听说在我附近也有人从事这种极具创造力的艺术工作。

在我之前，这片森林里的最后一位居民是一位爱尔兰人，叫休·夸尔（我要是把他的名字写成科尔也行），他曾住在怀曼的住宅里，人们叫他夸尔上校。据传他曾参加过滑铁卢战役。如果他还活着，我就会要他把他打过的仗重新讲述一遍。他在这里的职业是挖沟。拿破仑去了圣赫勒拿岛，夸尔来到瓦尔登森林。

我所知道的有关他的事都是很凄惨的。他举止优雅，像个见过世面的人，而且谈吐很有修养。因患有震颤性谵妄症，他在仲夏还要穿大衣，他的脸是胭脂红色的。我到森林之后不久，他就死在布里斯特山脚的路上，所以我没有把他当作邻居来算。他的同伴都认为他的房子是"一座不吉利的古堡",因而绕道而行,在房子被拆除之前,我去看过。

在他凸出的床板上堆着他的旧衣服,那些衣服都被他穿卷了,看起来就像他本人躺在床上一样。壁炉上放着一根破烟斗,而不是喷泉边的破碗,喷泉不能作为他死亡的象征,因为他曾对我坦承,虽然他听说过布里斯特泉,但从未去过。地板上还撒满了全是污垢的纸牌,方块、黑桃和红心老 K 满地都是。那儿有一只行政官没抓到的黑鸡,羽毛黑得像午夜,静得连咯咯声都不发,在等着列那狐来捕猎,依然栖息在隔壁房间里,屋后隐约可见一座花园的轮廓。花园里曾种过东西,虽然现在是收获的时候了,可是由于可怕的震颤病时常发作,花园里从未锄过地。苦艾和叫花草在园里丰茂葱郁,末了,果实全都粘到我的衣服上。屋子后面有一块美洲旱獭的皮,刚刚张开,这是他最后一次滑铁卢之战的战利品,可是他现在再也不需要温暖的帽子或暖手筒了。

凭吊废墟

现在只有地上的一个凹坑可以标明这些住宅的原址,还有埋到地里的地窖石,那里向阳的草坡上还长着草莓、悬钩子、糙莓、榛树丛和黄栌;在原来是烟囱的那个角落,现在长着北美油松和多节的橡树,而在原来是门槛石的地方则有一棵馥郁芳香的黑桦在迎风招展。有时还能看见井坑,那里曾经有泉水涌流,现在只有干枯的野草。或者是最后一个人离开时,用一块石板将井盖住,上面还有草皮盖着,深埋在地上——居然把井盖起来!与此同时,人们会泪如泉涌的。

这里曾有过热闹的人类生活,他们当时也会以某种形式、方言或其他办法依次讨论过命运、自由意志和绝对感知,而现在这一切只剩下这些像被遗弃的狐狸洞一样的地窖和老洞。但我所能了解到的他们的结论便只是这个:"卡托和布里斯特曾经拔过羊毛",这差不多跟著名的哲学学派的历史一样富有教益。

门、门楣和门槛消失了一代人的时间之后,丁香花仍长得青葱水灵,每年春天都开出芳香艳丽的花朵,让沉醉花香的旅行者采摘。丁香从前是小孩在前庭培植的，现在长在墙边僻静的草地上，渐渐让位给新生的森林。那块狭长的地上最后一株丁香成了那个家族唯一的守护者。

那黝黑的小孩几乎没有想到，那枝只有两个芽眼的细小幼枝，经他之手插入屋后背阴处，每天浇水居然会生根发芽，比他们活得还要长久，比给他们遮阴的房子寿命还要长久，比大人们的花园和果园的寿命也更长久，而且这棵丁香树在这些小孩长大成人、去世以后半个世纪，向一个孤独的漫游者默默地叙述他们主人的故事——它们还是像在那第一个春天一样开出鲜艳的花朵，散发清甜的暗香。我还注意到它们那依然柔美、优雅明快的丁香花色泽。

可是这个小村庄，它让更多的东西得以生长，为什么它消失了，而康科德却能守住地盘呢？难道没有自然优势，难道享受不到绿水，真的？啊，深邃的瓦尔登湖，清凉的布里斯特泉，从这些地方他们可以长期享受甘甜的泉水，而这些人除了用水来掺和杯中的酒外，丝毫没有对它们进行改进。他们全都是口渴之人。难道编篮子、做马棚扫把、织席子、烘玉米、织细麻布、制陶器等生意都没有在这儿兴隆发达起来，使这荒野开出玫瑰一样的美丽花朵，让无数子孙后代来继承他们祖辈的土地？贫瘠的土地本来至少可以防止洼地退化的。可叹啊！几乎想不起这些人类的居民曾给这里的山水增光添彩！也许大自然又会重新尝试，让我来当第一位定居者，而我去年春天建的房子将成为这个小村落最古老的房子。

我不知道以前是否有人在我这块土地建过房子。千万别让我住在一个建在更古老的城市废墟之上的城市里，古树的宅邸已成废墟，花园已成为公墓，土地已经荒芜，受到诅咒，在这之前，大地本身已经摧毁。带着这样的幻象，我又让自己回到村中，同时让我自己静下来进入梦乡。

寻访冬鸟

在这个季节，我极少有客人来。积雪最深时，往往连续一个星期，或者两个星期，没有一个人会走近我的房子，但我在那儿却过得很安适，就像一只田鼠，或者像牛和鸡，据说它们埋在雪堆里，即使没有食物也会活得很久；或者是像本州萨顿城那家早期移居者那样，1717年的那场大雪把他的小屋全封住了，那时他不在家，一个印第安人只是凭烟囱冒出的气在雪堆中融出的洞才找到那间小屋，救出了他的家人。可是，没有友好的印第安人来关心我了，他也不需要来，因为房子的主人在家里。好大的雪啊！听到风雪声是多么快活！农夫们无法赶着马车到森林或沼泽去，不得不把屋前遮日光的树砍下，在地面冻硬时，他们就到沼泽去砍树，到第二年春天一看，他们是在离地 10 英尺的地方砍下树枝的。

积雪最深时，我常走的那条公路到我家的大约半英里的小道可以用一条蜿蜒曲折的虚线来代表，两点之间的空白不大。要是有一周不变的气候，我来回都走完全同样的步数，同样长的步伐，故意以两脚规那样的准确性踩在我自己深深的脚印上——冬天把我们约束在这样的老套套里，不过脚印里常常盛满天空的蔚蓝。但不管什么天气，都根本无法阻挠我散步，或者说阻止我出门，我常常在最深的积雪中踏雪 8 或 10 英里，去和一棵山毛榉，或者一棵黄桦，或是松林中的一棵老相识见面聊天。冰雪使它们的树枝下垂，这样使树顶变尖，把松树变成铁杉树的模样。我踏着差不多两英尺的积雪，爬到最高的山顶，每一步都在我自己头顶上摇下一阵暴风雪。有时候手脚并用，爬着、挣扎着向那儿前进，那时猎人都躲在家里过冬。

一天下午，我充满兴致地观察一只花斑猫头鹰（Strix nebulosa），在青天白日之下，它栖息在一棵白松下部靠近树干的地方，我站在离它一杆之远的地方。它可以听到我挪动踏雪的声音，但没法看清我，我发出的声音最响时，它会伸伸脖子，竖起颈上的羽毛，睁大眼睛。但它的眼皮很快又垂下来，而且开始点头打瞌睡了。观察半小时之后，我自己也感到昏昏欲睡，它就这样双眼半开地栖着，就像一只猫，可谓猫的有翅膀的兄弟。它眼皮之间只留下一条细小的缝，通过这个小缝和我保留着一种若即若离的关系，就这样半闭着眼从梦乡里向外看，极力想认识我这个模糊的物体，或者是阻碍它视线的黑斑。最后，由于声音更大了，或者我靠得更近了，它渐渐感到不安，在栖身的枝上缓缓地转个身，似乎因美梦被打断感到很不高兴，它展翅飞起，在松枝中摸索它的路，仿佛是用它敏感的羽翼在微光中摸索。它找到一个新栖息处，到那里它可以平安等待白天的到来。

我走过贯穿草地的一条长长的铁路堤道时，遇到了一阵阵怒吼着的凛冽寒风，因为只有在那里，风才可以肆虐横行。雪粒抽打我的一边脸颊，尽管我是异教徒，我还是把另一边脸颊转过来让它打。走从布里斯特山下来的那条马车道也不见得好多少。而我仍然要像一个温和的印第安人那样进城去，那时风会把宽阔的原野上的东西都吹到瓦尔登路两侧的墙垣之间，半个小时就足以把前面一位旅行者的足迹泯灭掉。

我回来时，又有新的雪堆形成，我在雪堆里跌跌撞撞往前走，在那里忙碌的西北风已经把路的一个急转岔口都堆满了粉状雪花，再看不见野兔的足迹，甚至于连田鼠的细小爪印也见不到。可即便在深冬，我还是能找到温暖又柔软的沼泽地，野草和美洲观音莲依然在那里长出四季常青的叶子，偶尔也看到几只傲寒而立的鸟在等待春天归来的脚步。

农民哲人

有时，尽管下雪，我晚上散步回来时，跨过伐木工踩出的深深脚印，脚印是我从门口出来的，我还是能在壁炉上发现一堆他削的碎片，屋里充满他的烟斗味。或者在某个星期日下午，如果我碰巧在家，我会听到一位长脸农夫的踏雪声，他从森林深处来到我家，寻求一点社交"兴奋"。他是少数几个务农为生的人，他自己做了一件长袍以取代教授的长袍，他讥诮教会和政府的那些道貌岸然的言论，就像从他的牛棚里拉出一车粪那样信手拈来。我们谈到了原始、淳朴的远古时代，那时在寒冷清新的天气里，人们围坐在大篝火旁，个个头脑清醒。没有别的点心吃时，我们就用牙齿去试许多聪明的松鼠早就不吃的坚果，那些壳最厚的坚果里面往往是空心无仁的。

从最远的地方，走过最深的雪，冒着最可怕的暴风雪来到我住所的是一位诗人。一个农夫，一个猎手，一个士兵，一个记者，甚至一位哲学家，可能会被吓倒。可是什么也吓不住一位诗人，因为他是为纯粹的爱欲所驱使的。谁能预见他的来去呢？为了创作，他随时都要出去，即便是在医生也要睡觉的时候。

我们在小屋里时而开怀大笑，时而以清醒的低语细谈，这样也可弥补瓦尔登山林长久的沉默。相形之下，此时连百老汇也显得寂静荒凉了。在适当的间歇，总要爆发出笑声，这也许是报偿已说出精辟之语的惬意，或者是预先酬劳将要说出的俏皮话。我们一边吃着一盘稀粥，一边创造出许多"标新立异"的人生哲理，这就是宴饮作乐的好处和哲思的清醒头脑结合在一起了。

先哲导师

我不会忘记，在我住在瓦尔登湖的最后一个冬天里，还有一位受欢迎的客人，有一次穿过村庄，冒着雨雪和黑夜，直到他透过树林，看到我的灯光，来和我共度几个冬日长夜。他是最后一批哲学家中的一员，是康涅狄格州把他献给世界的。他先兜售康涅狄格州的东西，后来宣布要推销他的大脑。他还在推销这些，抬高上帝，贬低世人，只有大脑才是果实，就像果仁才是坚果一样。我想他一定是世上人中最有信仰的人了。他的言语态度总是比其他人所熟悉的更好，随着时代的迁移，他应该是最后一位感到失落的人。目前他尚没任何入世活动。但是，虽然他现在不为人所知，等到时运来临，大部分人料想不到的法则将要大发神威，家长和君王就要来寻求他的看法——

面对澄明的尊者视而不见，可悲也！

他是人类真正的朋友，几乎是人类进步的唯一朋友。一个古风淳朴的老人，或者说一个神灵，不厌其烦，诚心诚意地把铭刻在人类心灵上的偶像解释明白，他们是神，但只是外表损坏、有点倾斜的纪念碑。他以殷勤的智慧拥抱孩子、乞丐、疯子和学者，接受所有人的思想，同时又常常使这种思想变得博大精深。我想他应该在世界的通都大衢上开一家旅馆，让全世界的哲学家都可以在那里生活，而在他的招牌上应该写上："款待人，不款待人的兽性。有闲情逸致，心胸宽广，想真诚寻找正路的人进来。"也许他是头脑清醒的人，在我所认识的人中最少奇想的人。昨天和明天，对他都一样。

昔日，我们一起闲游漫谈，全然把世界抛在脑后。因为他没有向世上的任何机构作过保证，他生来自由，胸襟坦荡。不论我们转向哪一条路，似乎天和地都连成一体，因为他让山水辉煌灿烂。一个穿蓝袍的人，他最合适的屋顶便是天空，星空映照着他的清朗。我看不出他如何会死，大自然是不忍让他逝去。

一些思想的木制标签如此干瘪无趣，于是我们就坐下来，试着用我们的小刀来刮削木板，同时赞赏木制标签里美国五叶松带着微黄的清晰纹理。我们轻轻而又虔诚地涉水，或者平和安详地走在一起，因此思想的鱼不会从溪中吓跑，也不怕岸上的钓鱼人，鱼儿快活地游来游去，就像飘过西天的白云，那珠母似的云有时在那儿形成，有时又散开。我们在那儿工作、考订神话，不时润色寓言，建立空中城堡，大地没有给城堡提供有价值的基座。

伟大的观察者！伟大的预见者！和他谈话是新英格兰之夜的一大乐事。啊！我们曾这样谈论过，隐士、哲学家，还有我提到的那个老居民——我们 3 人——谈得使我的小屋膨胀摇撼。我不敢说，在大气压之上，每一英寸范围要承受多少磅的重量，它裂开了缝隙，因此，后来得用许多乏味的废话来填塞，以防止泄漏——不过我已经储备足够多的那种麻絮了。

还有一个人，我曾在村中他的家里同他度过充实的时光，且久久不能忘怀。他也不时来看我，但在那里我就再没有人交谈了。

正如在别处一样，有时我也在那儿期盼着永远不会到达的客人。《毗湿奴往世书》说："黄昏时，屋主应当鹄立在院子里，须立挤完一头奶牛的工夫，如果他乐意，还可以呆更久，以等待客人的到来。"我常常履行这种好客的职责，我等的时间足以挤完整群奶牛，但却没有看见有人从城里走来。

213

过
冬
的
动
物

雪湖新路

当湖泊结上厚厚的冰层，不仅到许多地方去有了全新的坦途和捷径，还可以在冰层上放眼观赏那些熟悉的景象。我走在铺满冬雪、银装素裹的费林治湖上，虽然我春夏秋冬在湖面上荡过桨，在冰冻的湖面上溜过冰，但现在它变得如此广袤和新鲜，让我惊叹不已，它总是让我联想起巴芬湾。林肯郡的白象似的群山把这片苍茫雪景环绕起来，我仿佛以前从未到过这里，雾蒙蒙的雪原上远近莫辨，渔夫带着狼狗在雪中慢慢移动，犹如猎海豹的水手和爱斯基摩人，在这雾气茫茫的天气中，他们又好像远古的灵兽若隐若现，弄不清楚那里站立的是巨人还是侏儒。

傍晚时分，我总是顺着这条新路到林肯镇去听演讲，我的小木屋和演讲厅之间的道路再也不走，此间的屋子也不再经过。途中越过鹅湖，那里是麝鼠群居之处，它们的府邸耸立在冰层上，没有一只麝鼠在风雪中溜达。瓦尔登湖像其他几个湖一样，常常没有白雪铺盖，至多敷上了一层细雪粉，不久让风吹走了，它是我的小木屋的前庭，我在上面逍遥自在地散步，而其他地方积雪近 2 英尺，村民们给闭锁在村子的小天地里了。村外的道路，难得欣赏到雪橇上的铃声，我通常走起来跌跌撞撞，一走一滑一溜，仿佛走在宽阔平坦的鹿苑，到处耸立的橡树和肃穆的雪松，不是让积雪压得弯下了腰，便是悬挂着许多晶亮的冰柱。

猫头鹰之鸣

在冬夜里，白天也常常如此，我听到遥远的地方飘来凄凉而悠扬的猫头鹰的哀鸣，仿佛是用巧妙的拨弦片拨动这冰天雪地而发出的声音，它就是瓦尔登山林最显个性的土语。后来，我对它耳熟能详，虽从未看见猫头鹰引颈而歌的模样。冬夜，我推开门，很少不听到它"贺、贺呢、贺"的鸣声，洪亮清晰，特别是头三个音节，似乎是在发出"你好吗"的问候。有时它也只漫不经心地"贺、贺"两声。

初冬一个上冻的夜晚，湖水还未冻结实，约莫9点钟，突然门外传来一只野鹅的大叫声，吓我一跳，我走到门口，听到一群野鹅的拍翅声，像林中刮起了暴风雪，它们从屋子旁掠过，越过冰冻的湖面，向义港飞去，好像我的灯光惊扰了它们，领头的野鹅节奏铿锵地鸣个不停。突然间，我不会听错，就在我的附近，一只猫头鹰发出低沉而又抖动的声响，我在林中第一次听到这样的叫声，似乎要让从赫德森海湾远道而来的不速之客丢人现眼，它的音量更洪大，音域更宽广，它用方言俚语"贺、贺"地把它们赶出康科德上空。在我的夜晚里，你吵闹了我的城堡，这是为什么？你以为现在我已入梦乡，你以为我没有你那样的肺活量和嗓音吗？"邦——贺，邦——贺，邦——贺！"我初次听见这样让人毛骨悚然的怪腔怪调。然而你的耳朵如果辨识力强，会感到里面有某种和谐的存在，在这一带原野上从未见过，也从未听过。

我还听到湖上冰层的咳嗽声，湖在康科德是和我共眠于天地间的大块头，好像他躺在床上不太舒服，想翻个身，觉得肚子里有些胀气，并且噩梦连连。有时我听到冬夜酷寒把土地冻裂的响声，好像一群马车撞在我的房门上，清晨推门一看，大地赫然裂开一道口子，长1/4英里，宽1/3英寸。

狐狸的咒骂

有时我听到狐狸在冻月下，在雪野里跋涉，寻找鹧鸪或其他飞禽，叫声尖厉刺耳，犹如鬼魂在游荡，又像是林中的恶狗，它看来是忧心如焚，又像要说些什么，拼命想寻求光明温暖，想变成狗，在街道上来去自如。如果从时代进化来看，禽兽不也可能像人类一样，建立起某种文明吗？我觉得它们像远古的人类，住在洞穴中的原始人，时时思虑着，期待着自己的进化。有时，一只狐狸被我窗户漏出的灯光吸引，来到窗前，呜呜地叫了一声，向我发出一声狐狸的咒骂，然后急急溜走。

表演者红松鼠

黎明时分，通常是红松鼠（学名 Sciurus hudsonius）催我起床，它们在屋顶奔跑，在屋子的四面上蹿下跳，好像它们钻出林子来，就是为了吵醒我。雪天里，我抛撒出半蒲式耳半生不熟的甜玉米棒，它们滚落在门口的雪地里，我开始欣赏嗅着气味而来的各种禽兽的千姿百态，这让我兴致勃勃。黄昏和夜晚，兔子常常蹦跳而来，大饱口福。

红松鼠整天来来去去，它们的灵活滑稽让我开怀一笑。一只红松鼠开始审慎地以矮橡树丛为掩护，在雪地里从一个橡树丛蹿到另一个橡树丛，犹如一片被风儿戏耍的枯叶。它忽儿向一个方向百米冲刺，又向另一个方向飞速急跑，每次不超过半杆的距离。突然，它做了个让人喷饭的滑稽表情，停下脚步，毫无理由地翻了个跟头，仿佛天地间所有的目光都在看它作秀，因为一只松鼠的奔走，即使在林中最幽僻处，也像舞女一样，总有观众在看着它们。它们磨磨蹭蹭，迂回前进，浪掷了多少时光，如果笔直挺进，早已走完全程——我还从未看见过一只松鼠正儿八经地行走过——接着，你还未来得及喊来剧场的领座员，它突地跳上一棵小苍松的树尖，启动发条，咭咭呱呱詈骂一切想象中的观众，又像是如慕如怨、如诉如泣地自我独白，又像是在向天地发表演说——我完全不懂它在干吗，我想，它也未必知道。

最后，它终于来到了玉米旁，拣起一个玉米棒，还是曲曲折折地跳来跑去，蹦上我窗前堆起的一堆树根的顶峰，在那里它面对着我，一坐几个小时，时不时衔来新的玉米棒，起先如饕餮之徒大嚼一通，把啃了一半的玉米芯扔掉。后来它精熟起来，玩起玉米棒来，只吃一颗颗玉米，而它一只前爪举起的玉米棒忽然滚到地上，它便做出一副疑惑的滑稽相，低头看地上的玉米棒，好像要弄明白那玉米棒是否活的，决定是要捡起来，还是另外再拿一个，或者干脆溜掉。它时而看看玉米棒，时时听听风中传来的声音。

如此这样，这个荒唐的家伙一个上午就糟蹋了不少玉米棒，末了，它叼起最胖大的一根，比它块头还大，灵巧地拖起就走，好像一只老虎拖咬着一头水牛，仍是迂回曲折，走走停停，身手敏捷的它拖起这么个大家伙，仍是有点不匹配，玉米棒不断地掉下来，它把玉米棒斜吊着，决意带回窝中——一个少见的心性轻浮而又心神不定的小家伙——这样它把玉米棒叼进窝中，大概是四五十杆之外的一棵松树的顶冠上，事后，我看见玉米芯在林中被扔得满地都是。

鹡鸟、黑山雀

到了最后，鹡鸟也来了。它们身子未到，那生涩刺耳的叫声已先来了，它们从 1/8 英里以外小心翼翼地飞来，静悄悄地从一棵树展翅飞落到另一棵树上，向玉米棒一点一点靠拢，沿途啄起一些松鼠掉下来的玉米粒。然后，它们歇在一棵苍松的枝头，想一口吞下那粒玉米，但玉米粒太大，卡在喉头，难以呼吸，又费尽周折，把它呕了出来，用嘴喙啄个不停，希望啄碎它。这是一帮小偷小摸的家伙，我不太看得上它们。倒是那些松鼠，开始不好意思，之后就像拿自己的东西一样大大咧咧地扬长而去。

与此同时飞来了成群结队的黑山雀，啄食松鼠沿途撒下的屑粒。它们飞到最近的树枝上，用爪子钳住屑粒，用尖嘴敲啄，好像那是树上的一只只小虫子，把屑粒一直啄到碎得能让它们细小的喉管吞咽进去。一小伙黑山雀每天都到我的树根堆享受盛宴，或者拣食我门前的那些小屑粒，发出纤细急促的叮咚声，犹如荒草丛中冰柱的碰击声，或者"得、得、得"地引吭高呼，特别是在酷似初春的暖冬日子，它们在林子边发出夏日常有的"菲——比"弦拨乐。它们和我厮混得很熟了，以至于有一只黑山雀飞到我夹在臂下进屋的木柴上，洋洋自得地啄起细枝。有一次我在村中花园里干活，一只麻雀飞到我的肩上，停了一会儿，当时我感到，任何人披挂的肩章，都不如我这一次披挂的荣耀。后来松鼠熟得对我视而不见，偶尔寻捷径，从我的脚背践踏而过。

坚毅之鸟鹧鸪

大地还没有完全被白雪铺盖之前，或者严冬即将过去，南面的山坡和我的木柴堆上积雪开始溶化的时候，不管是清晨还是黄昏，鹧鸪都要从林中飞出寻找食物。不管你走到林子的哪一头，总有鹧鸪慌忙飞走，震落枯叶和枝丫上的积雪，雪花在阳光中纷纷扬扬，像金光闪闪的花粉。这种坚毅之鸟不惧酷寒，飘落的雪花常常把它们掩埋在雪层之下，据称"有时它们会一头栽进软软的雪中，待上一两天那么长的时间"。傍晚时分，它们振翅冲出林子，直奔野苹果林，去啄食因阳光照射绽起的花蕾，我在荒野中行走常常惊飞它们。每天日近黄昏之时，它们总是飞落到老地方的树上，而慧黠的猎手正隐藏在附近，那里邻近林子的苹果园也深受其扰。不管怎样，我为鹧鸪总是不会饿肚子而感到庆幸。它们以花蕾和露珠为生，它们是大自然纯正的鸟儿。

追猎抓狸

冬天灰蒙蒙的清晨，或一晃而过的下午，有时我听到一大群猎狗的猎猎声。整个山林回荡着它们的狂吠，它们控制不了追逐的冲动。同时我时不时听到猎手的号角，明白它们后面还跟着猎人。森林中，它们的狂吠声相互追逐、激荡，但并没有狐狸逃到湖边开敞处，也没有猎狗追赶它们的主人。有时落日西沉，我才看到猎夫，一根毛茸茸的狐狸尾巴拖在雪橇后面凯旋，寻找路边人家住宿。

他们向我传授真经，如果狐狸躲在冰冻的地洞里，它一定毫发无天空在我们头上，也在我们脚下。

伤，或者，它直线奔跑，没有猎犬能追得上它。但它一旦把追猎者甩得远远的之后，便停下来歇脚，侧耳倾听，当猎狗赶上来时，它再次起动飞奔，打了个大弯，回到老窝，但猎手正在此恭候。有时它在墙脊上飞跳几杆之后，突然飞跃到另一面墙上。

它似乎明白水不会沾染它的狐臭。有个猎人告诉我，一次他看见一只狐狸被猎狗追逐到瓦尔登湖冰层上，那时冰上融化出一层浅水，它转了个圈又回到岸上，猎狗来到湖上，再也嗅不到狐臊了。有时一大群猎狗相互追逐，奔到我的小木屋，冲过门口，绕着屋子疯转，一点不理睬我，狂吠大吼，如有狂疾，什么也挡不住它们的飞奔，优等的猎犬总是不顾一切，只管拼命追逐狐狸。

有一天，一个人从列克星敦镇而来，走到我的小木屋，打听他的猎犬猎人追蹑他猎犬巨大的足印赶了过来，他已追赶了一个星期了。他问我："你为何住在这儿？"当我把自己所知道的理由告诉他时，他不断地插话进来，我想我住在这里的理由，对他寻找猎犬并无好处。他丢失了一头猎狗，却发现了一个人。

有个言谈乏味的老猎手，每年湖水最温暖的时候，他就到湖中洗浴，这时他就到我的小屋来看我，有一次他和我谈起他的狩猎旧闻：

多年以前的一个下午，他扛着一支猎枪，在瓦尔登林中巡猎。走在威兰德小径上，他听到一只猎犬追吼的声音。突然一只狐狸飞跃过一堵墙，蹿到小径上，闪瞬之间，又蹿过了另一堵墙。他迅即开枪，却未击中目标。不久一头大犬和它的三只小犬高速奔来，自顾自地冲入密林去追赶狐狸。这天下午，已近黄昏，他在瓦尔登湖南面的丛林中歇脚，远远听到义港方向猎犬追逐的狂吠声，那个声音正向他靠近。狗吠声让整个林子轰鸣着，声音越来越近，先是威尔草地，再是贝克田园，他静静地倾听着，沉浸在追猎声的节奏和韵律之中，它们如此让猎者感到迷醉。

突然狐狸现身了，它轻捷地在林间穿梭，它的脚步声让富有同情心的落叶声遮掩了，它敏捷沉稳，利用地势，把对手抛在远处。现在它蹿到林中的一块岩石上，后腿站立，侧耳倾听，它的背正对着猎手，刹那间，恻隐之情油然涌上猎手的心头，但只是一瞬，他瞄准，扣动扳机，"砰"的一声，狐狸从岩石上滚落下来，躺在地上死去了。猎手站在原地，听着猎犬的吼叫，它们仍在拼命追赶，现在所有林中小径到处都回荡着它们的疯狂的吼叫。

最后大猎犬率先出现在猎手的视线里，鼻子嗅着地，像中了邪一样吼得空气直颤，直奔岩石而去。但看到死在地上的狐狸，它突然停止吠叫，仿佛给惊愕征服，一声不吭，围着死狐转了一圈又一圈，它的小犬一个接一个跟上来，像它们母亲那样，围着死狐转圈，在这令人迷惑不解的气氛中静默地打转。于是猎手走到它们中间去，猎犬们终于明白了这个难解的谜底。猎手剥下了狐狸皮，它们在一旁静静地待着，后来它们嗅着狐狸尾巴走了一阵，最后转头拐入林中走了。

这天晚上，一个韦斯顿的乡绅寻到这位康科德猎手的小屋，打听他的猎犬，告诉他它们自己就这样追逐，离开韦斯顿森林已有一个星期了。这位老猎手将自己知道的详情告诉了乡绅，并把狐狸皮送给他，后者婉言谢绝，离开走了。这天晚上，他没有找自己的猎犬，第二天获悉它们渡过了河，在一个农家过了一夜，在那里饱餐一顿，一清早动身回家了。

用猎物借贷

老猎手还讲起了一个叫山姆·纳丁的猎人，他常在义港山上的岩石中猎熊，剥下熊皮，回村子换朗姆酒喝，那个狩猎能手曾告诉他，他在山上看见过一只罕见的麋鹿。纳丁有一只远近驰名的猎狐犬，名叫贝尔戈因——他把它叫作贝精——老猎手多次向纳丁借用贝精。

镇上有个老商人，既是镇长又是镇上出纳，兼民意代表，我在他的"赊账记录本"中看到一些呆账、坏账。1742—1743 年，1 月 18 日，"约翰·梅尔文，贷方，一张灰狐狸皮，零元贰角叁分"。现在难得一见了。在他的总账中，1743 年，2 月 7 日，海齐吉阿·斯特拉登贷方"半张猫皮，零元壹角肆分半"。当然是猞猁皮，因为从前法国横行征战欧洲各国时，他当过上士，当然不拿比猞猁更差的货色来借贷。当时也有以鹿皮来借贷的，每天有鹿皮进出。有一个人家保存着这一带最后一只野鹿的鹿角，还有一个人曾精彩地向我讲述他伯父参加的一次野猎。

从前这里猎人众多，且个个手头宽裕。我自己记得一个精瘦的狩猎高手，他随手扯起路边的一张叶子，就能吹得成腔成调，如果我没记错的话，好像比任何猎号声更富野趣，更为动听。

月明星稀的子夜，我在路上遇到不少猎狗，它们在林子中奔驰，从我面前的路上闪开，钻进灌木丛，等我走过，再跑出来。

鼠类的功劳

松鼠和野鼠为我储藏的坚果而大打出手。我屋子四周有二三十棵苍松，直径1英寸到4英寸，前一个冬季让老鼠啃啮过——对鼠类而言，那是一个挪威式的难熬的冬天，白雪久积不化，积雪甚厚，它们的存粮捉襟见肘，不得不以松树皮来弥补口粮短缺。这些树还是幸存下来了，夏天还苍翠欲滴，尽管树皮被咬掉一圈，但不少树还长高了1英尺，但第二个冬天以后，它们一个不留，全都枯死了。细小的耗子居然吃掉了一大棵树，让人惊叹，它们不是顺着上下啃咬，而是环圈咬啮。要使林子稀疏些，这或有所必要，林子有时密不透风。

土地之灵野兔

野兔（学名 Lepus Americanus）随时可见，整个冬天，它在我屋下的地板里活动，只有地板将我们隔开，每天清晨，当我在床上动弹时，它急促逃开，惊醒了我："砰，砰，砰。"它在慌慌忙忙之中把脑袋撞在地板上。傍晚时分，它们常常转到我的门口来，吃我甩在门口的土豆皮，它们和土地的颜色是如此接近，当它们待着不动时，你几乎无法辨认它们。有时在落日向晚之时，我一会儿看见那一直坐在我窗下的野兔，一会儿又看不见。静静的黄昏时，我推开门，它们吱吱地逃去。在近处观察它们，总会激起我的爱怜之心。

一天晚上，一只野兔蹲踞在我的门口，离我只有两步之遥。它起先瑟瑟发抖，可不肯逃开。可怜的小东西，瘦得皮包骨，破垂的耳朵，尖尖的鼻子，光秃秃的尾巴，细瘦的爪子。但看上去大地上再没有比它更尊贵的品类，只存有这娇小玲珑的兽类。它的大眼睛显出青春光泽，但不健美，好像生了水肿，我踏前一步，看，它双腿一弹，蹦得老高，优雅地绷直身子和四肢，飞跃绝尘而去，马上我与它之间相隔整着个森林。这野性不羁的肌肉体现了大自然的力量和尊贵。它显得瘦削是有缘故的，这是它的天性。（它的学名 Lepus，来源于 Levipes，脚力强壮，有人如此认为。）

要是没有兔子和鹧鸪，这还能叫田野吗？它们是最质朴的土著动物。遥远的古代跟今天一样，有着这类可敬又古老的小兽，它们与大自然同一种色调，同一种质地，和树叶、土地密不可分。它们不是有翅的禽鸟，就是有脚的野兽。当野兔和鹧鸪疾走而去，你觉得它们已不是野兽，它们是山川河流的一部分，仿佛猎猎闪动的树叶一样。不管有怎样翻天覆地的革命，兔子和鹧鸪万世常存，像一方水土中的一方人一样，如果森林被砍尽斩绝，但灌木丛和嫩叶仍可以收养它们，它们还会繁殖得更快，不能维系一只野兔的原野一定是贫瘠无比的。我们的森林对兔子、鹧鸪都是快乐的家园，每一个沼泽地可以看兔子和鹧鸪出没其间，牛仔在它们附近设置了细树枝的篱笆和马鬃的陷阱。

冰
天
的
雪
湖

雪湖凿洞

一个静谧的冬夜过去了，一觉醒来，我仿佛感到昨夜有许多问题缠绕着我，而梦中似乎找不到明确的答案。那是什么？如何？何时？何地？黑暗已过去，黎明已来临，大自然的一切都生气勃勃，她那恬静覆盖着原野，小松树点缀在上面，我的小木屋所在的小山坡好像在说："前行吧！"大自然不发问，也不回答我们提出的问题，她早就有了主意了。"啊，王子，我们用羡慕的目光凝视着你，并把你奇异而美妙、变幻莫测的景象渗透到灵魂之中，毫无疑问，黑夜将遮去造物光华的一部分，但白天又把这部伟大的作品显示给我们，它从大地一直延伸到苍天之上。"

早晨，我开始了工作。我先是拿了一把斧头和一只水桶去找水，我是在做梦吧？经过了寒冷的雪夜之后，此刻要找到水，只有用一根魔杖才行呢。原来水波浮动的湖面，对任何动静都异常敏感，风儿、船儿、鱼儿，它能折射出每一道光和影，可是冬季一到，天寒地冻，冷风呼啸，湖水就结起了 1 英尺或 1.5 英尺厚的冰，可以承受最笨重的马车从上面驶过，或许冰上还铺了一英尺厚的雪，让人分辨不出它是湖还是平地。就像周围山上的土拨鼠，闭上眼睛，冬眠三个多月。

我站在这积满冰雪的湖面上，就像置身于群山之中的牧场一样。我扒开 1 英尺的雪，后来又凿穿 1 英尺厚的坚冰，在脚下打开一个洞口，就蹲下身子喝水，又望见那鱼儿在冰下走廊自由穿梭。光线非常柔和，像是透过一面磨砂玻璃窗，照在鱼儿身上，细沙铺着的湖底和夏季没有两样，充满一种永恒的宁静和纯净的氛围，仿佛黄昏时的琥珀之光，与这里的居民平和的心境相协调。天空在我们头上，也在我们脚下。

冬钓狗鱼

天刚亮的时候，人们踏着松脆的雪地，带着钓竿和简单的午饭，放下渔线去钓鲈鱼和狗鱼。这些人野性狂放，本能地创造自己的生活方式，他们不像城里人那样，而相信另外的天赋，他们就这样来来往往，把城市和这里的缝隙弥合在一起，使城市之间不可分裂。这些人穿着又宽又大的衣服，坐在湖边干燥的枯叶上津津有味地吃着午餐，他们的纯朴与自然同城里人的迂回造作一样绝顶聪明。他们不相信书本知识，他们所知道的和所能够说出的事情远远少于所做的，还没有人知道他们所做的事情。

这里有一个人，他用大鲈鱼当作鱼饵来钓狗鱼。看看他的桶，你会感到惊讶，像看到了夏天的一个池塘，像是他把夏天锁在了自己的家里，或是知道夏天藏在什么位置。你说，都是深冬了，他怎么能钓到这么多的鱼？啊，大地结了这么厚的冰，他就从枯木中抓虫子，所以他能钓到这些鱼。

他本身就是在钻研大自然，甚至超过了科学家研究的深度。他自己在研究自然科学家的一个专题。自然科学家用刀子挑开苔藓和树皮去寻找虫子，而他将斧头砍到树的中心，于是苔藓和树皮飞得很远。他靠剥树皮为生。这类人有捕鱼的权利，我喜欢大自然从他那里现身。鲈鱼吞吃了蜻蟒，狗鱼又吞下鲈鱼，渔民吃下狗鱼，所有生物等级的空隙就是这样被填满的。

在薄雾蒙蒙的天气里，我围着湖岸漫步之时，我很欣赏几个渔夫的原始垂钓方式。他们在结了冰的湖面上，凿了许多同岸边距离相等的小洞，洞口之间相距四五杆，把桤木枝条架在洞口，用细绳系着枝丫，免得落入水中，并在冰面上一英尺多的地方把钓丝挂在桤木枝上，还铺了一片干燥的橡树叶，只要钓丝一落下去，就说明鱼儿已上了钩。当你绕着湖边走上一半路程，就可以看到这些情景，都显露在雾霭中。

瓦尔登湖的狗鱼！只要看见它躺在冰上，或者在渔夫在冰上凿出的洞里，我总是禁不住为它们那种独有的美丽而倾倒。啊，它们真是神奇的鱼，街道上、市场里都见不到它们的身影，就像康科德的眼中看不到阿拉伯一样。狗鱼的美是一种超乎寻常、令人炫目的美。它和遍布城镇大街小巷的灰白色的鲈鱼及黑丝鳕大不相同。它们没有松树那样青翠，没有石块那样灰白，更不像天空那种蔚蓝，如果可以这样比喻的话，我觉得它们像珍珠和宝石一样，放射着鲜艳夺目的光彩，它们是瓦尔登湖水中动物化的精灵。

它们当然是真正的、完完全全的瓦尔登，在动物天地里，它们本身就是小小的瓦尔登，啊，这众多的瓦尔登，让人惊奇的是在这里捕到了它们——在这深邃而又宽阔的水中，这伟大的金色的碧绿的鱼自在地遨游着，它远离路过瓦尔登的车马和叮叮当当响着的雪橇。我在城市的市场上从未见过这种鱼，如若有，必定会成为众目之焦点。被捕住的它们猛烈地抽动几下，就抖掉了身上水灵灵的仙气，好像一个世人，还未魂归天国，就已灵智俱失了。

初探湖底

我渴望把久已不为人知的瓦尔登湖的湖底探测明白，于是，我在1846年的年初，在冰雪消融之前，带上罗盘、铰链和测深绳，很仔细地勘察了它。这个湖底，或者说这个无底之湖有许多传说，那很多的离奇故事当然是毫无根据的。人们连湖底都没有去探测，居然相信它是个无底深渊，真是奇怪至极啊！我在一次散步中，曾经到过这一带的两个"无底的湖"边。听人们说，瓦尔登湖一直通到地球的另一边，他们对此深信不疑。有的人曾趴卧在冰雪上，躺了许久，全凭幻觉似的媒介物，望下去，也许眼中全是水波，由于他们怕伤风受凉，所以很快就下了结论，说他们真真切切地看到了很多巨大的洞，可以塞进大堆大堆的干草，那肯定是冥河的入口处，从这入口处可以通向地狱里。有人从村子里来了，他们驾着一辆马车，车上装满了绳子，却仍旧没有测量出湖底，结果是徒劳的。但是，我可以明确地告诉读者们，瓦尔登湖肯定有一个湖底，虽然它的深度很不寻常，也并非不合理地存在着。

我当时用一根钓鳕鱼的钓丝测量了瓦尔登湖，这是很容易的事情，在它的一头系上一块重达一磅半的石头，它就能非常准确地告诉我，这石头在什么时候离开了湖底，由于在它下面没有湖水的浮力顶托之前，要把它吊起来，需要费很大力气。我测得湖水最深的地方是102英尺，如果把后来涨上来的5英尺加上，就有107英尺深。瓦尔登湖面积这样小，然而有这么深的湖底，叫人感到惊诧，不管你有怎样天才的想象力，你都不可能再减少它一丝一毫。要是所有的湖都很浅，那又会怎么样呢？难道它不会影响到人类的心灵吗？我感激的是上苍，有这么一个瓦尔登湖，深而纯洁，可以作为一个永久的象征。当人们向往着无限的时候，就感到有些湖泊是无底的。

再探湖底

有个工厂厂主不相信我探测的湖底深度，说这不是真实的，因为他对堤坝情况很了解，他说那么多细沙不可能积淀成这样陡峭的角度。如果把湖的面积和深度相比较，也并不像人们普遍认为的那么深了，把湖中的水抽下来看一看，它不像一个深邃的峡谷，它也不像一个杯子的形状，瓦尔登湖按面积来算，比我们常见到的草地低洼深不了多少。

威廉·吉尔平对景色的描写有着独到之处，而且非常精确，站在高高的苏格兰的费因湖边，他写到"一个咸水湖"，六七十英尺深，有4英里宽，大约有50英里长，四周高山环绕，他评论道："假如我们在洪水泛滥的季节，或者大自然其他的什么力量形成洪水之前，我们将见到一个大得让人吃惊的缺口！"

高山突兀耸云端，
湖底低洼深似海，
宽阔杳远河之床！

　　但是，我们把费因湖湾距离最短的一条直径的比例运用到瓦尔登湖上，我们才清楚瓦尔登湖只不过像一只浅盘的形状，要比费因湖深4倍。如果费因湖海湾的水整个地倾倒出来，那些被夸张了的缺口就显得格外恐怖。没有疑问，生长着玉米地的山谷笑盈盈的，它们是大水退去后显露的"可怕的缺口"，居民们显然更相信地质学家的科学观察力和预见性。

　　在很低的地平线的小山上，有辨别能力的人就可以看出湖泊的原始形态，即使平原长高，也掩盖不了历史。一些在道路上做工的人，他们有这个常识，每次大雨过后就可以根据水的积聚，来判断哪些地方是低洼。从这积水里可以展开丰富的联想，让思维尽情发挥，自然界的事物下降得越低，升起来更高。所以，大海纵然很深，可它的面积那样宽阔，或许就显得不深了。

　　我可以判定湖底的形状，因为我已经透过冰面探测了湖的深度，过去，我测量没有结冰的港湾时没有这样精确。我很惊奇地发现，瓦尔登湖底的形状十分有规则，很整齐。最下面的地方是平坦的，大约有数英亩，它比那些在阳光照耀下、在和风吹拂下、被人工耕耘了的田地还要平整。在一个地方，我随意挑选一根线，探测了30杆，它们深浅的变化没有超过1英尺，总体来说，离湖心近的地方随便向任何方向移动，100英尺的变化我都可以预先知道，只不过是三四英寸上下深浅的差别。

　　有人常说，在这没有风浪的、积满细沙的湖底有很深的很可怕的洞，假如真是这样，那湖水肯定早就把湖底的沟坎荡为平地了。瓦尔登湖底这样规则，湖底、湖岸和附近的山脉恰好有一致性，它们如此完美和谐，很远的一个湖湾，我从湖的这一边就可能测量出来，看它的对岸，就可以判明它的方向。瓦尔登湖是迷人的，湖岬下面是沙洲和浅滩，山谷下成了深水和湖湾。

细探湖底

我清楚地看到了这惊人的一致性，因为我以 10 杆比 1 英寸的比例，绘制了湖的地形图，并在 100 多处记录了它们的深度。结果最大的深度恰好是在湖心，于是我用一把尺在地图的最长距离和最宽距离上分别画了一条直线，它们的交会点令我暗暗称奇，恰巧又是在湖的最深处，这说明湖的中心是平整的，湖的轮廓不太规则，长宽的差别是从洼处量出来的，我心想，海洋最深的情形不正和一个湖或一个泥水塘的情形差不多吗？把这个规律用于高山，山峰与山谷是相对的，我们完全可以知道一座山的最窄处不一定是它的最高点。

我去测量了 5 个低洼处，其中有 3 个洼处的口上都横着一个沙洲，里面的水非常深，这湖水并不仅仅漫到了陆地上，扩大了面积，而且它还向深处延伸，形成了一个独立的小水湾，这样两个岬角就指明了沙洲在什么位置。通常海岸上每一个港口的前面都会有一个沙洲。就像小湾的入口一样，按比例比较其长度，宽度就更大了，比小水湾的水更深一些。你可以把小湾的长宽数和四周围湖岸的情形作为充足的资料，然后列出公式，普遍地用于类似的问题。

运用这种方法，我测量了湖的最深处，观察湖岸的特性、了解它的轮廓，为了检验我测量湖是否精确，我画出了一纸白湖的平面图，它的面积大约有 41 英亩，和这个湖一样，没有湖水出入口，当中也没有岛屿。这是因为湖的最长、最宽的地方十分接近，两个隔岸相望的岬角也很靠近，而相对的两个沙洲却隔着较长的距离，我在最窄的地方选了一个点，但还是交叉在最长的那个地方，这就是最深处了。最深处离这个点未超过 100 英尺，从这个点再向前移，深了 1 英尺左右，约有 60 英尺深。当然这个湖的情况比较简单，要是湖中有个小岛，或者有山泉、河流渗入，问题就复杂得多了。

当我们了解了大自然的一切规律后，我们就很清楚，只要忠诚于事实，或者不偏离事物的本来现象，我们就可以得出它的特殊结论来，并在其他的事情上举一反三。我们有时的结论常常很荒唐，这倒不是自然界十分混乱或者不规则，而是因为我们在计算中，对一些基本的原理还没有掌握，毕竟我们往往只知道少数事物的规律。我们经常被局限于我们考察过的事物上，但事物的和谐源自更多的相互矛盾的现象，而实际上彼此呼应的规律我们还未找到，这些规律的和谐使人惊诧。特殊的法则来自我们频繁的观察，一个旅行者，他跨出每一步，山水的形状都有所变化，有无数的侧面，你不可能在任何位置上看到它的全貌。

人性的湖泊

湖的情形与伦理学上的道理是一致的，这是平均律，用这样两条直径测量出来的规律，不但引导我们去观察天体学中的太阳系，还告诉我们如何观察人心，一个人的特殊行为和生命组合成整体的长度和宽度，我们如果画两条这样的线，一直通到他的入口和洼处，那两条线的交会点，无疑是他性格特征的最高处和最低处。我们只要知道这个人的河岸的走势，以及他周遭的环境，便可以弄清他那隐藏的奥秘和深度。一个人的周围是起伏的群山，险峻的湖岸，这一些反映在他心中，他必定是一个有同样深度的人。如果是一个浅平的湖边，就说明这个人在别的方面同样肤浅。我们的头部有一个明显突出的前额，说明人有思想深度，我们的每一个入口处是低洼，而且还有一个沙洲，也就是说人们都有特别的倾向。在一定时期内，每一个湖湾都是我们的港口，我们在这儿呆得很长久，几乎永远被束缚在那里。

往往这些倾向不是荒唐可笑的，它们的大小、方向和形状都被岸上的岬角所决定，就是古代地势隆起的轴线。暴风雨、潮汐和水流把沙洲渐渐加高，或者水位退落下去了，它从水面冒出来，开始是湖岸的一种倾向，其中包含着思考，现在独立起来成为一个活水之海、死水之海，或者成为一片沼泽。我们能否这样说呢，一个人来到了这个世界，就很像一个沙洲升到了水面？我们就是那些可怜的航海家，从大体上说都有些虚幻朦胧的感觉，蜿蜒曲折的海岸线上，连一个港口都没有，顶多有些富有诗意的小港汊，否则就驶入共有的大港湾，进入科学的干枯码头上，在那里进行新的组合，以迎合世上的习俗，没有一种潮流可以保持其自身的独立。

寻觅出水口

瓦尔登湖的入口和出口之处，我并没有观察到别的，除了雨雪和蒸发以外。很简单就能用一条绳子和一个温度计找到这样的地点，因为水流入湖的位置在夏天是最冷的，在冬天是最暖的。有一群工人于1846年至1847年被派到这里挖掘冰块，一天，他们把挖好的冰块运了一部分到岸上去，然而囤冰的商人不愿意接收，原来这一部分冰块比别的冰块薄了许多，掘冰的工人发现，这些冰块比别的冰块薄了两三英寸，回到掘冰的湖面，他们想到这地方必定是个水流的入口处。

我被他们指到另外一个地方去观察过，他们都认为那是一个漏洞，大量的湖水从那里涌出去，而且从一座小山边流过，一直到临近的一块草地。他们以一块浮冰作船，把我推出去看，有一个小小的洞穴，距离水面有10英尺，我表示不要把它填上，除非以后可能发现比这更大的漏洞。当时有人提出，如果真的有这样的大漏洞，并且它和草地确实有关系的话，这是可以证实的，只要在这个洞口投下一些有色彩的粉末或者是木屑，然后再在草地上的源泉口上安置一个过滤器，那么这个过滤器在水流经过的时候，必定将带出的粉末和木屑留住。

我伏在瓦尔登湖冰上，观察到那16英寸厚的冰层在微风下像水波一样荡漾。有一个常识，酒精水准仪是不能在冰面上使用的。我于是想了一个办法，把酒精水准仪放在湖岸上，在冰面上放一根有刻度的棒，将两者对准进行观察，我发现离岸边一杆处，冰层的最大波动有四分之三英寸，尽管冰层与湖岸是紧紧相连的。有谁知道呢？在湖心的波动还要更大。假如我们有更精密的仪器，我们还能测量出地球表面的波动呢。我做了一个小试验，把水准仪的一只脚放在冰上，另外两只放在岸上，当我在第一只脚上瞄准观察时，冰面上极小的波动可以在湖对岸的一棵大树上变成几英尺的差别。

有一次，我为了测量水深，在湖面上凿洞之时，在厚厚的积雪下面、冰层的上面有三四英寸的水，这是积雪使冰下降了几英寸，水立即从洞口流下去了，成为一条深深的溪流，而且连流了两天，流水把周围的冰都冲蚀得光溜溜的，湖面变得十分干燥。这是很重要的原因，当然不是主要原因。由于水流进去的时候水面升高，把冰层托起来了。好比我们日常在船底下挖了一个洞，让水流出去，这些洞后来冻结，然后又下大雨，最后又来了一次新的冻结。

整个湖面上都笼罩了一层光滑的、新鲜的冰面，而冰的内核编织了美丽的网络，这个形状很像是黑色的蜘蛛网，你可以称它为玫瑰花形的饰品，从四面八方流到中心的水形成这样的景象，有时我发现，冰上有浅浅的水潭时，我能够从冰面上看到自己的两个影子，它们相互重叠，一个附于冰面，另一个落在树木或山峦在水中的倒影里。

劫掠冰湖

在1月的寒冷中，冰雪又厚实又坚硬，然而有些深谋远虑的乡绅到这里取冰块运到村子里去，为炎热的夏日准备冷饮。

寒风呼啸的冬季，他们就想到了盛夏如何度过，我想这些人真是既精明又可悲，眼下他们还裹着一身的厚棉衣，戴着皮手套，还有那么多的事情，他都没有做。他或许在他生活的世上还没有准备什么好东西，让他在下辈子去专门吃清凉的冷饮。他用残酷的方法，把鱼儿的屋顶给掀掉了，像捆木材一样把冰块和冷气捆绑起来，然后用马车拖走，这时节的寒冷对他很有利，冰块就这样被运到了冬天的地窖中，堆积在那里，等待着酷夏的来临。这些冰块从很远的地方拖到村子的时候，看上去像固体化的晴朗天空。掘冰的人都很愉快，经常开玩笑，我到他们那里去时，他们常常邀请我站在下端，看他们上上下下地用大锯来锯冰。

1846年至1847的隆冬，一天清晨，突然来了100多个有北极血统的人，他们蜂拥而至，带来了好几辆车，里面装满了各种笨重的农具、犁耙、铡草机、播种机、铲子、锯子、耙子，还有雪橇等等，他们每个人还带着一只两股叉，这两股叉在《农事杂志》或《新英格兰农业杂志》上都不曾介绍过。我不知道他们到这儿来的目的是什么，是为了播下冬季黑麦，还是播下最近从冰岛引进过来的新品种，我没有看到他们准备肥料，便猜测他们和我差不多，大概认为泥土很深，搁置得很久了，所以不打算深耕了。

后来他们告诉我，有个没有露面的乡绅，想让他的钱财膨胀一倍，他当时已经有了 50 万的财产，为了在每一块金元之上再增加一块金元，他把瓦尔登湖唯一的外衣，或者是它的皮，都给脱去了，居然还是在这严寒的冬天。他们马上开始做事了，一切按照农活的规矩，井然有序。他们简直要把这里变成一个典范农场。当我注意他们要播什么种子的时候，突然我旁边的一群北极人开始钩起那处女地层，用很大的劲，将冰土块撬起，或者钩到水里面。这是一片非常柔软的土地，这儿的土地都是这样的，他们立即用一辆雪车把它运走了，他们大概是在泥土里挖掘泥炭，当时我这样猜想。他们天天这样来来去去，火车的汽笛尖利地叫着，好似他们来自北极，回归到北极，我觉得他们像一群在北冰洋里的雪鸟。

这情景有时引起瓦尔登湖的愤慨，它像印第安女人一样复仇了。一次，一个雇工走在队伍的最后面，一不留神掉入了湖面上一条通向地狱的冰缝中，这个勇猛的人一下只剩下九分之一的性命，他的生物体温似乎全部丧失了。他躲到我的木屋中避难，真算他有运气，火炉的温暖使他不得不承认其中的美德。冰冻的土地有时把犁头的钢齿折断，有时犁陷入泥沟中，费很大力气破冰才能拉出来。

切实地说，这是 100 个爱尔兰人，天天都从剑桥来这儿挖冰，他们由美国监工统领着。他们把冰切割成一块一块的，具体的方法我们都清楚，没有必要描写了，雪橇把冰块拖到湖岸上，然后又拖到一个冰站上，在那里用抓钩、滑车、索具搬到冰台上，一块一块地整齐排列着，又一排一排地重叠起来，如同建筑一个耸入云端的锥形高塔的基础一般。

他们说，只要好好干一天，就能够挖起一千吨冰来，那是每一英亩生产的数字呀！冰面上出现了很深的轮印和安装支架的"摇篮洞"，好似在大地上一样，因为雪橇来来回回地行驶，而马在挖成圆形的冰块内啃麦子。这些人在露天垒起一大堆冰块，约有六七杆方圆，高 35英尺，在最外面的一层中间放了许多干草，可以排放空气。天气特别寒冷，大风无孔不入，它在中间寻找到了路线，吹成很大的洞，让所有的地方都失去了支撑，以至于最后全部坍塌。一开始，我看这像一个无比巨大的蓝色堡垒，一个瓦尔哈拉宫殿；他们把粗糙的草皮塞到缝隙中，于是形成了很多冰柱和白霜，像古雅的、长满了苔藓的灰白废墟，完全是用蓝色大理石筑成的冬神——就是那个在历书上看到画像的老人的宅地，是他的陋室，仿佛他有意要和我们一起避暑。他们统计过，有百分之二十五的冰到不了目的地，有百分之二三会在车上损失掉。更大一部分冰的命运与原来的预计不同，不能够像原来想象的那样保藏得那么好，因为里面有更多的空气，或者是别的原因，这一部分冰始终没有送到市场上去。在1846年至1847年，堆起来的冰共有一万多吨，四周围用木板、干草钉好，到第二年7月份，拿走了一部分，剩下的就在太阳的照射之中了，一个夏天很快度过了，这年的冬季也度过去了，一直到1848年的9月，这些冰还没有融化。这样，其中一大部分被湖容纳了。

湖冰变幻的光色

远远地望去，瓦尔登湖的冰呈现出美丽的蓝色，而走近一看，它却像湖水一样是碧绿的，你能够毫不费力地辨别出来，那是河里的白冰，或者是四分之一英里以外其他湖上微绿的冰，还是这瓦尔登湖的冰。有时，你会看见在街道当中，躺着一大块冰，足足有一个星期不化，像一块很大的翡翠，这是挖冰人的雪车上掉下来的，许多过路人对此大有兴致，我观察到瓦尔登湖的水，呈液体状时原本是绿色的，经过冻结后，再去看它却变成了蓝色。

冬天的时候，湖边有一些低洼地盈满了绿色的水，过了一天，发现它们被冻成了蓝色的冰。也许水的绿色和冰的蓝色取决于光和它所含的空气最晶莹透明，就出现了最蓝的色彩。冰成为我思考的最有趣味的题目。他们曾经告诉我，他们放在费雷什湖的冰屋的一些冰块，已经5年了，仍然完好新鲜。这就奇怪了，为什么一桶水久放要发臭，而冰冻了却永远保持甘美呢？所以不少人说，这正是情感和理智的不同所在。

在我的窗口，我连续16天都看到这100个爱尔兰人一直忙忙碌碌，像农夫一样辛勤工作，他们一群一群的，驾着车马，拿着所有的农具，这幅图画，我们常常在历书的封面上看到，每当我从窗口望去，便联想到收割者和云雀的故事，或者是那播种者的譬喻。

后来，他们都离开了这里，经过 30 天之后，我又从这窗口去眺望瓦尔登的湖水，那是纯粹的海绿色，它倒映出云彩和树木，将蒸发的水汽飘缈地送到天上，一点也看不出曾经有许多人在这里活动过，我似乎又可以听到那只孤独的水鸟，潜入水底，翻动着羽毛，向天而啸，或是看到一个寂寞的渔夫坐在船头，而他的身影映照在碧波上。没有想到吧，前不久，有 100 个爱尔兰人曾安然无恙地在上面劳作过。

众水汇流

这样来看，新奥尔良和查尔斯顿、马德拉斯、加尔各答和孟买的那些汗如雨下的居民，他们在饮用我的井水。清晨，当我把自己的理智沐浴在《对话录》这宏伟天穹的哲学中，自从完成了这部史诗般的书之后，宝贵的时光不知消逝了多少，和它相比较，我们现在的世界及其文学显得是多么微不足道啊！我疑惑过，这类哲学也许不光限于以前的生存状态，它的崇高性离我们现行的观点是多么遥远啊。

于是，我搁下书本，走到我的井边去饮水。真巧啊！我遇到了婆罗门教的仆人，梵天和毗瑟奴及因陀罗的僧人，他仍旧坐在恒河上，在他的神庙中，读着吠陀经典，或带着一点面包屑和一个水钵靠在一棵树的根部。我见到仆人给主人汲水，我们的水桶在井内相互碰撞。瓦尔登湖那纯净的水和恒河的圣水完全混合在一起了。和风吹拂，清流越过了传说中的亚特兰蒂斯和海斯贝里底斯岛屿，绕过汉诺的海底礁石，经过特尔南特、梯多尔和波斯海口，和印度洋的热带暖风汇聚，最终抵达了亚历山大只闻其名的港湾。

春
泉

冰湖解冰

挖冰人的成片挖掘，会使湖冰过早解冻。即使气候阴冷，冰层解冻后的冰水经风吹起涟漪，也会悄悄融解它周围的冰。可是，有一年瓦尔登湖没有出现这样的情况，刚刚解冻的冰水又重新凝结为冰层，甚至比早先更加厚实。这个湖和附近其他的湖非常不同，从来不过早解冻，因为湖底下没有流动的水冲涌冰层。我从来没有见过它会冬天解冻，除了 1852 年底至 1853 年初的那个冬天外。那个冬天，许多的湖泊都经历着严峻的考验。

一般来说，瓦尔登湖常常在 4 月的第一天解冻，这比费林治湖和义港要迟缓 7 至 10 天。冰层解冻从湖畔北边的浅水区域开始，湖畔北边恰恰是最早结冰的地方，这里的湖水似乎比其他区域对气温感觉更灵敏，它的灵敏显示了季节更替的绝对进程。3 月，春寒料峭，会使周围湖泊解冻向后推延，瓦尔登湖水却例外地不断回升。

1847 年 3 月 6 日，插入瓦尔登湖中心水域的一支温度计刻度显示，水温华氏 32 度，湖畔北边浅水域则是 33 度；同一天，费林治湖中心区域的温度是 32.5 度，在离湖畔 12 杆的浅水区域 1 英尺冰层下面，水温 36 度。费林治湖深水区域与浅水区域的温度差异为 3.5 度。

实际上费林治湖水比瓦尔登湖早一些解冻。当时，费林治湖浅水区域的冰层比湖中心要厚几英寸。隆冬时节湖中心水域的温度比较高，使得冰层变得稍薄一些。夏天在湖畔下过水的人心里都很清楚，离湖畔不远处的湖水比起湖岸远处感觉要温暖一些，而湖的深水区域，湖面的水又比湖底下温暖一些。春日里，太阳的光芒温暖着天空和大地，它可以穿透 1 英尺厚或更厚的冰层，在浅水区域，还能从水底反射上来，温暖整个湖水，解冻湖底下的冰层；同时，温暖的阳光直接照耀冰的表层，让它解冻成水。冰层的表面并不平坦，会生成很多水泡朝着水面升腾，有的水泡向下沉，升升沉沉的水泡使冰层渐渐解冻成一个一个的蜂窝，一阵淅沥春雨后，冰层会最终解冻，消失殆尽。

冰层也同树木一样有纹路。当冰层解冻融化成蜂窝形状的时候，不论它在什么地方，水泡和湖面都呈垂直状。如果水面附近有岩石和树木，那它那里的冰就会稍稍薄一些，通常，岩石和树木也会吸收阳光的热量去解冻冰层。有人告诉我，剑桥做过一个试验，在一个木材制成的水槽里让水结冰，然后让冷气在冰周围和底部循环，在太阳直射水槽里的冰时，周围冷气完全没有能力阻止冰解冻。冬天，下过一场雨，瓦尔登湖周围的冰层就会解冻融化，湖泊中心会留下一块黑色的硬冰，晶亮透明。反射着的热量会沿着湖畔营造一条很厚但已经解冻的冰带，约有一杆余宽。正像我前面讲过的一样，冰层中的水泡如同灼热的凸透镜在冰下解封冰层。

冰湖奏鸣曲

在湖的这个小范围内，一天之中会浓缩一年四季的变化。一般来说，晨曦初上之时，浅水区域总比深水区域暖得快一些，虽然热量极有限；暮霭弥漫之时，那里又比别处更快冷却，直到第二天天之将明；一天演变着一年四季：入夜乃冬季，清晨和黄昏是春与秋，中午便是夏了。冰层爆发出的响声揭示着季节更替。

1850 年 2 月 24 日，寒夜后的第二天早晨，我去费林治湖呆了一整天。我用铁斧去挖冰，冰层立即发出敲锣般的声响，在湖面上空回荡，好像是锤击着鼓膜一样。太阳升起一小时后，阳光斜射着湖面，湖开始鸣响，整个湖身从梦中苏醒，伸展着身躯，然后不安地跳动，持续整整三四个小时；中午，湖安静地歇息；入暮，太阳西斜，湖又开始轰隆隆地鸣响起来。正常的天气里，每天夜间，整个儿湖都会有规律地发出鸣响。然而午间，湖因为周围空气弹性不足，冰缝太多而无法引起共鸣。此时，我再怎么锤击湖面，都不可能惊醒湖下的鱼儿，鱼儿不敢咬食垂钩。湖不会每一个夜晚都鸣响，我也不知道湖什么时候鸣响，更不会观察天气做出判断，因而只会去聆听湖的奏鸣曲。

怎么能想象如此巨大、冰冷、厚实的冰层具有灵性？当然，这样的奏鸣曲一定遵照着自己的意愿，就像春天含苞欲放的花蕾那样到时开放。那时，春回大地，到处生机盎然，即使再巨大的湖对气温的感觉也会如同玻璃管中的水银一样敏感。

引诱着我到森林里去暇居一段时光的原因是，我将有宽裕的时间去亲眼看见春天降临。那时，湖中的冰层已经解冻成蜂窝，漫步其间，不时双脚还会陷入酥脆的融冰中。雾、雨和暖融融的太阳缓缓融解着皑皑白雪，白昼会渐长。我已经感觉不再需要增加燃料，也不再需要熊熊的旺火。我会随时静候着春天气息的降临，会聆听春鸟的啁啾，或者去聆听红松鼠窜动的唧唧声，大约它们一个冬天储备的粮食已经吃完了。我也许还能瞅见冬眠后的土拨鼠从洞窝里钻出。3月13日，我终于听到了蓝鸟、麻雀和红翼鸫的鸣啼。但是，湖泊中的冰层依然还有1英尺厚度。

天气渐渐暖和了，冰块再也不可能被水流带走，也不会像河流中的冰块那样崩裂，在水上漂浮。离湖畔约半杆远的水面，冰层已经完全解冻，湖中心的冰层也完全成了蜂窝，蜂窝里注满了湖水。假如冰层还有6英寸厚的话，人还能够在冰上穿行。即使这样，过一个夜晚，下一场雨或者一场雾后，所有的冰层也会全部解冻，和浓雾一起神秘地消失。有一年，我在湖心散步的5天后，冰层消失了。1845年，瓦尔登湖冰层4月1日全部融化；1846年则是3月25日；1847年是4月8日；1851年，3月28日；1852年，4月18日；1853年，3月23日；1854年大约是4月7日。

解冻轰鸣曲

只要是与河流、湖泊解冻相关的事情，或者是气象变化，都自然会受到生活在天气如此极端的地方的人们关注。气温回暖时，住在湖畔的人夜间会听见冰层解冻发出的碎裂声，有时它如同隆隆的炮声使人震惊，冰层像锁链一样一段一段炸开裂缝，用不了几天，封冻湖水的冰层就会看不见一丝痕迹，就像从淤地里钻出来的鳄鱼大吼之后消失在水面之下。

有一位长者，他一直在细致深入地观察大自然，似乎他自幼年起就和大自然生活在一起，他帮助过大自然，给它装上龙骨，他把大自然的变迁都收入眼底。现在，他已和岁月一起成长，即使他活到玛土撒拉那般的年岁，也不可能对大自然知道得更多。他告诉我，他对大自然的变迁感到惊讶。我很吃惊，因为在我看来，他和大自然之间那么亲密无间，毫无秘密可言。

他说，那一年春天，他带着枪划着船去打野鸭。那时，田野还封冻着，而河流中的冰消融了，他从居住的萨德伯里出发，一路顺风驶入义港，他很吃惊义港还被冰雪覆盖，港湾中没有野鸭的踪迹。那天天气温暖，他将小船划进北岸藏匿起来，他躲进湖岛的南岸，钻进丛林静候野鸭。湖畔三四杆的水域，冰层已解冻，显露出一泓光滑如镜的湖水，湖水下可以看见淤泥，这是野鸭最喜欢嬉戏的乐园，他脑子里甚至浮现了野鸭飞来的图画。

他纹丝不动，静静待了一个时辰，一种低沉的声音传来，好像很遥远，深沉而响亮，似乎从未耳闻过。弥漫开来的声音越来越响，似乎响彻整个的宇宙，达到了令人难以忘怀的效果。这种沉重的碰撞和隆隆的轰鸣让他感觉，大群的野鸭就要降落了。他举起枪，敏捷而兴高采烈地准备着。就在此时，他忽地发现他待的那块地方，整个儿湖面的冰层在移动，顺着湖水漂至湖畔，刚才听到的隆隆吼声正是冰层撞击湖岸的声音。冰层开始是慢而平稳地漂移，后来变得凶猛，整块整块向着湖畔冲撞，溅起的冰花高高跃起，随之落下恢复平静。

沙流纹饰

太阳终于升起来了，阳光从顶端直射下来，温暖的风儿驱逐了雾和雨，融化了湖畔最后的残雾。雾霁后太阳对着褐色的土地上袅袅的炊烟微笑。旅行的人们穿越一个又一个的小岛，为汨汨河流、涓涓小溪奏出的音乐兴奋着迷。河流的渠道奔腾着冬天的血液，将随之逝去。

没有什么能比亲眼看见解冻的沙石和泥土从铁路边滚滚涌下更令我高兴的了！进村的时候，我总是要走过一段铁路，在这里，这般大规模的情景并不是很多。自从铁道修建以来，一些新近铺设的路基为这一情景积蓄了足够多的材料。这些材料是或粗或细的沙粒，颜色也毫不相同，沙粒中还渗着泥土。

春雾弥漫之时，以至乍暖还寒的时候，沙粒自己会如溶解的石流从山坡滚落下来，有时还会滚落到积雪铺盖前完全没有沙粒的地方。无数这样的流沙互相重叠、交融，混为一体，从高处向低洼的水流方向流下，向下倾泻下时，它的形状有如肥厚的叶芽，或是攀藤蔓物的枝蔓，向外呈浆状喷发，约有 1 英尺以上的厚度。

你看到它们的流淌，它们的形状好像苔藓的裂痕，裂成一瓣瓣的，覆盖的叶状物让你联想到珊瑚、豹掌、鸟爪、人的大脑、肺部的血管和腹部的小肠或者是其他形形色色的流泄物。这是一种非常奇妙的植被，其形状和色彩，我们似乎在古代青铜器物品中见过类似的模仿，这种建筑学中美丽的蔓藤花卉装饰比起古代的莨苕叶、菊苣、常春藤、葡萄或别的植物叶更古老，更典型。也许在某一时刻，这会成为将来的地质学家探究的谜团。

这条沟给我留下的印象极其深刻，它像被打开的山洞，里面的钟乳暴露在光天化日之下。沙石颜色各异，丰富至极，令人赏心悦目，包含铁的各类色彩：深褐色、灰色、黄色、红色。流动的物质流至路基底谷的排水沟里，平铺开来，成为沙滩。所有沙流都失去它们半圆锥的形状，愈来愈平坦宽广。如果潮湿一些，它们就能相互混杂在一起，直至它们变成一块平展的沙地，仍然有着变幻的、斑斓的色彩，在其中间，你最终依然能看见原先植物的状态。但到后来，到了水中，

239

变成沙滩，就像通常在一些河口见到的那样，此时植物的状态终于消失在沟底的波纹之中。

整个铁路的路基有 20 英尺至 40 英尺高，有时路基被这些枝蔓花卉的装饰物覆盖。或许，它就是沙石的痕迹，在其这面或那面都有，长达四分之一英里。这就是一个春日的产物，这些沙流叶蔓的惊人之处在于它是瞬间形成的。

我站在路基的一边，因为太阳光最先照射一侧，我所见的是一个没有生气的斜坡，另一边我才看到了如此华丽的叶饰。这仅仅是一个小时的创造，我被深深触动了，仿佛我伫立在这个创造了世界和我自己的卓越艺术家的画室之中，来到他仍然在工作的地方，他还在这里的路基上工作，以他充沛的精力在周围挥洒新的图画。

我觉得我似乎和地球内部的脏器更加接近了，这里所见的沙石呈现的叶蔓形状也如同动物体内最重要的脏器。在这块沙石地里，你将见到植物的叶体。难怪地球要以叶体的形状向外展示自己，它内心里就在为这种意念运动着。原子已经掌握了这个规律，并且孕育着这个规律。高挂着的树叶在这里见到了它的原态，无论在地球或者动物体内，其内部都是湿漉漉的厚厚的叶脉。这是个特别适用于表示肝、肺及脂肪的词〔它的字源 λειβω，labor，lapsus 是漂流、向下流或逝去的意思；λοβόξ，lobe，是叶片、地球的意思，更可以化出 lap（叠盖），flap（扁宽之悬垂物）和许多别的词〕，而在外表上呢，一张干燥的薄薄的 leaf（叶子），便是那 f 音，或 v 音，都是一个压缩了的干燥的 b 音。叶片 lobe 这个词的辅音是 lb，柔和的 b 音（单唇音，或是双唇音 B）有流音 J 紧随其后，陪衬着、推动着它。地球 globe 一词中的 glb，g 这个喉音用喉部的容量增加了喉部力量的意义。鸟的羽毛和翅膀也是叶状，但它更干燥，更薄。由此，你能从大地上笨拙的蚡蟪想象到敏捷飞跃的蝴蝶。我们的地球在不间断地自我超越，更新，它也在自己的轨道上展翅翩翩起舞。甚至冰也是以它精巧晶莹的叶状开始的，它们似乎是从一个模型里雕刻出来的一样，而那模型便是印刻在湖中水的植物。一整棵树也不过是一片树叶，河流是更大的树叶，叶体是流经的大地，乡镇和城市是寄附在叶脉上的虫卵。

人体叶脉学

夕阳坠落之时，沙石流动停止了，次日清晨，它又开始流动，一道一道地分割成亿万条支流。由此你也许推想到血管的形成。倘若再细致观察，你还会有所发现，溶化了的沙土之中会最先流出一条细沙——它的头呈圆形，如同手指的顶端——它缓缓而没有目的地蠕动，直到太阳出来给予它热量和水分。沙流中最活跃的部分要迁就最呆拙的部分所遵从的规律，故而与后者分开，形成一道潺潺溪流，或者说是一支血脉，如同一条光闪闪的银色小溪，在沙石构成的叶脉上流过，一片又一片，直至在沙石之中消失。

令人惊叹的是，流动的过程中，这些沙流能这样快速而优美地集合起来，用极好的材料为自己构筑流动的沟渠。这些银色小溪就是河流的源泉。其骨骼部分大概就是水流经过后的硅质沉积物所构成的，其中好的土壤和有机部分组成肌肉的纤维和细胞系统。

人是什么？不就是一团溶化了的泥土？人的手指和脚趾顶端那呈圆形的头就是凝固的水珠，是身体内液体流到顶端的结果。谁能预料，在更适宜的环境里，人类身体还会扩张和流动到何种程度？人的手掌多么像一片摊开的有肉汁、有茎脉的叶子！稍加想象，就能把长在头两边的耳垂，看作是学名为 Umbilicaria 的一种苔藓；嘴唇——labium（源于 labor？）意为重叠，就是那重叠在一起的两片嘴唇；鼻梁更明显了，是凝固的水珠或者是钟乳石；下巴是大一些的水珠，整个脸庞的水流至于此；脸颊像是斜坡，从眉梢进入脸的谷底，由颧骨支撑，附在上面。每片植物叶片的碎片都是一滴浓浓的流动的水滴，它们或大或小，都是叶片的手指，有多少碎片，就表明它有多少流动的方向，温度越高，水滴便流动得越远。

时光交替

如此看来，这个小山沟边发生的故事浓缩了整个自然界运动的规律。地球的创造者独享着创造一片叶子的权利。也许商博良能够为我们解读这象形文字的意义，使我们得以再去翻开新的一章呢？这一现象带给我的欣喜远远胜于一个富有而多产的葡萄园。是啊，以其性质而言，这是排泄，从脏腑内的排泄，无穷无尽，好像整个地球从内向外地翻转过来。至少，它表明大自然是有内脏的，由此证明大自然是人类之母。

整个大地染上了的白色的霜，春天来了。那霜的到来总是先于万物复苏、百花争艳的春天，正像神话总在诗歌之前出现。我不知道还有什么比冬天的氤氲和沉淀更能荡涤一切污浊。它使我相信，大地还是褪裸中的婴儿时，就已经向周围伸出了他鲜嫩的指头，他光秃秃的头颅生长着柔软的毛发。世界上没有无生命的物质。这湖畔散布的叶状图案更像火炉中的熔渣，它表明大自然之火还在兴旺地燃烧。大地并非只是既往历史的一个片断，它像书页一样一张张重叠着，主动为地质学家和考古学家提供翻阅的资料，它又像是树叶一般生动的诗歌，那叶总是先于花，先于果就已生成。大地并不是一块顽石，而是一个生机勃勃的活体，与其内在的生命相比，所有动物和植物的生命只是一种寄生。发生地震之时，我们的化石就从坟墓中爆发出来。也许你能将金属熔化，用铸模复制出完美的图案，但是永远无法像大地熔岩生成的图案这样令我兴致勃勃。在陶冶工人手中，不仅是大地，大地上建立的一切制度都如同泥土一样可塑。

寒冬生苍翠

没过多少时日，不仅在湖畔，也在每座山峦，每片田野，每个峡谷，霜像从冬眠后惊蛰的动物一样从地底伸出，在奏鸣曲之中去觅寻海洋，或者消逝于云层之中。这样温柔的消融比起猛烈的撞击显得更为有力，温柔使物体渐渐融化，强击则会使物体粉身碎骨。

大地一部分的残雪已经消融，日渐回暖的天气晒干了大地的表层，将新生的一年中萌生的稚嫩春景，和那些经过冬日严寒考验后依然挺立着的苍翠植物作个比较，是一件令人赏心悦目的事情。长生草、黄色紫菀、松针草和一些优雅的野草，此刻比在夏天更加生机盎然，更加富有生趣，好像它们的美正当其时，富有成熟的风韵。甚至寇蒂草、香蒲草、毛蕊花、狗尾草、锈线木和合叶菊，还有很多枝茎强健的植物，也为过早飞至的飞禽提供了啄之不尽的粮仓。这些像模像样的草丛至少是大自然经过冬天的象征。绒毛草弯弧状和伞形的顶端更是吸引了我的目光，它将夏天带到我们冬日的回眸之中。它的形态更受艺术家的喜爱，因而常被模仿。在植物世界里，它的形态极符合人的想象力，如同人们对天体的理解一样。它的古典风格甚至比希腊和埃及更加古老。冬日繁多的景观体现出一种难以表述的柔软和纤细。我们常常习惯将冬日描绘成粗暴成性、残虐冷酷的君主，实际上正是它以情人般温馨的手为夏天的树林精巧梳妆。

绿焰蔓延

春之将至，赤松鼠蹿到我的屋檐下。在我阅读和写作之时，它们躲到我的脚下，不间断地发出叽叽吱吱的怪叫。我跺了跺脚，它们的叫声更响了，毫不惧怕人类，继续恶作剧，以此表明它们有恃无恐。"松鼠啊，松鼠，你们不要叫闹了!"我叫道。可是，对于我的训斥它们全都装聋作哑，甚至叫得更甚更欢，我束手无策，毫无办法。

春天的第一只麻雀! 新年又要在更加崭新的希冀之中开始! 潮湿的、部分裸露的田野里传来了蓝鸟、麻雀和红翼鸫动听的啁啾，鸣啼声声，极像冬天最后的落雪的声音! 这样的时候，历史、编年志、传说和启示录意义何在? 小孩迎着春天歌唱，苍鹰在原野盘旋，已经在寻猎那些刚刚苏醒的小动物们。山谷之中可以聆听到淅淅沥沥融雪的滴落声，湖中的冰层在崩裂、消融。山坡上，茸茸小草像春天的火焰般匍匐地生长着，漫延着:"春雨带来一派新绿"，整个大地似乎将自身的热能全部释放出来，以迎接太阳的归来。

但是，火焰不是黄色的，而是绿绿的，那是永恒青春的象征。那草叶像一条长长的绿色飘带，从泥土里冒出，飘入夏天。它们虽然曾遭受过霜雪的阻挠，但仍然不屈不挠，向前迈进。在去年已干萎的草垛之中又生长出绿嫩的叶芽，像潺潺溪流，从地底源源涌出。草儿与小溪几乎融为一体，6月到来之时，小溪渐渐干涸，草儿铺设了绿色的沟渠，那正是它们风华正茂，年复一年，牛羊在这青青的泉流中饮水，人们在此刈草，蓄备冬日之需。即便人类生命销声匿迹，也灭绝不尽此处的根源，新的生命会继续茁壮成长，像绿草一样永恒。

春宵雁鸣

瓦尔登已经全部解冻融化。湖畔北边和两边裸露出两杆宽的湖水，东边更宽阔一些，绝大部分的冰已从冰层分解出来。我聆听到湖畔灌木丛中传来麻雀的叽喳叫唤声——噢里、噢里、噢里；叽、叽、叽喳；叽曲、喂食、喂食。它们在为冰化雪清呐喊欢呼，冰层龟裂的逶迤曲线多美啊！它和湖畔的弯形曲线太相似了，只是它有自己的规则！最近一段时间曾经有过极短的严寒，因此冰层格外坚实，冰层上的纹络使冰面如同宫殿中的地板，东边吹来的风儿从呈乳白色的冰面掠过，丝毫无损于它。这光滑如绸缎的冰面在阳光下晶莹闪亮，令人愉悦，裸露的湖面荡漾着青春和快乐，描述着水上鱼儿的欢跃和湖畔沙滩的欣喜。闪闪湖光有如鳞片，好像整个湖就是一尾欢跃蹦跳的大鱼。

这就是冬天和春天的不同，瓦尔登湖从死亡中复活，但是，正如我已经说过的，瓦尔登湖今年春天的解冻要漫长一些。从冬日的严寒到风和日丽，从阴冷灰暗到春光明媚，这种更替是万事万物都发生过的转折，它好像突然而至，顷刻间，我的房间到处都是阳光，尽管那时黄昏将至，室外天空依然悬挂着冬天的灰云，屋檐下还淅淅沥沥滴答着水，从窗口向远处眺望，啊！昨天还是一片洁白的冰雪，今天已变成一泓如镜的湖水。湖像夏日暮霭那样安详而充满希望，湖水倒映着夏夜的天空，虽然夏季未至，它却已经与遥远的天际息息相通了。

我又听到了远方知更鸟的叫唤，我好像有几千年没有听到这样动听的歌唱了。我想，即使再过几千年，我也忘不了这样的鸟鸣，歌唱如旧，高亢甜美。在那新英格兰的夏夜，在夕阳暮霭中歌唱的知更鸟，我多么企望觅寻到你的栖身处！我说的是知更鸟栖身的树枝，而不是别的候鸟。

我小屋周围，油松和橡树好久好久便已枯萎了，忽然它们又恢复了以往的神态，而且看上去更加鲜明、葱郁、挺拔、生机盎然，好像经过雨水洗涤后重新容光焕发。我知道再也不会下雨了，这从树林中任何一枝树权上都不难看出，或者从自家的柴垛里也能断定冬季是否结束。

天色渐暗，我被在树林上空低飞的大雁唤震撼，它们如同迟迟飞来的疲倦旅客，由南方匆匆而至，不时互相倾诉，互相慰藉。我站在门前，可以清楚地听到大雁扇动羽翼的扑扑声。它们飞越过我的小屋，瞅见屋内的灯火，突然停止了叫唤，转而飞至湖畔栖息。我回到屋里关上门，在树林中度过我的第一个春宵。

翌晨，我从门口向外张望，透过雾幔看到 50 杆外的大雁群正在湖中嬉戏。那么一大群快乐地游来游去的大雁，使瓦尔登湖看来就像专门为它们设置的嬉水乐园。我漫步湖畔，领头雁一叫唤，大雁在一阵抖动翅膀的拍打声中直冲云霄，它们排列着队形在我头顶盘旋，我数了数，一共 29 只。它们径直向着加拿大方向飞去，领头雁隔一阵叫唤几声，继续发着号令，告诉雁群到淤泥多的沼泽地用早餐，我时刻都能听到掉队的孤雁在树林上空鸣啼，它们在追寻着雁群，它们的啼声使树林感到难过。

4 月里，鸽子一小群一小群飞来了。此时，林中空地上又能听到燕子的吱吱啼声，它们并非是因城里的燕子太多才飞到我这儿来的。在我的想象中，它们应该是一种古鸟的后代，在白人到来之前，它们栖息在树洞里。无论在何种气候下，乌龟和青蛙都是这个季节的先驱和宣传家。鸟儿扑腾着羽翼欢快地飞翔跳跃，植物生长出嫩芽，花儿争奇斗妍，春风拂熙，这些似乎都是为了调节两极的倾斜，保持大自然的平衡。四季转换，每个季节对人们来说各有奇妙之处。春天降临仿佛如混沌初开，宇宙创始，如同黄金时代的开始——

> 东风退到奥罗拉和纳巴泰王国；
> 退到波斯和晨曦下的山冈。
>
> 人类诞生了，他究竟是万物的创造者，
> 那美好世界的原动力，
> 按神的模样新创造；
> 还是大地最近才和天空分离，

从天上同族那里带来种子？

春之净化

　　一阵春雨后，草儿更加青翠。当更美好的思想注入之后，我们的未来也会更为光明。假如能永远地生活在当今，善于把握一切更好的机会，如同小草不放过滴落在它身上的每一滴细小的雨露，不去花时间懊恼我们曾错失的机会，极尽我们的责任，那么我们就是有福之人。春已至，我们还滞留在冬天。

　　在一个无比愉悦的春晨，人间所有的罪过都获得了宽恕。这个日子里，一切犯罪都当停止。阳光如此温馨，邪恶的罪犯也会迷途知返。我们自身也会净化，因此也就会感觉邻居心地善良，尽管昨天还将邻居视为窃贼、酒鬼和色鬼，怜悯他或鄙视他，对整个世界感到悲观。然而，在第一个春晨，在灿烂、温暖的太阳重塑世界之时，你会发现他在平静地劳作，他那衰败纵欲的血管因注射了喜悦而充盈起来。他在祈福崭新的一天，像纯真的婴儿一样感受着春天。于是，你遗忘了他所有的错误，对他不仅充满善意，甚至还表现出一种神圣的气息，也许这种感觉有些盲目或者徒劳，可它毕竟是新生的本能。

　　瞬间，在太阳照耀着的山坡上，再也听不见庸俗而粗鲁的玩笑了。在怪异的外表下，纯真的萌芽从枝丫之中伸了出来，寻觅新年之中的生活，如同鲜嫩的幼苗一样。他或许感受到上帝恩赐的欢乐。为何狱卒不打开监狱之门，为何法官不撤销审理的案卷，牧师不让他的会众离开呢？因为他们没有听从上帝的旨意，也没有接受上帝赐予的无条件的赦免。

　　"呼吸静谧而仁慈的空气，每一天如此美好，能使善良重新回到你身上。对美的追求和对恶的憎恶会让人们更加接近人类原始的天性，就像过去砍树后催生的新枝。因此，一个人在一天之中做下坏事，就会阻断幼芽的萌生，甚至将其毁灭。

　　"幼芽的成长遭遇几次摧残，即使夜间呼吸再好的空气也无法让它们安然无恙。一旦夜间美好的空气无法维护人的道德，人的天性与兽类便没有区别了。当人类看到自己的同类天性似兽类一般，会认为他从未有过理性的天赋。这些会是人的真实而自然的感情吗?"

黄金时代初创，人间没有复仇者，
当然也需法律保卫忠诚和正义；
因为恐吓的文字只在铜牌之上高悬，
胆怯的乞怜人，
不用畏惧法官的审判；
世上没有复仇者。
山上被砍伐的树木，
不会顺流漂入其他国家；
因为人们除了自己国家外
并不知道还有异域存在。

这里是永恒的春天，
这里是习习春风的艳阳天，
轻风吹拂着那无须播种就生出的鲜花。

鹰隼献艺

4月29日，我到九亩角桥附近的河畔垂钓，双脚踏在有麝鼠出没的草堆和柳树根上。忽然间，我听到一种怪异的响动，极像孩童用手敲击竹竿发出的声音。抬头一看，只见一只小巧美丽的鹰，时而如水花似的飞旋，时而猛然翻身俯下一两杆，如此交替反复，飞翔时伸展羽翼，在阳光下五颜六色，如彩缎亮光闪闪，还像贝壳闪亮的内层珠光。这情景让我联想起鹰，那种鹰叫作灰背隼吧！我不在意它的名字，可这是我见过的最矫健的飞翔，它不像蝴蝶那样飞舞，也不像体型更大的鹰那样在高空翱翔，而是矫健地、自信地在天际盘旋。它一面奇异地叫唤，一面向高空攀升，随后继续做着它那敏捷优美的俯冲。它像鸢鹰般在天空盘旋几周后，又直冲云霄，似乎从不愿意降落大地。

看来整个苍穹都没有它的同伴，独自在天上游戏，除了黎明和空气，它谁都不需要。它并不孤寂，孤寂的反倒是它身躯下的大地。生育它的父母，它的兄弟和在天之父在哪里？它在天上居住，与大地唯一的联系是，它曾是一只鸟，在山岩中孵化。也许，它最初的巢穴就栖于云端之中，是仲夏之时大地蒸腾的云气做线，以彩虹为边沿，在夕阳的天空中纺织成么？它今天的巢穴还是筑建在云端之中。

除此之外，我还捕捉到一些极少见的金色、银色和闪着黄铜色的鱼，看起来极像一串珍宝。啊，有多少个春晨，我徒步到田野深处，从一个小丘跃向另一个小丘，从一棵柳树跳到另一棵。那一刻，没有人烟的山岩和森林沐浴在纯净璀璨的阳光之中，如果像人们传说中那样，这里真的葬有长眠的人的话，那他们也会被这里的阳光唤醒。他们根本就不需要证据证明他不朽，因为万物成长离不开太阳的光芒。啊，死神，你的光芒在何处？啊，墓茔，你的胜利又在何处？

生死交融

假若没有未曾开垦过的森林和田野，我们在村里的生活会是何等的乏味和无聊。我们需要原野的滋润——跋涉于隐匿着鹭鸶和山鸡的沼泽地，倾听射鹬的叫唤，嗅着薰衣草的气息，那可是更加野性和孤独的鸟筑巢的地方了，水貂将腹部紧贴着地面爬行着。我们无比热忱地探究和学习一切的同时，真希望这些事物总是那么神秘不可知，希望海洋和大地永远具有野性，未经勘察也没法测量，因为它们是深不可测的。我们对大自然永远也不会厌倦，我们必须从它取之不尽、永不枯萎的生命中获取力量，从广袤无际的田野，从积淀着沉舟碎片的海岸，从生机和衰朽交织的森林，从生出雷电的乌云，从连续不断下了三周、酿成水患的暴雨中振奋我们的精神吧！我们必须证实自己有能力超越极限，去人烟未及的地方自由地生活。

当我们看到秃鹫啄食令人作呕的腐烂死尸，从中获得力量和健康时，我们该为之亢奋。在通向我居住的小屋的路边，一个土洼里躺着一匹死马的遗骸，因为它，我常常不得不绕道而行，尤其入夜之后空气沉闷之时，现在我从中得以补偿，确信大自然有着巨大的胃口和不可摧毁的健康。我惊喜地看到大自然有多么强的生命力，经得起无数动物厮杀、生存竞争和奉献。弱者的生命像柔浆一样被挤榨，蝌蚪能被苍鹭一口吞下，乌龟和蛤蟆会在路上被车辆碾成齑粉。尽管有时这样的厮杀鲜血淋淋，随时险象环生，但我们不必将此看得太重，智者都明白，万物都是清白无罪的，毒药归根到底无毒，任何创伤都不会致命，怜悯不永远可靠，它只能短暂存在，无法经受时间的检阅。

5月初，橡树、胡桃树、枫树和其他的树从湖畔的松林中长出新的枝叶，像阳光一样给湖光山色增辉。特别是在有云的天气里，似乎太阳撕破晨雾，含情脉脉地照射在这边或那边的山坡上。记不清楚是5月3日还是5月4日，我瞅见一只潜水鸟在湖中嬉水，那个月的第一周，我听到夜鹰、棕鸫、威尔逊鸫、美洲小鹃、棕胁唧觑和其他很多鸟的叫唤。鸫科鸟的歌喉我早就听到了。东菲比霸鹟又飞来了，停留在门前和窗前张望，似乎在窥视我的小屋是能否像洞穴那样可以做巢。它在空中飞翔，扇动的羽翼发出嗡嗡之声，双爪缩着，整个身躯似乎被空气托着。

油松硫黄色的花粉撒到了湖面上，纷纷流到湖畔的石头和朽木之中，够你用桶来装捡。这就是我们听说过的硫黄雨。在迦犁陀娑的戏剧《沙恭达罗》中就有这样的描述："莲花的金粉染黄了湖水。"这样，我们终于进入夏季，漫步在渐渐长高的草丛之中。

我在树林里第一年的生活就这样度过了。第二年也一样，最终，1847年9月6日，我告别了瓦尔登湖。

终
结
的
尾
声

到内心去探险

对于一位得了病的人，医生总会明智地建议他换个幽美、适宜的地方去住，以呼吸那有利于康复的清新空气。谢天谢地，好在世界并不局限于此。在新英格兰的土地上没见到七叶树的身影，此地也很少能听到知更鸟的叫声。大雁和我们相比更具有世界性，它们早餐去加拿大吃，中午却在俄亥俄州用餐，夜晚则在南方的河湾上梳理各自的羽毛。甚至野牛也不得不随着季节的变化而迁徙，它在科罗拉多的草地里吃草，一直吃到黄石公园的草再变得青绿、脆甜，只等它来吃为止。

但是，我们却意识到，要是拆除篱笆或栅栏，并在田园四周砌上围墙，那我们的生活就有了界限，我们的命运才能稳定。假如你被选为市镇公务员，那么今夏去火地岛的旅行便和你无缘，但地狱之火却与你有缘，你可到它那里去。宇宙比我们目力所及的地方要大得多。

当然，我们应像好奇的旅行者一样，不停地四处眺望，被周围的风景所迷，而不要一边旅行，一边却像那傻呆的水手，在那儿一味地垂头撕扯麻絮。事实上在地球的另一边住着的不过是和我们相同的人

不管你的生命多么卑微，你要勇敢地面
对它生活，不用逃避，更不要用恶语诅
咒它。

家。我们的旅行只是在地球上绕了一大圈，犹如医生开的药方，只会治疗你的皮肤病。有人急不可耐地跑到南非去发疯地追逐长颈鹿，他们理应追逐的不应是这样的动物。试问，一个人追长颈鹿到底能追多长时间呢？射杀鹬鸟和捕捉土拨鼠本是够刺激、好玩的游戏了，但我以为在内心里猎杀自己将会是更为高尚的运动——

> 将你的目光扫视内心，
> 会发现你心中有一千个未知的地方，
> 那就去周游吧，
> 成为内在宇宙的地理学家。

非洲和西方都代表什么？在我们的心灵深处不也有一块空白之地吗？一旦去考察它，它是否像非洲海岸那样漆黑莫测？尼罗河的源头是不是也要我们去发现？以及尼日尔河、密西西比河的源头，甚至我们这大陆上的西北走廊，是否都要我们去发现呢？这难道对我们人类是至关重要的问题吗？这世界上唯一失踪的北极探险家是否真是富兰克林呢？他的夫人正焦虑地寻找着他。格林奈尔是否知道自己身处何地？

就让你成为探索自己心灵的江河湖海的门戈·派克、刘易士、克拉克和弗罗比歇之类探险家吧，去探索你自己的极地吧。若有必要，可在船上放满罐头食品，以维持你自己的生命，另外，还可用空罐头盒堆得与天齐平，以作标志物之用。罐头肉的发明只是为了保存肉食品吗？绝不是，你必须做一个哥伦布，去发现你心海里的新大陆和新天地，开出思想而不是贸易的新航道。

每个人都是自己王国的国王，与这个王国相比，沙皇帝国也不过是一个卑微小国，犹如冰天雪地中的小雪团。可是，有的人不自尊自重，却妄谈爱国，为了维护少数人的利益，却要大多数人献身。他们喜爱上了他们将来的葬身之地，却漠不关心那使他们的躯体重新具有生命力的精神。爱国仅是他们大脑的凭空之想。南海探险队其用意何在？那般奢华，那般耗费，并且间接地说明了这样一个事实：在人的精神世界里，也有大陆和海洋，虽然每个人都是其中的一个半岛或岛

屿，但是，他却不去探险。他非要带着专门来服侍他的 500 名水手和
仆人，坐着政府的大船，远航几千里，经过严寒、风暴，闯过吃人生
番之地。他认为这要比独自一人在心灵的海洋和大西洋、太平洋上探
险容易得多。

> 让他们去漂泊，去流浪，
> 去考察异域的澳大利亚土人，
> 尽管他们熟悉更多的路，
> 而上帝给予我的恩惠却更多，更多。

　　游遍世界各地，跑到桑给巴尔去数到底有多少只老虎，这都是不
值得做的。但是，如果没有其他更有意义的事情的话，如此做做也未
尝不可，或许你还能找到"西蒙斯的心空洞"，从此可直达你的内心
境界。英国、法国、葡萄牙、西班牙、黄金海岸和奴隶海岸，全部面
对心灵之海；但是，尽管从那儿起航能直达印度，不过还没有一条船
敢于航进那无边无际的内心沧海中，纵然你掌握了所有方言，熟悉并
了解所有风俗。

　　纵然你要比所有的旅行者走得更远，并适应了任何气候和水土，
甚至连斯芬克斯也被你气得撞死在巨石上，你还得倾听一句古代哲人
的格言："到你的内心探险去吧!"这才使你的眼睛和大脑派上用场。
这个战场上只有末路之将和逃兵，只有流亡者和懦夫才会应征入伍。
现在就到最遥远的西方去探险去吧，这船的探险不止于密西西比，或
太平洋，或古老的中国，或是日本，而是勇往直前，仿佛通过大地的
一条笔直切线，不管是冬天还是夏季，是白昼还是黑夜，是日落西山
还是皓月隐没，都可做心灵的探险，直至地球无影无踪。

对抗秩序和常识

　　据说法国立宪派领袖米拉波曾亲自到公路上抢劫，以此"来测试
一下，公然违抗社会最神圣的法律究竟需要多大的决心"。他后来得
出结论："进行战斗的士兵所需的勇气只为拦路抢劫者的一半"，"荣

誉和宗教无法阻挡谨慎而信念坚强的决心。"在一般人看来，这种行为很有男子汉气质，实则即使不是孤注一掷，也是毫无意义。

一个头脑清醒的人会知道，自己"正式抵抗"人们所说的"社会最神圣的法律"已有很多次，由于他需遵守更加神圣的法律，他并非刻意如此，这已测试了他的决心。实际上他不需要对社会持有这种态度，他只需持有他原来的态度，他只需遵守他自己的法则，就不会与公正的政府对抗，假如他能遇到一个的话。

我有同样的充分理由，令我离开或是进入森林。我感到或许还有多种生活方式可过，用不着将更多的时间全交给一种单一的生活。然而令人感叹的是，我们很容易浑浑噩噩地过一种生活，走一条很熟悉的路。我在那里住不了一周，便会踩出另一条小路，并从门口通向湖边，至今不觉已有五六年了，这小路依然可见。我想，或许是其他人还在走这条小路，因而使它继续存在。地面是松软的，人们留下了许多足迹；同样，在我们的内心也留下了心路历程。请看，世上的道路被践踏得尘土飞扬，那传统的习俗的车轮留下了多么深刻的痕迹！我不愿坐在船舱里，宁愿伫立在世界甲板的桅杆前，因为在此，我能仰视群峰中的明月。我再也不愿到舱底去了。

至少，我从实践中体验到：一个人假如既自信又坚定不移地朝他梦想的目标前进，并努力营造他所向往的生活，那么，他会取得在通常情况下无法取得的意外成功。他将会把所有事情抛在脑后，从而超越一条看不见的界限。一种更新、更广大、更自由的规律将会在他周围、在他内心里建立起来，或是旧有的规律将得以扩大，并在更自由的意义上获得有利于他的新解释，他将取得许可，在更高级的秩序中生活。他生活得越简朴，宇宙的规律也就显得更为简朴，孤寂已不再是孤寂，贫困已不再是贫困，懦弱也将不成其为懦弱。倘若你建了一座空中楼阁，那么你的劳苦就是很值得的，楼阁建在空中，就把基础放在其下。

英国人和美国人却提出了一个荒唐可笑的要求——你说的话语必须让他们能听懂。人和马蔺的生长都不会如此听命。他们竟然还认为这极为重要，似乎这世上只有他们才会来理解你。仿佛大自然只赞许这一种理解形式，它能养活四足动物，但却养不活鸟雀；能养活走兽，但却养不活飞禽。它们静默噤声，似乎是最好的英语，就是勃莱特也能理解。好像只有愚笨才是最安全的。我很担心我表达得还不充分、不够劲，还不能超越我日常经验的狭窄界限，以符合我所坚信的真理。过火！这倒要看你从什么角度来衡量。游荡的水牛跑到另一纬度找寻新的牧场，并不比奶牛在挤奶时踢翻了奶桶，跳过了牛栏，跑到小牛身边去来得更为过火。

　　我希望在自由之地畅所欲言，像一个明白人和另一些明白人那样地说话，我意识到，若要给真心的表达奠定基础，我的表达还不够激进、猛烈呢。有谁听了一段音乐，就生怕自己说话总是过火呢？为了将来，或是为了可能会遇到的事情，我们应放松地生活，外表不要太露，轮廓可以模糊不清，就像我们的身影，面对阳光也会不由自主地汗流浃背。我们真实的言语也易于蒸发，经常使一些残留的话语变为多余。它们的实质时常转变，只剩下它的文字形式。表达我们的信念和忠诚的文字是极不准确的，它们只适于优秀的人，并且芬芳如乳香。

　　为何我们要经常将我们的智商降到愚蠢的程度，却又赞颂它为常识？而最一般的常识是睡梦中的人的潜意识，会在鼾声中表达出来。偶尔，我们会将极少聪明的人和傻呆者归成一类，因为我们仅能欣赏他们三分之一的聪慧。有的人难得起了一次早，便对初现的朝霞吹毛求疵。我还听说，"他们以为卡比尔的诗有四种不同的含意：幻觉、精神、理智和吠陀经典的通俗教义。"但是，在我们这儿如果有人胆敢为某个作品做出一种以上的注解，那么他将会遭到众人的指责。英国正在努力预防土豆的腐烂，他们难道就不去努力诊治大脑的腐烂吗？而后者确实是更流行、更危险的疾病。

　　我并不认为我已变得高深莫测了，但是，在我的文章中发现的关键错误，假如不比瓦尔登湖的冰中更多的话，那我就深感自豪了。请看，南方的购冰者不喜欢它的蓝色，好像那是污泥，实际上这是它纯洁的标志。然而，他们却只爱剑桥那带有草腥味的白色之冰。人们所喜爱的纯洁是笼罩大地的云雾，而不是云雾上面的蓝色天空。

　　有人唠唠叨叨地说，我们美国人及近代人与古人相比，乃至与伊丽莎白时代的人相比，只不过都是智力上的矮人而已。此话怎讲？一条活狗总比一头死狮要强。难道一个人归于矮子之列便该上吊？为何不能做矮子中的长子？每人都应努力干好自己的工作，履行职责。

为何我们要如此急功近利，执着于这般荒唐的事业？假如一个人跟不上他的伙伴们，那或许是由于他听到了不同的鼓声。让他踩着他所听到的音乐节奏前行，不论这节奏怎样，或在多么遥远的地方。他是否应像苹果树或橡树那么快成熟，这已不重要。他是否应该将他的春天当作夏季呢？倘若我们所创造的条件已不存在，我们到底用何种现实才能代替呢？我们千万不要在虚无的现实面前撞了船。我们是否值得在自己的头上建造一片蓝色玻璃的天空呢？尽管建好后我们还将凝望那遥远的真实太空，而对前者却视而不见，如同未建一般。

纯粹艺术家的故事

在柯鲁城里，有一位执着于追求完美的艺术家。一天，他想做一根完美的手杖。他认为，一旦考虑时间因素便不能制作完美的艺术品，而所有完美的艺术品全都不能顾及时间因素，所以，他喃喃自语：“即使是我以后再也不做其他事情，也要把它做成十全十美的艺术极品。”他即刻到林中寻找木料，他已决定绝不用不合格的材料，当他在林中精选一根又一根木料，他的朋友们不断地离他而去，因为他们全在工作中变老、去世了，然而他却丝毫没老。

他专心一意，执着而虔诚，这使他在毫无知觉中永葆青春。因为时间对他来说已不存在，而时间只好待在一旁无奈地叹息。他找啊找，连一根完全适合的材料也没找到，一直到柯鲁城已变为古老的废墟，他干脆就坐在废墟上，剥一根树枝的表皮。在他的手杖还没成形以前，坎达哈王朝就已消亡了。于是，他便用手杖头在沙地上写下了那个民族最后一人的名字。接着，他又继续工作。当他将手杖擦磨光亮时，卡尔伯已不再是北极星了；他还没给手杖头装饰金环和宝石，梵天已睡着又睡醒了好几次。

我为何要说这些话呢？在他最终完成时，它陡然光耀无比，他终于成功制作了一件梵天所创造的世界中最美妙的艺术品，他在创造手杖期间还创作了一个新体制，一个奇妙而恰如其分的新世界，虽然新的辉煌时代和城市已取代了逝去的远古朝代和城市。但是，现在他看到堆在脚下的那些依然新鲜的刨花，对他和他的工作来说，流逝的只不过是幻象，时间一点也没真正流走，宛若在梵天的大脑中突闪而过的思想，瞬间点燃了世人脑中的蜡烛一样，他的材料纯粹，他的艺术纯熟，其结果怎能不奇妙无比？

安贫乐道

我们给予事物的只是外表，而最终没有一样东西能像真理那样使我们受益匪浅。只有真理，永不败坏。总而言之，我们并不存在于此地，而处在一个虚有之地。我们生来脆弱，我们会假设一种情形，并将自己置于其中，从而同时便有了两种情形，我们若想从中来个金蝉脱壳可就难上再难了。当我们清醒时，我们只留意事实和实际上的情况。说你必须说的话，但不要讲你应该讲的话。所有真理皆比虚假好。补锅匠汤姆·海德站在断头台上时，有人问他是否有话要说。"告诉那些裁缝，"他说，"要记住在缝第一针之前，不要忘了在线尾打个结。"他伙伴的祈祷被遗忘了。

不管你的生命多么卑微，你要勇敢地面对它生活，不用逃避，更不要用恶语诅咒它。它并不像你那么坏。你最富有之时，却是你最贫穷之日。喜欢吹毛求疵的人哪怕是在天堂里也能找到错误。你纵然是贫穷，也要喜爱你的生活。即使是在济贫院里，你依然还拥有喜悦、开心、荣幸的时光。黄昏的霞光照射到济贫院的窗户上，如同照在富人家的窗上一样耀眼夺目，门前那早春的积雪同在消融。我亲眼看见，一个心静知足的人，在济贫院生活宛若在皇宫里一样，开心又心满意足。

我看到城镇的穷人常常是过着孤独放荡的生活。或许由于他们挺了不起，因此当之无愧。他们大部分人自以为超凡脱俗，不屑于城镇的资助，而实际上他们常常不择手段地来对付生活。此时他们那种超脱已荡然无存，更不用说体面了。

让我们将贫穷看作是园中的花草，像圣人一样地培育它吧！不要劳心费神地寻找新事物，不论是新朋友或是新衣服，别自寻烦恼。去寻找旧有的，返璞归真，万物依旧没变，只是我们在转变。可以卖掉你的衣服，但要留住你的思想。你不要社会，可你得到上帝的默许。假如我像蜘蛛一样整日待在阁楼的一角，但只要我还能够思想，世界在我看来依旧还是那么大。有位哲学家说过："三军可夺帅也，匹夫不可夺志也。"不要太顾虑发展，不要汲汲于你的影响，这些都是身外之物。卑微犹如黑暗，放射出异彩奇光。贫困和卑微的阴影将我们包围，"但是看啊！我们的视野变广大了。"我们时常被提醒，我们尚且拥有克罗索斯的巨富，然而我们的目标也依然不变，我们的方法仍将依旧。

另外，要是你被贫穷所困，譬如连书报都买不起，那样的话，你也不过是困于最有意义和最重要的经历之内罢了，你必须和那些富含糖和淀粉的物质打交道。最贴近穷骨头的生活却最甘甜。你再也不会去做毫无意义的事了。处在上层的人宽宏大量，却不会使处在下层的人有所损失。过剩的财富只能买过剩的商品，而人的心灵所需的物品，是用钱买不到的。

我住在铅墙一角，那儿已注入了一点制钟的铜合金。经常在我午休时，那种混杂的叮叮声不断从外面传入我的耳中。这是我同代人的浊音。我的邻人在告诉我他们与那些著名的绅士淑女们的奇遇，在晚宴上，他们见到的那些贵族。我对这类事情，就像对《每日时报》一样不感兴趣。

他的兴趣和交谈的内容基本是关于服装的礼仪，但是笨鹅终究是笨鹅，任你如何将它装扮。他对我说，在加利福尼亚、得克萨斯，在英国和印度，在佐治亚州或马萨诸塞州，某位大人的一切全都是暂时的，是转瞬即逝的现象，我似乎像马穆鲁克的省长那样从他们的院中出逃。我宁愿一意孤行，决不装模作样，引人注目，即使是能和宇宙的缔造者并肩同行我也不愿——我决不愿生活在这个动荡的、歇斯底里的、混乱的、烦琐的 19 世纪之中，我宁愿站着、端坐着、深思着，任由这个 19 世纪逝去。

人们都在庆贺些什么呢？他们全都加入了某项事业的筹委会，随时恭听别人的演讲。上帝便是今日的主席，韦伯斯特便是他的演说家。我喜欢揣摩、掂量那些激烈地、合理地吸引我的事物，向它靠拢移动，但决不牵拉秤杆，来减少重量。我不愿虚设一种情况，而是要按这个情况的真实情况来办事。行走在我能走的唯一一条路上,那里没有任何力量能阻挡我前进的脚步。

在打下牢固的基础之前,一座拱形门无法令我心满意足。我们不要耍弄有风险的把戏。什么都应有坚实的基础。有个故事说:一个旅行者询问一个小孩,他眼前的这个沼泽是否有牢固的底。小孩回答:"有的。"但接着,旅行者的马刹那间便陷到胸部。于是,他对小孩说:"你不是说这个沼泽有个牢固的底吗?""有啊,"小孩回答,"但是,你还没到达它的一半深呢。"社会的淤泥和流沙也是这样。只有成熟的孩子才会认清这些。也只有十分碰巧之时,所思考的和所言说的那些事才是最好的。可我不愿做一个傻到会在板条和灰浆的墙上钉进一颗钉子的人。若是真这样做了,那我整夜都无法入睡。给我一把钉锤,让我触摸一下板条。不要信赖墙上的泥灰。将一枚钉子实实在在地钉紧,那我即使是在半夜醒来时,随想一下,也心安神定了。这般的工作,即便是召来了缪斯,也心中无愧。只有这样做,上帝才会帮你,这是唯一的途径。每一枚被钉入的钉子都应当做构成宇宙大机器的一枚铆钉,这样做你才能继续工作。

不用给我爱,不用给我钱,不用给我荣誉,就只给我真理吧。我坐在放满美味佳肴的餐桌前,受到热情的款待,但那却没有真理和诚意。盛宴之后,离开这冷漠的餐桌回来时,我却饥肠辘辘。那种热情的招待如同冰雪般寒冷。想必已没必要再用冰块来冰冻它们了,当他们给我介绍酒的年代及美名时,我却想起了一种更古老而又更新鲜、更精纯、更美好的饮料,可是他们却没有,并且也买不到。那些风光、豪宅、庭园的"娱乐",在我眼里如同虚无。我曾去拜访一位国王,他却叫我在客厅里等他,他就是这样应付一个客人。在我的邻居中有一人住在树洞里,他才真正有王者风范。如果我去拜访他,其结果定会好得多。

愚昧的世人

施行这些迂腐的繁文缛节,使得所有工作都变得荒唐可笑,我们准备在这过道里再坐多长时间呢?似乎一个人,每日清晨必须苦修,另外再雇一个人为他耕种土豆；下午，他怀着早预备想好的善心出外施行基督徒的仁爱。请思考一下中国人的那种自高自大和人类因自满而造成的停滞不前。这一代人自称为最具有光荣传统的最后一代人。在波士顿、伦敦、巴黎、罗马，看看他们的历史是何等悠久，他们依旧在夸说自己的文学、艺术和科学是何等进步。这里有一些哲学会的记载，用来赞颂伟人的文章。真是的，亚当也在夸说自己的美德。"真的，我们干了一番多么伟大的事业，并唱出了神圣的赞歌，它们永世长存。"的确如此，只要我们还能想起它们。但是，古亚述的学术团体和其伟人现在何处？我们是多么年轻的哲学家和实践家呵！

在我的读者中，如今还没一个人过完全部人生。我们经历的只是人类几个月的春天。即使是我得了用7年才能治好的疥疮，我们也没看到康科德所遭受的17年蝗灾。我们只知道我们生活在地球表面。大部分人都没到过水下6英尺处，也没跳跃过6英尺以上的高度。我们不知自己身在何处。何况我们几乎一半的时间都在睡梦中度过。但我们自认为很聪明，自我感觉已在大地上建立起了新秩序。是的，我们既是很深刻的思想家，又是有志之人！

我伫立在森林中，看到这林中的松针上中有一只爬虫在蠕动，它设法避开我的视线，躲了起来。我则反问自己，为何它有如此谦逊的想法，要藏起头来避让我？我或许会帮助它，会给它的族类传送许多愉快的消息，此时此刻，我不由自主地想起那些更伟大的恩惠者、大智者，他们也在俯视我们这些如同昆虫的人们。各种新兴事物正源源不断地流入这世界中来，我们却忍受着不可思议的愚昧。在这最文明的国土上，我们依旧在听如此说教，在此我只要说起，就够自己心烦意乱的了。如今还有喜悦呀，悲伤啊，这样的字眼，而这全都是用鼻音呼出的赞美诗的复句，事实上我们的信仰依然是庸俗和低下的，但我们却以为换下衣服就够了。人们说，英帝国既广大而又可敬，美利坚合众国则是一流强国。我们尚且不知每人背后都有潮涨潮落，这浪潮可令大英帝国像小木块般漂荡，倘若他有如此决心。有谁知道下一次会发生怎样的17年蝗灾？我生活其间的那个世界的政府，并非像英国政府那样，是在晚宴以后靠吃喝谈说建立起来的。

新生的前夜

我们体内的生命宛若滚滚河流，它今年可以涨高，涨至从未见过的高度，淹没干涸的高地。此年或许会是多灾之年，会将我们所有的麝鼠淹死。我们生活的地方并不总是干燥之地。我眺望遥远内陆的那些河岸，在科学还没记录它们的洪荒之前，它们就曾遭受江河的冲刷。

我们知道，在英格兰流传着这么一个故事，有只强悍又漂亮的爬虫，它从旧苹果木桌的活动桌板中爬了出来，这桌子摆放在农民的厨房中已有60年了，先在康涅狄格州，其后搬至马萨诸塞州，而那枚虫卵却在60前的苹果树还活着的时候就已下在里面了，这是依据它外表的年轮来推断的。几周以来，已听到它在里面蛀咬的声音，它大概是感受到钵头的热气才孵化出来。

听到这个故事，有谁不会感到增加了复活和永生的信心呢？这枚虫卵几十年间深埋在木头中间，放在干枯的社会生活中，先在有着年轻生命的白木之间，后来这东西逐渐变成一个风干的良好的坟穴。或许它已啃咬了几年之久，那坐在桌前的一家人听到这声音后顿时惶恐不安。谁会知晓多么艳丽的有翅膀的生命会忽然间从这个社会中最没价值、别人弃送的家具里，一下跳将出来，终于开始享受那美妙夏季生活的每一天！

我并不是说约翰或是乔纳森这类普通人能够理解这一切。虽然时光流逝，姗姗来迟，但明日确实具有这样的个性。使我们视而不见的光亮，对于我们却如同黑暗。一时真有那么一天，曙光来临，我们如梦初醒，睁开那天真未凿的眼睛。更多的日子即将破晓，太阳只不过是一颗启明的星辰。